MAX BENTOW

RABENLAND

GOLDMANN

MAX BENTOW

RABENLAND

PSYCHOTHRILLER

GOLDMANN

Originalausgabe

MIX
Papier | Fördert gute Waldnutzung
FSC® C014496

Penguin Random House Verlagsgruppe FSC® N001967

1. Auflage

in der Penguin Random House Verlagsgruppe GmbH,
Neumarkter Str. 28, 81673 München
produktsicherheit@penguinrandomhouse.de
(Vorstehende Angaben sind zugleich
Pflichtinformationen nach GPSR)

Dieses Werk wurde vermittelt
durch die Literarische Agentur Gaeb & Eggers
Umschlaggestaltung: Uno Werbeagentur, München
Umschlagmotiv: nieudacza & Ryzhkov_Sergey & GlobalP / iStock /
Getty Images Plus und FinePic®, München
CN · Herstellung: ik
Satz: Uhl + Massopust, Aalen
Druck und Bindung: GGP Media GmbH, Pößneck
Printed in Germany
ISBN 978-3-442-20658-2

www.goldmann-verlag.de

ERSTER TEIL

EINS

Der Wald war finster, drohend, still. Das Mädchen kauerte vor einem Baumstumpf, die Arme um sich geschlungen, die Beine angezogen, das Kinn auf ihre Knie gedrückt. Die ganze Nacht hatte sie hier draußen verbracht. Kälte kroch aus dem feuchten Boden herauf, umklammerte sie mit festem Griff.

Wenn der Wind in die Wipfel der Bäume stieß, entstand ein Säuseln, und Geister schienen über ihr zu erwachen, sich wispernd zu ihr herabzuwinden. Da war ein Raunen, Zischeln, als würden sich böse Zungen an ihrem Unheil weiden.

Manchmal war ihr, als würde sie vor Erschöpfung in sich zusammenfallen, in der Erde versinken und unter Würmern ihr Ende finden. Dann aber gab sie sich einen Ruck, riss die Augen auf und versuchte, in der Dunkelheit etwas zu erkennen. Sie hoffte, dass bald die Dämmerung heranzog, ihr einen Weg aus diesem Dickicht wies.

Doch um sie herum nichts als Schatten, die Ahnung von einem Gewirr aus Ästen, Zweigen, wie knochige Finger, die nach ihr griffen. Das Mädchen hatte Angst. Ihre Zähne schlugen aufeinander, ein Beben ging durch ihren Körper. Wenn nicht bald der Morgen heraufdämmerte und mit ihm ein fahles Novemberlicht, wenn sie sich nicht endlich aufmachen könnte, um aus dieser düsteren Gegend herauszukommen, würde sie erfrieren.

Sie musste aufstehen, sich bewegen. Unter Mühen streckte

sie ihre tauben Glieder. Ihre Hände suchten nach Halt an einem Stamm, um sich hochzuziehen. Erschrocken wich sie zurück, als sie in etwas Weiches fasste. Sie vernahm, wie sie leise aufschrie, und ihr Atem stockte.

Nur Moos, durchfuhr es sie, klamm überwucherte Baumrinde, glitschig vom Regen in dieser Nacht. Als sie aufrecht stand, tastete sie sich weiter voran. Der Waldboden war aufgeweicht, ihre Schuhe waren durchnässt. Sie war zu dünn bekleidet, nur ein Kleid auf ihrer Haut, von Dornen zerrissen, darüber ein Anorak, nicht warm genug für diese Jahreszeit.

Ängstlich spähte sie zum Himmel hinauf. Und endlich erkannte sie einen Streifen Licht. Die Umrisse der Bäume wurden deutlicher, wie knorrige Gestalten standen sie vor ihr, gedrungen, ihr feindlich gesonnen. Dunstig troff es von den Blättern herab, es roch modrig, nach herbstlichem Zerfall. Sie musste raus aus diesem Wald, doch ihr fehlte jegliche Orientierung. Sie war tief hineingeraten, hoffnungslos verirrt. Panik befiel sie, als ihr der Gedanke kam, sie würde es niemals schaffen. Zu entkräftet war sie, mutlos und verzweifelt.

Schließlich aber machte sie im Unterholz einen Pfad aus, dem sie mit schleppenden Schritten folgte. Sie fröstelte, es schüttelte sie. Ermattet vom Aufkeimen eines Fiebers, wankte sie voran. Schneller, dachte sie, nicht stehen bleiben. Doch ihre Beine fühlten sich an, als sei kein Blut mehr in ihnen, und in ihren Lungen war ein Stechen wie von tausend Messerspitzen.

Auf einmal hörte sie etwas. In der Höhe. Weit über den Wipfeln. Krächzende Schreie am Himmel.

Kroaah. Kroaah.

Raben, dachte das Mädchen, hielt inne und starrte nach oben. Da waren sie. Sie erkannte sie an ihren Rufen, ahnte ihre Gegenwart mehr, als dass sie die Vögel durchs Herbstlaub sehen konnte.

Kroaah. Kroaah.

Plötzlich fasste das Mädchen neuen Mut. Wenn Raben in der Nähe waren, sollte das ein Zeichen für sie sein. Bald darauf hatte sie eine Lichtung erreicht.

Und nun erblickte sie die schwarzen Vögel. Hoch oben waren sie. Elegant wirbelten sie durch die Morgendämmerung, kühn tollten sie in der Luft. Stiegen auf, schnell, blitzschnell, um sich dann plötzlich fallen zu lassen. Tiefer stürzten sie, immer tiefer, und dann, akrobatisch, ausgelassen, fingen sie sich wieder. Die Flügel ausgebreitet, schließlich seitwärts, sie wippten am Himmel, schienen zu kippen. Danach überschlugen sie sich, ein Salto, gekonnt turnend über ihr, frei und gelöst, dann wieder in der Senkrechten, aufrecht, im Segelflug.

Und ihre Rufe. So jubelnd, laut, dass es weit durch den Wald hallte, als wollten sie dem Mädchen etwas mitteilen.

Kroaah. Kroaah. Gib nicht auf. Gib nicht auf.

Einige Zeit sah sie ihnen staunend zu, bis sie wieder die Kälte in ihren Knochen spürte. Sie hastete weiter, verließ die Lichtung. Auf einmal war ihr, als würden die Raben ihr den Weg weisen. Während sie sich durch das Gestrüpp arbeitete, hörte sie ihre Laute über sich. Ein ganzer Schwarm schien über die Baumwipfel hinwegzugleiten. Ihr war, als riefen sie: *Voran. Voran.*

Und das Mädchen beeilte sich. Sie lief, so schnell sie nur konnte. Schwer atmend rannte sie durch den dichten Wald, vorbei an uralten Buchen, behangen mit Flechten, graugrün im Zwielicht, hoch ihre Stämme, morastig das abgeworfene Laub.

Je enger die Bäume beieinanderstanden, desto schlechter die Sicht. Blasser Dämmer am Himmel, doch weiter unten mehr Düsternis als Licht. Verschwommen, wie Schattenrisse, das Wirrwarr im Dickicht links und rechts des Trampelpfads. Mühselig kämpfte sich das Mädchen vorwärts, den Blick auf den Boden gerichtet, dem Wurzelwerk ausweichend, zittrig im Fieber, erschöpft.

Einmal hob sie den Kopf, und plötzlich, dicht an einem Baum, tauchte vor ihr eine Fratze auf. Dunkel, groß und ausgehöhlt die Augen, grässlich weit aufgerissen der Mund. So unheimlich und nah, dass dem Mädchen die Luft wegblieb.

Mit einem erstickten Schrei schreckte sie zurück.

Sie verlor das Gleichgewicht, strauchelte, fing sich wieder und rannte in die andere Richtung. Doch wie aus dem Nichts erschien eine weitere Grimasse vor ihr. Das Mädchen duckte sich weg und hastete tiefer ins Unterholz.

Nur nicht umdrehen, durchfuhr es sie. Bloß weg von hier. Was waren das für Gestalten? Waren sie hinter ihr her? Wer lauerte hinter den Bäumen auf sie? Oder hatte sie sich getäuscht? Nur ein Ergebnis ihrer Angst? Halluzinierte sie etwa?

Und die Raben? Sie hörte sie nicht mehr.

In diesem Moment stolperte sie über eine Wurzel und schlug lang hin. Ein heftiger Schmerz in ihren Knien. Für einen Moment war ihr, als könnte sie nicht mehr aufstehen. Doch sie wusste, wenn sie nun liegen blieb, würde sie es nicht mehr schaffen.

Also weiter. Sie rappelte sich auf. Ihre Kräfte schwanden, nach einer Weile aber merkte sie an ihren keuchenden Atemzügen und den raschelnden Schritten im Laub, dass es sie wie von selbst vorantrieb.

Schließlich erreichte sie einen Forstweg und verschnaufte.

Der Himmel war um eine Spur heller geworden. Ratlos blickte sie sich um. Welche Richtung sollte sie einschlagen? Wie kam sie am ehesten aus dieser einsamen Gegend heraus?

Schon waren sie wieder da. Die Raben. Wild rufend näherten sie sich von oben. Tollkühn schwebten sie heran. Ein Zeichen, dachte das Mädchen. Die Vögel beschützen mich.

Kroaah. Kroaah. Hier entlang. Hier.

Sie folgte dem Schwarm. Mobilisierte ihre letzten Energien, nahm den Forstweg nach rechts. Schnurgerade führte er durch den Wald. Über ihr das Krächzen, müde schlurfte sie dahin. Schneller, dachte sie erneut, doch es half nichts, ihre Glieder waren bleischwer. Zuweilen kreisten die Vögel am Himmel und schienen auf sie zu warten. Dann wieder schossen sie voran.

Schließlich machte der Weg einen Knick, und es ging leicht bergab. Das Mädchen meinte nun, dass sich der Wald allmählich lichtete. Wie weit war es noch? Würde sie irgendwann auf eine Ortschaft stoßen?

Die Raben schrien, das Mädchen trottete weiter. Endlich erreichte sie eine Landstraße. Abermals blieb sie stehen, unsicher, ob sie sich nach links oder rechts wenden sollte. Und wieder achtete sie auf die Vögel.

Kroaah, kroaah, lärmten sie und flogen nach links.

Das Mädchen folgte ihnen.

Es nieselte, feucht glänzte der Asphalt. Sie schleppte sich am Straßenrand entlang, begann in Gedanken die Begrenzungspfähle abzuzählen, doch irgendwann geriet sie durcheinander. Weiter, dachte sie, nur nicht aufgeben. Ihr sank der Kopf aufs Kinn, so ausgezehrt war sie, beobachtete ihre eigenen Schritte.

Aus der Ferne vernahm sie plötzlich ein Rauschen. Sie hob

den Blick. Rasch näherten sich Scheinwerfer. Ein Auto raste heran. Es fuhr schnell, viel zu schnell.

Das Mädchen wollte ausweichen, doch schon war sie von den Lichtern geblendet.

Die Straße eng, der Seitenstreifen schmal.

Kurz darauf hörte sie das Kreischen von Bremsen. Der Wagen schoss auf sie zu.

Nein!, dachte sie. Doch es war zu spät.

Sie spürte den Aufprall, wurde durch die Luft gewirbelt.

Hart schlug sie auf dem Asphalt auf.

Sie war benommen. Alles drehte sich um sie herum. Sie schmeckte Blut auf ihrer Zunge. Starrte zum Himmel hinauf. Über ihr die Raben. Zuckende Flügel.

Da vernahm sie ein Türenschlagen, das leise Brummen eines Motors. Hatte der Wagen gehalten? Sie hörte Schritte. Jemand kam und beugte sich über sie.

Sie starrte in ein männliches Gesicht.

Das Mädchen spürte, wie ihr der Blick verschwamm.

»He«, sagte der Mann, »bleib bei mir. Sieh mich an.«

Er ging vor ihr in die Hocke, musterte sie.

Er schien zu zögern. Worauf wartete er denn noch? Ich will nicht sterben, durchfuhr es sie.

Das Mädchen wollte etwas sagen, doch es gelang ihr nicht. Nicht sterben, dachte sie erneut.

Schließlich bemerkte sie, wie der Mann beide Arme unter sie schob und sie anhob.

Sie sah das Auto am Straßenrand. Er trug sie hin, öffnete die Tür und wuchtete sie auf die Rückbank.

Ihr Atem war knapp. Dann gingen die Lichter aus.

ZWEI

Große schwarze Vögel flatterten um ihn herum. Ihre Rufe waren krächzend und laut. Daniel fuchtelte mit den Armen, um sie zu vertreiben, doch sie ließen sich nicht in die Flucht schlagen. Immer wieder stießen sie ihre durchdringenden Schreie hervor. Als hätten sie eine Botschaft für ihn, dringlich und drohend. Aber es waren nur Tierlaute, wie sollte er sie verstehen?

Dann schreckte er hoch. Er rang nach Luft. Der Pyjama klebte schweißnass an seiner Haut. Nur ein Albtraum, dachte er. Allmählich kam er zu Atem.

Doch plötzlich hörte er es wieder. Rau und aufgeregt.

Kroaah. Kroaah.

Es kam von draußen.

Daniel erhob sich von seinem Bett und ging ans Fenster. Er zog die Vorhänge auf. Für einen Moment traute er seinen Augen nicht. Die novemberkahle Magnolie im Garten war voll von diesen Vögeln. Da hockten sie in der dunstigen Dämmerung. Reckten die Schnäbel und lärmten. Als sei sein Traum Wirklichkeit geworden.

Ob das Krähen waren? Nein, die hatten in dieser Gegend graue Flecken im Gefieder. Diese Vögel aber waren komplett schwarz.

Waren es etwa Raben?

Ihm war, als äugten sie zu ihm herüber.

Kroaah, *kroaah*, riefen sie.

Daniel konnte nicht den Blick von ihnen lassen. Raben hatte er hier in Berlin noch nie gesehen. Wie seltsam.

Dann fiel ihm ein, was für ein Tag heute war. Seine Eltern warteten sicher schon auf ihn. Er sollte halbwegs gefasst wirken, einen munteren Eindruck machen. Es gab zu viel Trübsal in diesem Haus.

Er ging ins Bad, duschte und zog sich an. Schließlich stieg er die Treppe hinunter. Seine Eltern saßen bereits am Frühstückstisch. Als er hereinkam, standen sie beide auf, wie auf Kommando.

Seine Mutter hatte Ringe unter den Augen. Ihr Gesicht war schmal und bleich. Vermutlich hatte sie wieder die ganze Nacht nicht geschlafen. Sein Vater bewegte sich gebückt, als sei er um Jahre gealtert. Sein Haar war frühzeitig ergraut.

Die Mutter kam auf Daniel zu und umarmte ihn. »Herzlichen Glückwunsch«, sagte sie mit tonloser Stimme. »Alles Liebe zu deinem 18. Geburtstag.«

»Danke, Mama.«

Auch der Vater drückte ihn an sich. »Alles Gute, mein Junge.«

»Danke.«

Er spürte die Anspannung von beiden, ihre Traurigkeit. Er versuchte zu lächeln, was blieb ihm auch anderes übrig.

Der Tisch war für vier Personen gedeckt. An seinem Platz lag ein eingewickeltes Geschenk. Es hatte ungefähr die Größe eines Smartphones, offenbar genau das, was er sich gewünscht hatte.

Der Stuhl neben ihm würde leer bleiben. Allerdings befand sich dort ebenfalls ein Päckchen mit roter Schleife. Als er es sah, versetzte es ihm einen Stich. Es war für Lilly, seine Zwillingsschwester. Natürlich war es auch ihr Geburtstag heute.

Doch Lilly war nicht da. Seit knapp einem Jahr war sie spurlos verschwunden. Es war nicht einmal sicher, ob sie noch lebte.

Die Mutter schien seinen Blick auf das andere Geschenk bemerkt zu haben.

»Ich hab mir gedacht, falls sie wiederkommt. Man darf die Hoffnung nicht aufgeben.«

Schon fing sie an zu weinen.

Sofort hatte Daniel das Gefühl, er müsste sie trösten. »Schon gut, Mama.«

»Heute sind es 333 Tage, seit sie fort ist.«

Daniel nickte. Auch er zählte die Tage. Hilflos sah er zu seinem Vater hin. Versteinerte Miene. Gekrümmte Schultern.

Da hörte er wieder das Krächzen der Vögel draußen. Er schaute in den Garten hinaus. Sie flatterten von den Ästen der Magnolie auf, schwangen sich in die Luft, kreisten eine Weile und flogen schließlich davon.

Daniel setzte sich an den Tisch. Seine Eltern nahmen ebenfalls Platz.

»Kaffee?«, fragte die Mutter.

»Gern.«

Sie schenkte ihm ein.

Er zog das Geschenk zu sich heran, öffnete die Schleife und wickelte es aus. Es war tatsächlich ein neues Handy. Schlagartig musste er an das verschollene Smartphone seiner Zwillingsschwester denken, das seit 333 Tagen nicht mehr auf Anrufe reagierte.

Die Ermittler gingen von einer Entführung aus. Niemand konnte ihnen sagen, ob sie noch lebte oder nicht.

Er bedankte sich artig bei seinen Eltern. Wieder versuchte er zu lächeln. Doch Mutter und Vater bemerkten es nicht einmal. Sie blickten nur stumm auf das unberührte Paket für Lilly.

DREI

Der Beginn der Morgenschicht war hektisch. Schon die Übergabe mit dem Nachtdienst hatte sich verzögert. Es gab ein paar Unstimmigkeiten im Protokoll. So blieb weniger Zeit für die ersten Tätigkeiten. Patienten waschen, Frühstück ans Bett bringen, Medikamente austeilen, Blutdruck, Temperatur und Puls messen. Einige von ihnen mussten für die OP vorbereitet werden.

Eigentlich sollte Angelika Braband nun die Patientendaten dokumentieren. Doch der Wunsch, eine Zigarette zu rauchen, war stärker. Sie zog sich eine Jacke über ihren Kittel, fuhr mit dem Aufzug ins Erdgeschoss hinunter und trat vors Klinikgebäude.

Draußen war es nasskalt und ungemütlich. Die Wolken hingen so tief, dass es wahrscheinlich gar nicht richtig hell werden würde. Sie zündete sich eine Zigarette an und nahm einen tiefen Zug.

Angelika rauchte hastig. Allzu lange durfte sie nicht bleiben, sonst würde sie Ärger kriegen. Die Stationsschwester hatte ohnehin schon ein Auge auf sie. Immerzu war sie am Herumnörgeln. Nichts ging ihr schnell genug.

Zerstreut beobachtete Angelika ein Auto, das im Schritttempo an der Klinik vorbeifuhr. Schließlich gab der Fahrer Gas und verschwand.

Sie drückte ihre Kippe gerade in dem mit Sand befüllten Behälter aus, als der Wagen wiederkam. Offenbar war er einmal ums Karree gefahren. Diesmal hielt er etwa 50 Meter vom Eingang entfernt. Der Fahrer stieg aus, öffnete die hintere Tür und trug eine junge Frau heraus, die mehr noch eine Jugendliche war.

Angelika meinte, Blut an ihrem Kopf zu erkennen.

War das ein Notfall?

Der Mann aber schien zu zögern.

»Brauchen Sie Hilfe?«, rief sie ihm zu.

Es war noch recht dunkel, sie konnte ihn nicht genau erkennen, sah nur, dass er zusammenzuckte.

Rasch legte er das Mädchen auf dem Gehweg ab, eilte auf sein Auto zu, sprang hinein und fuhr los.

»He, warten Sie!«

Angelika rannte ihm nach. Sie versuchte, das Nummernschild zu entziffern. Schon bog das Auto mit quietschenden Reifen um die nächste Straßenecke.

Ein Blick auf das Mädchen und sie wusste, was zu tun war. Sie eilte zurück, stürmte in die Notaufnahme und wandte sich an eine Kollegin: »Eine Trage, schnell, schwer verletzte Person draußen!«

Für einen Moment kam sie wieder zu sich. Sie war verwirrt. Wo war sie? Über ihr eine lange Reihe von Neonröhren. Sie schienen sich zu bewegen. Um sie herum waren Menschen. Auch diese waren in Bewegung. Weiße Kittel. Besorgte Gesichter.

Sie lag auf einer Art Bett und wurde geschoben. Die Lichter waren zu grell. Rasant zogen sie an ihr vorbei. Ihr war schwindlig. Und sie hatte Angst.

Ihr Blick begann zu flackern.

Eine Frau beugte sich im Laufen über sie. »Ganz ruhig. Schau mich an.«

Das Mädchen versuchte, die Augen der Frau zu fixieren. Dann glitt ihr Blick ab und blieb an ihrem weißen Outfit hängen. Alles um sie herum roch klinisch, steril, und das verursachte einen Brechreiz bei ihr.

»Wie heißt du?«, fragte die Frau, wahrscheinlich eine Ärztin oder eine Krankenschwester.

Das Mädchen holte Luft. In ihrem Mund war ein Geschmack wie von Eisen oder Kupfer, so metallisch und ungesund.

»Wie ist dein Name?«, versuchte es die Frau wieder.

Das Mädchen wollte antworten. Es kostete sie Kraft. Schließlich gelang es ihr.

»Lilly«, brachte sie leise hervor.

»Gut, Lilly. Und dein Nachname?«

»Steiner.«

»Lilly Steiner.«

»Ja, das bin ich.«

»In Ordnung. Wir bringen dich jetzt in den Operationssaal.«

»Aber warum? Was ist passiert?«

Eine automatische Tür sprang auf.

Lilly hörte, wie sie nach einer Weile hinter ihr zufiel. Und dann versank sie in einem schwarzen Loch.

VIER

Auf einmal war selbst ein trüber Novembermorgen schön. Trojan hatte sich auf seinem Handy einen fröhlichen Popsong als Weckalarm gespeichert, und als um sechs Uhr früh die Melodie erklang, stand er gut gelaunt auf, duschte, zog sich an und bereitete das Frühstück zu.

Draußen war es noch dunkel. Nieselregen. Die Linden in der Forster Straße warfen allmählich ihr Laub ab. Früher hatte ihn der Spätherbst deprimiert. Mittlerweile ertappte er sich bei dem Gedanken, dass er sich eigentlich zu jeder Jahreszeit wohlfühlen konnte. Es hing nur von seiner Einstellung ab. Und von den Menschen, mit denen er sich umgab.

Seine Wohnung war nicht mehr leer, wenn er nach Hause kam. Und öfter waren die Räume von Gelächter und einer Stimme erfüllt, die ihn einfach nur glücklich machte.

Er backte Brötchen auf. Kurz darauf hörte er, wie ihre Tür aufging und sie im Bad verschwand. Als sie wenig später mit noch etwas verschlafener Miene in der Küche auftauchte, die blonden Locken feucht von der Morgendusche, strahlte er über das ganze Gesicht.

»Hallo, Emily.«

»Morgen, Paps.«

»Gut geschlafen?«

»Hmm. Und du?«

»Bestens.«

Während sie sich setzte, schenkte er ihr Kaffee ein. Danach

holte er die Brötchen aus dem Ofen, legte sie in einen Korb, den er mit rot-weiß karierten Servietten drapiert hatte, und reichte ihn ihr. Sie nahm sich dankend eines heraus, schnitt es auf und bestrich es mit Margarine und Marmelade.

Er setzte sich zu ihr und trank einen Schluck Kaffee.

»Du lächelst ja schon die ganze Zeit, Paps. Was ist los mit dir? So kenne ich dich gar nicht.«

»Ich freue mich einfach, dass du hier bist. Und das nicht nur zu Besuch und auf kurze Zeit, sondern ... na ja, solange es dir eben recht ist.«

»Was meinst du, soll ich mir vielleicht eine eigene Wohnung suchen?«

»Nein, nein. Also nur, wenn du möchtest. Wenn es nach mir geht«, er grinste und nahm sich ebenfalls ein Brötchen, »kannst du für immer bleiben.«

Sie legte die Stirn in Falten. Doch dann lächelte sie auch. »Für immer sicherlich nicht. Aber im Moment finde ich es ganz praktisch.«

»Na also.«

»Die Mietpreise sind extrem hoch.«

»Und hier wirst du verwöhnt.«

Sie lachte. »Ich kann mich nicht beklagen. Danke, Pa.«

»Sehr gerne, Emily.«

Trojan spürte, wie sich seine Brust weitete. Er atmete tiefer. Seit seine Tochter nicht mehr im fernen Kanada weilte, fühlte er sich in jeder Hinsicht gut. Er war weniger stressanfällig, sein Schlaf war besser, und in ihm erwachten neuen Energien. Letztlich wurde ihm klar, dass er wohl ziemlich einsam gelebt hatte. Emily hatte zwar recht, ihre Wohngemeinschaft war keine Dauerlösung, aber für den Moment kam es ihm sehr gelegen.

Nur ihre beruflichen Pläne überraschten ihn ein wenig. Er war leicht skeptisch, ob sie sich wirklich für das Richtige entschieden hatte. Emily hatte sich an der Polizeiakademie beworben und auf Anhieb die schweren Aufnahmeprüfungen bestanden.

Eigentlich war Polizeiakademie nicht der korrekte Ausdruck, sondern eher eine saloppe Bezeichnung von Trojan. Genau genommen war es die Hochschule für Wirtschaft und Recht in Berlin, an der seine Tochter nun im Fachbereich Polizei und Sicherheitsmanagement einen Bachelor-Studiengang absolvierte und sich so zur Kriminalkommissarin ausbilden ließ. Schon des Öfteren hatte sie erwähnt, dass sie sich insbesondere für die Mordkommission interessierte.

Emily in dem harten Job, der ihn selbst regelmäßig an die Grenzen der Belastbarkeit brachte? Sie hatte zwar die Grundvoraussetzungen dafür, war hochintelligent, verfügte über einige Menschenkenntnis, war überdies mutig und selbstbewusst. Aber wenn er ganz ehrlich war, hatte er doch Sorge, dass der Beruf für sie zu gefährlich sein könnte. Immer wenn er darüber nachdachte, meldeten sich seine väterlichen Beschützerinstinkte. Er wollte sie vor den schlimmsten menschlichen Abgründen bewahren. Andererseits musste er einsehen, dass Emily längst kein Kind mehr war, sondern mit Anfang 20 eine eigenständige Persönlichkeit, die durchaus auf sich aufpassen konnte.

»Wann musst du los?«, fragte er.

»In zehn Minuten.«

»Was steht als Erstes an?«

»Kriminalistik.«

»Zufrieden mit dem Dozenten?«

»Geht so. Ich finde, er könnte den Stoff anschaulicher rüberbringen.«

Trojan nickte. Der praktische Teil würde Emily sicher mehr interessieren. Doch wenn sie erst einmal als Kriminalkommissar-Anwärterin in der Stadt unterwegs war, kam sie mit der rauen Wirklichkeit in Kontakt. Dann warteten Nachtdienste und erste gefährliche Einsätze auf sie.

Er beschloss, den Gedanken vorerst beiseitezuschieben und sich einfach weiter daran zu erfreuen, dass seit ihrer Rückkehr frischer Wind und neue Hoffnung in sein Leben gekommen waren. Zugleich verschaffte es ihm eine gewisse Genugtuung, dass Emily bei ihm und nicht ihrer Mutter eingezogen war, auch wenn er keinesfalls mit Friederike in Konkurrenz um ihre gemeinsame Tochter treten wollte. Letztlich aber schien er den intensiveren Kontakt zu ihr zu haben.

Gerade setzte er zu einer weiteren Frage zur Polizeiakademie an, als sein Handy läutete. Es war Landsberg.

Er entschuldigte sich bei Emily und hob ab. »Hallo, Hilmar.«

»Morgen, Nils.« Der Chef kam gleich zur Sache. »Es geht um Folgendes: Die vor knapp einem Jahr spurlos verschwundene Lilly Steiner ist überraschend wiederaufgetaucht. Erinnerst du dich noch an den Fall?«

»War das nicht die Jugendliche, die im Alter von 17 Jahren auf dem Weg zur Schule verschwand?«

»Richtig.«

»Man ging von einer Entführung aus.«

»Genau.«

»Was ist passiert?«

»Sie wurde heute Morgen von einem unbekannten Autofahrer vor einer Klinik in Templin abgelegt. Der Fahrer ist danach geflüchtet.«

»Templin? Ist das nicht in der Schorfheide?«

»Im Umland, ja. Jedenfalls konnte Lilly Steiner den Ärzten noch ihren Namen nennen, dann verlor sie das Bewusstsein und musste operiert werden. Sie ist noch nicht ansprechbar. Da sie damals aus Berlin verschwunden ist, liegt der Fall in unserem Zuständigkeitsbereich. Sobald sie aus der Narkose erwacht, sollte sie dringend befragt werden.«

Trojan spürte, wie sich sein Puls beschleunigte. »Gib mir die Adresse der Klinik. Ich fahre sofort hin.«

Knapp zwei Stunden später wanderte Trojan ungeduldig im Flur der chirurgischen Abteilung in Templin auf und ab. Er hatte bereits einiges herausgefunden. Nun wartete er auf Carlotta, die er von unterwegs informiert hatte. Sie fuhr einen angerosteten Bulli aus den 70er-Jahren. Warum hatte sie sich nicht längst um einen Dienstwagen bemüht? Wenn sie im Kommissariat nur ein wenig Druck machen würde, könnte ihr Landsberg einen BMW aus dem internen Fuhrpark zuteilen. Sie aber war noch immer am liebsten mit ihrem altersschwachen Camper unterwegs.

Trojan sah zur Uhr. Wahrscheinlich brauchte sie für die Strecke in die Schorfheide nordöstlich von Berlin mindestens eine halbe Stunde länger. Er hätte sie abholen sollen, das wäre schneller gegangen. Aber eigensinnig wie sie nun mal war, hätte sie wahrscheinlich trotzdem darauf bestanden, den VW-Bus zu nehmen, den sie liebevoll Luisa nannte, in Erinnerung an ihre früh verstorbene Mutter, von der sie das Auto geerbt hatte.

Carlotta brauchte das sonderbare Gefährt als ihren Rückzugsort. Es war ihr fahrendes Büro, gelegentlich auch ihr Schlafzimmer und ein Platz zum Nachdenken. Sie hatte ihre Eigenheiten, die ihn manchmal anstrengten, dennoch war sie für ihn aus der fünften Mordkommission nicht mehr wegzudenken. Ihre Fähigkeiten waren überragend, außerdem mochte er sie, selbst wenn sie nicht besonders teamfähig war.

Endlich sah er, wie sie hinter der Glastür im Treppenhaus auftauchte und zu ihm eilte. Mit ihrer zierlichen Figur und dem fein geschnittenen Gesicht, umrahmt von ihrem rotbraunen Haar, wirkte sie beinahe zu zerbrechlich für diesen Job, aber sie war eine gestandene Kriminalpsychologin und Hauptkommissarin, und ihr Scharfsinn und untrüglicher Instinkt überraschten ihn jedes Mal aufs Neue.

»Hallo, Nils«, sagte sie leicht abgehetzt, »bitte entschuldige die Verspätung. Ich musste unterwegs tanken, mir ist das Benzin ausgegangen.«

»Schon gut, kein Problem.«

»Konntest du inzwischen mit Lilly Steiner sprechen?«

»Sie ist gerade erst aus der Narkose aufgewacht. Ich habe ihr ein paar Fragen gestellt, doch sie war vermutlich noch zu benommen. Ich konnte bisher nichts aus ihr herauskriegen.«

»Wurden ihre Eltern informiert?«

»Ja, sie sind auf dem Weg hierher.«

»Jemand hat Lilly also einfach vor dieser Klinik abgelegt?«

»So ist es. Die Krankenschwester, die das beobachtet hat, Angelika Braband, sagte mir, sie habe sich zumindest einen Teil des Kennzeichens vom Wagen des Unbekannten merken können.«

»Sehr gut.«

»Ich habe das bereits weitergeleitet. Die Kollegen wollen mir gleich eine Liste mit allen Fahrzeugen schicken, die infrage kommen.«

»Das ist wenigstens ein Anhaltspunkt.«

»Ja.«

»Ist das Mädchen schwer verletzt?«

»Sie hat ein paar Prellungen, eine Platzwunde am Kopf und eine Gehirnerschütterung. Außerdem ist ihr Schienbein gebrochen. Nach Meinung der Ärzte hat sie großes Glück gehabt. Ihr Zustand ist stabil.«

»Woher stammen die Verletzungen?«

»Man hat mir ihre Kleidungsstücke gezeigt. Die müssen noch von den Forensikern im Labor untersucht werden. Aber mir fielen bereits winzige Lackpartikel daran auf. Roter Autolack, denke ich, wahrscheinlich von einem Kotflügel.«

»Also ist sie wohl angefahren worden.«

»Das vermute ich auch.«

»Sprechen wir mit ihr.«

Trojan nickte. Er wies mit dem Kopf zu der Tür zum Krankenzimmer, in dem sich Lilly Steiner befand, und ging mit Carlotta darauf zu.

»Sie ist übrigens heute 18 Jahre alt geworden«, sagte er.

»Ausgerechnet an ihrem Geburtstag taucht sie wieder auf?«

»Ja. Ob das nun Zufall ist oder nicht.«

»Und sie hat sich noch nicht dazu geäußert, was ihr zugestoßen ist?«

»Nein. Das müssen wir erst herausfinden.«

Trojan drückte die Türklinke, und sie traten ein.

FÜNF

Carlotta hatte kaum Zeit gehabt, sich in die Akte des Vermisstenfalls einzulesen. Als sie in Templin angekommen war, hatte sie in ihrem Bulli das Wesentliche aus der Datei herauszufiltern versucht, die ihr Trojan aufs Handy geschickt hatte. Alles sah damals nach einer Entführung aus. Je länger nach Lilly gesucht wurde, desto unwahrscheinlicher wurde es, sie lebend wiederzufinden. Sollte sie einem Triebtäter zum Opfer gefallen sein, musste man laut Statistik befürchten, dass sie innerhalb von 48 Stunden getötet wurde. Allerdings gab es Fälle, in denen Täter ihre Opfer über einen längeren Zeitraum gefangen hielten, manchmal sogar über Jahre.

Auch die Aussageprotokolle von Lillys Eltern hatte sie überflogen. Diese zeigten sich geschockt und verzweifelt. Nicht zu wissen, ob ihre Tochter noch am Leben war oder nicht, ständig zwischen Hoffnung auf ein Wiedersehen und der furchtbaren Ahnung zu schwanken, sie könnte grausames Leid erfahren haben und längst tot sein, zermürbte zunehmend die Nerven der Angehörigen.

Und nun ihre überraschende Rückkehr. Wie aus dem Nichts. In dieser einsamen Gegend. Irgendwo in der Schorfheide.

Darum war Carlotta aufs Äußerste gespannt, als sie in dem kleinen Krankenhaus mit Trojan zu Lilly ans Bett trat. Was war dem Mädchen widerfahren? Durch welche Hölle war sie gegangen?

Trojan bedeutete Carlotta mit einem Kopfnicken, dass er es

für besser hielt, wenn sie das Gespräch führte. Sie beschloss, dabei extrem behutsam vorzugehen. Ein Blick in die tief umschatteten Augen des Mädchens, und ihr wurde das Ausmaß ihrer Traumatisierung bewusst.

Lilly war bleich. Ihr Kopf war bandagiert. Ihr rechtes Bein war hochgelagert und steckte ebenfalls in einem Verband. Zudem trug sie eine Halskrause, eine sogenannte Zervikalstütze für die Halswirbelsäule.

Carlotta zog sich einen Stuhl heran und setzte sich an das Krankenbett. Trojan blieb stehen.

Sie räusperte sich. »Ich bin Carlotta Weiss und arbeite als Kriminalpsychologin. Meinen Kollegen Nils Trojan kennst du ja bereits. Wir sind beide vom LKA Berlin und haben ein paar Fragen an dich.«

Lilly zeigte keinerlei Regung.

»Wir vermuten, dass du von einem Auto angefahren wurdest. Ist das richtig?«

Die Stimme der 18-Jährigen war brüchig. »Ich weiß nicht.«

»Ein unbekannter Mann hat dich hierhergebracht. Du warst schwer verletzt. Doch er hat dich nur vor der Klinik abgelegt und fuhr wieder weg. Erinnerst du dich daran?«

»Nein.«

»Du weißt nichts von einem Unfall?«

Lilly atmete hörbar aus. Offenbar hatte sie Schmerzen.

»Weißt du denn, wo du bist?«, hakte Carlotta vorsichtig nach.

Keine Antwort.

»Du befindest dich in Templin, das ist eine kleine Stadt in der Schorfheide.«

Ein ängstliches Augenflackern. »Was ist passiert?«

»Das versuchen wir herauszubekommen.« Carlotta lehnte

sich vor. »Lilly, hör mit gut zu. Du bist vor knapp einem Jahr spurlos verschwunden. Die Polizei hat nach dir gesucht. Kannst du uns erzählen, wo du warst?«

Es entstand eine lange Pause. Carlotta wartete gespannt ab. Doch Lilly schaute sie nur mit großen Augen an.

»Bist du entführt worden?«

Stille. Keine weitere Reaktion.

Trojan trat von einem Bein auf das andere.

Carlotta musterte das Mädchen. »Denk genau nach. Du warst lange fort. Vor mehr als elf Monaten wurdest du das letzte Mal gesehen. Du warst in Berlin auf dem Weg zur Schule. Doch dort bist du nicht angekommen. Bist du überfallen worden? Wurdest du irgendwo gefangen gehalten?«

Lilly schluckte. »Ich weiß es nicht.«

»Du wurdest gerade wegen einer Schienbeinfraktur operiert. Hast mehrere Prellungen. Und eine Gehirnerschütterung. Mein Kollege fand Spuren von Lack an deiner Kleidung. Vermutlich Autolack. Bist du vor Kurzem von einem Wagen angefahren worden?«

Lilly Steiner schaute sie bloß an.

Carlotta ließ ein wenig Zeit verstreichen. Schließlich versuchte sie es erneut: »Heute Morgen. Jemand fuhr dich zu dieser Klinik. Ein unbekannter Mann. Er ist flüchtig. Was geschah davor? War es ein Unfall?«

Schweigen.

»Bist du vor deinem Entführer weggelaufen? Konntest du fliehen? Kam es dabei zu den Verletzungen?«

»Ich weiß nicht«, murmelte Lilly. »Ich habe Angst.«

»Schon gut.« Carlotta drückte für eine Weile ihre Hand. »Du stehst wahrscheinlich unter Schock.«

»Was haben Sie vorhin gesagt? Wie lange war ich weg?«

»Fast ein Jahr.«

Lilly schaute sie ungläubig an. »So lange?«

»Ja.«

»Wo sind meine Eltern?«

»Man hat sie angerufen. Sie müssten bald hier sein.«

»Und mein Bruder?«

In diesem Moment schaltete sich Trojan in das Gespräch ein. »Du hast einen Zwillingsbruder, nicht wahr? Er heißt Daniel. Das weiß ich aus der Vermisstenakte.«

Ihre Stimme klang wehmütig. »Daniel, ja.«

»Er kommt sicher auch gleich«, sagte Trojan.

»Ich habe große Angst.«

»Wovor?«, fragte Carlotta.

»Vor diesem Zustand. Es ist wie ein schwarzes Loch, in dem ich verschwunden bin. Ich weiß nicht mehr, was geschehen ist.«

»Wir vermuten, dass du entführt wurdest. Das war im letzten Herbst.«

»Der wievielte ist heute?«

Carlotta nannte ihr das Datum.

Lilly hob die Augenbrauen. »Mein Geburtstag?«

»Ja. Du bist heute volljährig geworden.« Carlotta überlegte, ob es angemessen war, ihr unter diesen Umständen zu gratulieren. »Meinen Glückwunsch«, murmelte sie kaum hörbar.

Da lief Lilly eine Träne übers Gesicht. »Was ist passiert? Warum kann ich mich denn nicht erinnern?«

»Vielleicht liegt es an dem, was heute Morgen geschehen ist. Ein schwerer Sturz. Das kann zu einem zeitweiligen Gedächtnisverlust führen.«

Lilly atmete schwer.

Erneut drückte Carlotta ihre Hand. »Keine Sorge, das gibt sich wieder.«

Trojan kam einen Schritt näher. »Lilly, kann es sein, dass du vor deinem Entführer geflohen bist? Heute früh oder in der Nacht?«

»Ich weiß nicht.«

»Hast du eine Ahnung, wie du in die Schorfheide gekommen bist?«, fragte er.

»Schorfheide?«

»Kennst du das Gebiet? Es gibt hier große Wälder. Ein Biosphärenreservat. Es ist dünn besiedelt.«

Carlotta registrierte eine winzige Reaktion. Als würde eine verschwommene Erinnerung auftauchen.

»Der Wald«, sagte das Mädchen leise. »Der dunkle Wald.« Sie schloss die Augen. Ihre Lider zitterten.

»Lilly?«, fragte Carlotta nach einer Weile.

Die Hände der Jugendlichen krallten sich ins Bettlaken. Dann schaute sie Carlotta an. »Mir ist schwindlig.«

»Das könnten die Nachwirkungen der Narkose sein. Möchtest du ein Gas Wasser trinken?«

»Ja, bitte.«

Carlotta nahm einen Becher vom Nachttisch, der mit Mineralwasser gefüllt war, und reichte ihn Lilly.

Nachdem sie getrunken hatte, wandte sich Trojan an sie. »Erinnerst du dich an einen Wald?«

Schweigen.

»Du sprachst eben von einem dunklen Wald.«

»Ich weiß nicht genau.«

In diesem Moment wurde die Tür aufgerissen. Eine Frau in den 40ern stürmte herein, gefolgt von einem etwa 50-jährigen Mann und einem Teenager.

»Lilly, mein Kind«, stieß die Frau hervor und eilte auf das Bett zu.

Carlotta erhob sich von ihrem Stuhl. »Sind Sie die Mutter?«, fragte sie.

Die Frau ließ ihren Tränen freien Lauf. Carlotta fürchtete, sie könnte der verletzten Lilly Schmerzen bereiten, so fest drückte sie sich an sie.

Schließlich warf sie Carlotta einen kurzen Blick zu. »Ja, Miriam Steiner mein Name.«

Auch der Mann hatte sich nun dem Bett genähert. Er stand eher verloren da, schien nicht zu wissen, wo er seine Hände lassen sollte.

»Ich bin Robert Steiner«, sagte er. »Der Vater von Lilly.« Er wies auf den Jungen neben sich. »Und das ist mein Sohn Daniel.«

Miriam Steiner hatte unterdessen auf dem Bettrand Platz genommen. »Was ist passiert, Lilly?«, fragte sie sichtlich ergriffen. »Wo warst du nur so lange?«

Trojan machte einen Schritt auf sie zu. »Wir müssen Sie bitten, noch einen Augenblick draußen zu warten. Wir sind mitten in einer Vernehmung.«

Sie reagierte mit einer unwilligen Kopfbewegung. »Wer sind Sie überhaupt? Was wollen Sie von meiner Tochter?«

Nils räusperte sich. »Wir sind vom Landeskriminalamt Berlin.« Er nannte ihr seinen Namen und den Dienstgrad. »Das ist meine Kollegin Carlotta Weiss. Sie ist Kriminalpsychologin.«

Lillys Mutter zeigte sich davon wenig beeindruckt. Erneut umarmte sie ihre Tochter.

»Du tust mir weh«, brachte Lilly erstickt hervor.

Carlotta wurde ungeduldig. »Tun Sie bitte, was mein Kollege gesagt hat.«

Miriam Steiner schaute empört auf. »So lange waren wir im Ungewissen, und jetzt schicken Sie uns vor die Tür?«

»Sprechen Sie draußen mit den Ärzten. Danach können Sie zu ihr.«

Endlich stand sie auf. Dafür trat der Bruder ans Bett.

Lillys Miene hellte sich ein wenig auf. »Daniel«, sagte sie erfreut.

Er berührte sie sachte an der Schulter. »Ich bin so froh, dass du wieder da bist.«

Es brauchte noch eine Weile, bis Carlotta und Trojan die Familie des Mädchens überzeugt hatten, dass ihre Vernehmung zunächst Vorrang hatte. Nachdem Nils die drei vor die Tür begleitet hatte, kam er ins Zimmer zurück und nickte Carlotta aufmunternd zu.

Sie versuchte, den Faden wieder aufzunehmen.

»Lass uns gedanklich einen Schritt zurückgehen«, sagte sie behutsam zu Lilly. »Dieser Wald, den du gerade erwähnt hast, löst der vielleicht eine Erinnerung in dir aus?«

Das Mädchen sah sie abermals nur schweigend an. Offenbar war sie von dem Wiedersehen mit ihrer Familie sehr aufgewühlt.

»Denk bitte genau nach. Wo warst du, bevor du in diese Klinik gebracht wurdest?«

»Ich sagte doch schon, dass ich es nicht weiß. Und das macht mir große Angst.«

Carlotta musterte sie besorgt. Wie schlimm stand es um sie? Wie erheblich war ihr Gedächtnisverlust? Sollte sie tatsächlich von einem Auto angefahren worden sein, könnten auch ihre Kopfverletzungen eine wesentliche Rolle dabei spielen. Sie musste dringend mit den Ärzten darüber reden.

Sie holte Luft. »Also schön. Vielleicht ist es das Beste, wenn du dich erst einmal ausruhst. Du standest in der Zeit, als du vermisst wurdest, wahrscheinlich unter großem Stress. Das kann ebenso dazu führen, dass in deinem Gehirn gewisse Bereiche ausgeblendet werden. Es ist gewissermaßen eine Schutzfunktion des Hirns.«

»Wann werde ich mich denn wieder erinnern können?«

»Das braucht Zeit. Ich helfe dir dabei.«

Lilly nagte an ihrer Unterlippe.

Carlotta überlegte, wie sie ihr Mut machen könnte.

»Du bist jetzt an einem sicheren Ort. Was auch immer geschehen ist, nun ist es durchgestanden.«

Lilly schien davon wenig überzeugt zu sein. Die Angst hatte sie offenbar noch immer fest im Griff.

Carlotta sah Trojan an. Sein Gesichtsausdruck bedeutete ihr, dass er es ebenfalls für angebracht hielt, Lilly vorerst mit weiteren Fragen zu verschonen.

Darum verabschiedeten sie sich von ihr und wandten sich zur Tür.

Als sie draußen auf dem Gang waren, eilte Miriam Steiner auf sie zu.

»Was hat Ihnen meine Tochter erzählt?«, fragte sie atemlos.

»Nicht viel«, entgegnete Carlotta. »Sie ist sehr verstört.«

»Wo war sie denn?«

»Wir wissen es noch nicht«, sagte Trojan.

»Was hat man ihr angetan?«

»Bitte beruhigen Sie sich.«

Miriam Steiner presste die Hand an ihren Mund. Die Verzweiflung stand ihr ins Gesicht geschrieben. »Wenigstens ist sie am Leben.«

»Ja. Und haben Sie Geduld mit ihr«, murmelte Trojan. »Sie braucht jetzt sehr viel Ruhe.«

SECHS

Drei Stunden später war Trojan noch immer in der Schorfheide unterwegs. Von den Kollegen hatte er die Liste der infrage kommenden Fahrzeughalter erhalten. Die Krankenschwester hatte sich die Buchstaben BAR gemerkt. Das stand für den Landkreis Barnim. Hinter dem Bindestrich hatte sie ein K erkennen können. Nach ihrer Aussage folgten noch zwei oder drei weitere Ziffern. Doch diese konnte sie nicht mehr benennen. Auch die Marke des Autos war ihr unbekannt. Wahrscheinlich war seine Farbe Rot, aber selbst hierbei war sie sich nicht sicher.

Laut Eintrag im Register konnten einige Personen dafür relevant sein. Trojan fuhr die Adressen einzeln ab, jedoch bisher ohne Ergebnis.

Er hatte gerade in der Ortschaft Vietmannsdorf einen fast 80-jährigen Fahrer befragt, der allerdings glaubhaft versichern konnte, seinen Wagen schon seit Wochen nicht mehr benutzt zu haben. Er war kränkelnd und bettlägerig. Trojan bezweifelte, dass er kräftemäßig überhaupt dazu in der Lage war, eine verletzte 18-Jährige auf die Rückbank seines Autos zu hieven.

Also steuerte Nils die nächste Adresse an. Der Regen hatte aufgehört, doch die Wolken hingen weiterhin tief. Auf der Landstraße, die durch einen dichten Wald führte, bediente er den Bordcomputer und wählte Carlottas Nummer. Sie war für weitere Befragungen bei Lilly in der Klinik geblieben.

Nach dem dritten Freizeichen hob sie ab. »Hallo, Nils.«

»Hallo. Wie sieht es bei dir aus?«

Sie seufzte. »Aus dem Mädchen ist einfach nichts herauszukriegen.«

»Keine weiteren Einzelheiten?«

»Leider nicht. Sie hat inzwischen zwei Stunden geschlafen. Danach war sie zwar etwas lebhafter. Doch das Gespräch mit ihr ergab nicht mehr als zuvor. Immerhin konnte ich ihre Eltern überzeugen, wieder nach Hause zu fahren und erst morgen wiederzukommen.«

»Der Besuch ihrer Familie hat Lilly angestrengt.«

»Ja, das war offensichtlich.«

»Merkwürdig, dass sie keine verwertbaren Aussagen treffen kann.«

»Ich fürchte, dass sie unter einer Amnesie leidet.«

»Und was bedeutet das in ihrem Fall genau?«

»Es scheint bei ihr ein partieller Gedächtnisverlust zu sein. Ihre Erinnerungen an die vergangenen Monate sind wie ausgelöscht.«

»Könnte das an ihren Verletzungen liegen?«, fragte Trojan, als er gerade auf die linke Spur ausscherte, um einen Lkw zu überholen.

»Das habe ich auch schon in Betracht gezogen«, antwortete Carlotta. »Gleich nachdem du weggegangen bist, hatte ich deswegen ein Gespräch mit dem behandelnden Chefarzt.«

»Und was sagt er?«

»Die Ergebnisse ihres Hirnscans sind so weit in Ordnung. Sie hat zwar eine Gehirnerschütterung, aber keine weiteren Auffälligkeiten.«

»Es gibt also keine organische Ursache?«

»Der Arzt schließt das aus.«

Trojan fädelte sich wieder auf der rechten Spur ein und kontrollierte sein Navi. »Woran liegt es dann?«

»Es ist wohl eher eine psychogene Amnesie, ausgelöst durch heftigen Stress. Vielleicht hat sie auch einen Schock erlitten. Du hast sie ja erlebt. Sie wirkt völlig verängstigt. Ich nehme an, sie hat in dem Jahr ihres Verschwindens Schreckliches durchgemacht.«

Trojan dachte für einen Moment nach. »Gehen wir mal davon aus, dass sie im letzten Herbst tatsächlich entführt wurde. Wenn sie nun ihrem Kidnapper entkommen konnte …«

»… steht sie höchstwahrscheinlich noch immer unter seinem Einfluss«, ergänzte Carlotta.

»Ist das der Grund ihrer Angst?«

»Das ist durchaus möglich. Wir müssen in Betracht ziehen, dass ihr mutmaßlicher Entführer alles daransetzen wird, sie zum Schweigen zu bringen oder zu sich zurückzuholen.«

»Ich habe bereits angeordnet, dass sie rund um die Uhr bewacht wird. Ein uniformierter Kollege müsste demnächst auf der Krankenstation eintreffen und vor ihrem Zimmer Stellung beziehen.«

»Sehr gut. Was macht deine Suche nach dem Fahrzeughalter?«

»Ich bin dran.«

»Halt mich auf dem Laufenden.«

»Mach ich.«

Sie legten auf.

Kurz darauf verließ er die Straße und bog auf einen Schotterweg ein. Etwa 200 Meter weiter hielt er vor einem abseits gelegenen Haus. Flachdach, eingeschossig, die Farbe an den Fensterläden war abgeblättert. Ein Stück davon entfernt befand sich ein alter Schuppen.

Trojan stieg aus. Der Vorplatz war vom Regen aufgeweicht. Überall Matsch. Reifenspuren. Ein Schäferhund an einer Kette empfing ihn mit lautem Gebell.

Nils ging auf das trostlose Gebäude zu und drückte auf den Klingelknopf. Nichts geschah.

Schließlich klingelte er ein zweites Mal. Dann hämmerte er mit der Faust gegen die Tür.

Der Hund kläffte wie wild.

Nach einer Weile wurde geöffnet. Ein Mann in den 40ern, in Jeans und Wollsocken, löchriger Pullover, Halbglatze, starrte ihn aus eng zusammenstehenden Augen an. »Ja?«

Nils zückte seinen Dienstausweis. »Ich bin Hauptkommissar Nils Trojan, LKA Berlin. Sind Sie Gerd Weigand?«

Der Mann mit der Halbglatze antwortete mit einer Gegenfrage. »Was wollen Sie von mir?«

»Heute Morgen wurde eine 18-Jährige, die vor knapp einem Jahr aus Berlin verschwunden ist, schwer verletzt vor dem Krankenhaus in Templin abgelegt. Eine Zeugin hat beobachtet, wie das Mädchen aus einem Wagen getragen wurde. Sie konnte sich einen Teil des Kennzeichens merken.«

»Und was hab ich damit zu tun?«

»Das Nummernschild könnte mit Ihrem übereinstimmen. Sie sind doch der Fahrzeughalter Gerd Weigand?«

Keine Reaktion.

»Ich deute das mal als ein Ja.«

Der Hund zerrte an der Kette, fletschte die Zähne.

Weigand rührte sich nicht.

»Wo waren Sie heute Morgen?«

»Bei der Arbeit.«

»In welcher Stadt sind Sie beschäftigt?«

»In Eberswalde.«

»Wann sind Sie losgefahren?«

»Gegen halb sieben.«

»Kann ich Ihr Auto mal sehen?«

Er tat, als hätte er ihn nicht gehört.

»Sind Sie schwer von Begriff?«

Weigand hob das Kinn. »Ich hab es verliehen.«

»An wen?«

»An einen Freund.«

»Und wo ist dieser Freund jetzt?«

»Er ist damit nach Berlin gefahren.«

»Tatsächlich?«

Pause.

»Wie kommen Sie morgen zur Arbeit, wenn Sie kein Auto haben?«

Schweigen.

»Ziemlich einsame Gegend. Fährt hier irgendwo ein Bus?«

Achselzucken. »Der Typ, dem ich es geliehen habe, bringt es mir bald zurück.«

Der Schäferhund konnte sich einfach nicht beruhigen. Sprang hoch, wurde von der Kette zurückgerissen, knurrte, sabberte.

Trojan sah zu dem Schuppen hin und straffte die Schulter. »Lügen Sie mich nicht an.«

»Ist die Wahrheit.«

»Ein Typ? Eben war es noch ein Freund, jetzt ist es ein Typ?«

»Hören Sie, ich weiß nicht, was Sie von mir wollen.«

»Machen Sie den Schuppen auf.«

Der Mann mit der Halbglatze zögerte. Er schien angestrengt nachzudenken.

»Na los.«

»Muss mir erst Schuhe anziehen.«

»Dann tun Sie das.«

Er zog sich von der Tür zurück und schlüpfte in ein Paar Gummistiefel. Schließlich setzte er sich in Bewegung. Trojan folgte ihm. Der Boden auf dem Grundstück war voller Pfützen. Als sie sich dem Hund näherten, zerrte dieser so stark an der Kette, dass er nach Luft schnappte.

Weigand schob den Riegel zurück und öffnete das Schuppentor.

Im Innern stand ein roter Opel Corsa. Trojan sah auf das Kennzeichen. BAR – K179.

»Verliehen, ja?«

»Hab mich geirrt.«

»Geirrt? Für wie bescheuert halten Sie mich eigentlich? Was ist heute Morgen passiert?«

»Nichts.«

Weigand wollte das Tor wieder schließen, doch Trojan schob ihn weg. Er knipste seine Maglite an und trat ein. Begann, den Wagen zu umrunden, und leuchtete ihn ab.

Auf einmal blieb er stehen. Vorne war der Scheinwerfer defekt, der Kotflügel hatte eine Delle, die Windschutzscheibe einen Sprung.

Er spürte, wie an seinem Hals eine Ader zu pochen kann. Er senkte die Stimme. »Kleinen Zusammenstoß gehabt?«

Weigand schwieg.

Trojan richtete den Strahl seiner Taschenlampe auf ihn. »Reden Sie!«

Der Mann mit der Halbglatze druckste herum. Dann sagte er: »Sie tauchte wie aus dem Nichts auf. Aber ich hab doch … Ich hab sie immerhin …«, er rieb die Hände aneinander, knackte mit den Gelenken, »… hab sie nicht einfach liegen lassen, das arme Ding.«

»Wo ist es passiert?«

»Auf der L100.«

»Wo genau?«

»In der Nähe von Groß Schönebeck. Ich kam aus Richtung Klein Dölln. Sie ist mir einfach vor den Wagen gelaufen.«

Trojan steckte die Maglite ein. »Sie sind vorläufig festgenommen.«

»Aber warum? Ich hab ihr doch geholfen.«

»Schwere Körperverletzung. Fahrerflucht.« Trojan ging auf ihn zu. »Außerdem steht der Verdacht einer Entführung im Raum.«

»Entführung?«

»Möglicherweise ist Ihnen das Mädchen entkommen. Sie sind ihr im Auto gefolgt. Und dann haben Sie sie angefahren. Sie war schwer verletzt. Sie hätten sie sterben lassen können. Doch das wollten Sie nicht. Aus irgendeinem Grund hatten Sie Mitleid mit ihr.«

Weigand starrte ihn an.

Trojan näherte sich ihm.

Und dann ging alles sehr schnell. Eine heftige Bewegung von Weigand, und er schleuderte ihm einen metallenen Werkzeugkasten entgegen. Trojan versuchte auszuweichen, doch der Kasten traf ihn mit voller Wucht.

Er taumelte zurück, verlor das Gleichgewicht.

Als er sich wieder aufgerappelt hatte, war Weigand weg.

Trojan stürmte aus dem Schuppen.

Der Mann mit der Halbglatze hechtete über einen Zaun und rannte über das angrenzende Feld. Nils nahm die Verfolgung auf.

»Stehen bleiben!«

Er fluchte innerlich. Die Entfernung war zu groß. Er zog

seine Waffe aus dem Holster, richtete den Lauf senkrecht nach oben und feuerte einen Warnschuss ab.

Es knallte.

Weigand zuckte vor Schreck zusammen.

Dann stolperte er und fiel hin.

Trojan beschleunigte, als Weigand wieder auf die Beine kam.

»Stehen bleiben!«, schrie Nils noch einmal.

Er rannte schneller.

Weigand floh im Zickzack über das Feld. Trojan schoss noch einmal in die Luft.

Da hatte er sich auf etwa drei Meter genähert. Er setzte zu einem Hechtsprung an und erwischte einen Fuß von Weigand.

Der schlug lang hin, und Trojan warf sich auf ihn, drehte ihm die Arme nach hinten.

Keuchend legte er ihm die Handschellen an.

SIEBEN

Carlotta war noch immer in Templin auf der Krankenstation, als ihr Handy läutete. Es war Trojan, der sie über die Neuigkeiten informierte. In knappen Worten fasste er das Wesentliche für sie zusammen.

»Ist Weigand der Entführer des Mädchens?«, fragte sie aufgeregt.

»Das ist noch unklar«, antwortete Trojan. »Er will es nicht zugeben. Sein Haus wird nach Hinweisen durchsucht.«

»Und die Unfallstelle?«

»Sie ist ungefähr acht Kilometer von Weigands Haus entfernt. Und zwar an der L100 zwischen Klein Dölln und Groß Schönebeck. Die Kollegen sind bereits vor Ort. Weigand hat nach seiner Festnahme weitere Einzelheiten über den Unfall angegeben. Lilly war demnach noch bei Bewusstsein, als er sie von der Straße aufhob. Er fährt einen roten Opel Corsa. Der Kotflügel weist eine Delle auf. Und auf der Rückbank sind Blutspuren. Ich schicke dir ein paar Fotos. Du solltest sie dringend dazu befragen.«

»Geht klar.«

Sie legten auf.

Kurz darauf trafen die Aufnahmen auf ihrem Handy ein. Carlotta besah sie sich, dann klopfte sie an die Tür zu Lillys Zimmer und trat ein.

Sie setzte sich zu ihr ans Bett.

»Wie geht es dir?«, fragte sie behutsam.

»Nicht gut.«

»Hast du Schmerzen?«

»Ja, im Bein. Und der Kopf tut mir weh.«

»Das wird sich bald geben. Du hast großes Glück gehabt, dass du nicht noch schwerer verletzt wurdest.«

Es entstand eine Pause.

Dann sagte Carlotta: »Es gibt Neuigkeiten.« Sie nahm ihr Handy hervor und öffnete ein Foto von Gerd Weigand aus dem Melderegister. Sie zeigte es ihr. »Kennst du diesen Mann?«

Lilly warf einen Blick darauf und zog die Stirn in Falten. »Wer sollte das sein?«

»Sein Name ist Gerd Weigand. Mein Kollege Nils Trojan konnte ihn anhand seines Autokennzeichens ermitteln. Weigand hat zugegeben, dich heute Morgen auf einer Landstraße mit seinem Wagen angefahren zu haben. Er ist derjenige, der dich daraufhin vor der Klinik abgelegt hat.«

Lilly schaute erneut auf das Foto.

»Warst du vor ihm auf der Flucht?«, fragte Carlotta. »Wurdest du damals von ihm gekidnappt?«

Das Mädchen rührte sich nicht. Schließlich sagte sie: »Ich kann mich nicht erinnern.«

Carlotta öffnete eine weitere Aufnahme auf dem Display. Diese zeigte das Haus von Weigand.

»Hier lebt er. Ein abseits gelegenes Gebäude, ungefähr acht Kilometer von der Unfallstelle entfernt.« Sie holte tief Luft. »Pass auf. Das ist jetzt sehr wichtig. Wurdest du von dem Mann in diesem Haus gefangen gehalten?«

Lilly musterte das Bild. »Ich weiß nicht.«

»Denk genau nach.«

Sie seufzte. Sie war noch immer sehr blass. Nach einer Weile zuckte sie mit den Schultern.

»Eines steht fest«, sagte Carlotta, »du warst auf der L100 zwischen den Ortschaften Klein Dölln und Groß Schönebeck unterwegs. Dort wurdest du von dem Auto erfasst. Du warst noch bei Bewusstsein, als dich Weigand von der Straße aufgehoben und auf die Rückbank seines Opel Corsa gelegt hat. Ob er auch dein Entführer ist, wissen wir nicht. Er leugnet es, könnte es aber dennoch gewesen sein.«

»Ich kann mich weder an ihn noch an das Haus erinnern.«

»Aber du musst ihn doch heute Morgen gesehen haben. Der Corsa rast auf dich zu und erwischt dich mit dem Kotflügel. Du liegst auf der Straße. Weigand hält an, steigt aus und kommt zu dir.«

»Ich weiß davon nichts. Es ist alles weg.«

Carlotta ließ ein paar Sekunden verstreichen. Danach versuchte sie es erneut. »Und wenn wir mit dem Tag deines Verschwindens beginnen? Im letzten Herbst? Was ist das Letzte, woran du dich erinnern kannst?«

Lilly blickte sie aus trüben Augen an. »Ich bin müde.«

Carlotta atmete durch. »Willst du denn nicht auch, dass wir deinen Entführer schnappen?«

»Natürlich will ich das. Und ich gebe mir ja die größte Mühe, aber …« Sie brach ab. »Zeigen Sie mir noch einmal das Foto von dem Mann?«

Carlotta öffnete das Bild auf dem Display und reichte es ihr.

Es vergingen ein paar Sekunden. Schließlich verneinte Lilly. »Es tut mir sehr leid. Aber ich fürchte, ich kann Ihnen nicht weiterhelfen.«

Carlotta nahm das Handy und stand auf. »In Ordnung. Ich lasse dich jetzt in Ruhe. Wir reden morgen weiter, ja?«

Lilly nickte schwach.

Carlotta verließ das Zimmer und wählte Trojans Nummer.

Er hob umgehend ab. »Und? Was gibt es Neues?«

»Sie erkennt Weigand auf dem Foto nicht wieder.«

»Und das Haus?«

»Nichts.«

»Einzelheiten zum Unfall?«

»Rein gar nichts.«

»Verdammt.«

»Ich komme bei ihr nicht weiter.«

»Liegt das nun an ihrer Amnesie?«

»Das bezweifle ich. Sollte er tatsächlich ihr Entführer sein, müsste der Anblick irgendetwas in ihr auslösen. Selbst wenn sie noch so große Angst vor ihm hat, eine winzige Reaktion müsste an ihr bemerkbar sein. Doch da war nichts. Totale Leere.«

»Also scheint er nur derjenige zu sein, der sie auf der Landstraße mit seinem Wagen erwischt hat.«

»Ganz genau. Durch den Schock kann sie sich wohl nicht mehr daran erinnern. Wir müssen geduldig mit ihr sein. Zu viel Druck verursacht bloß weiteren Stress bei ihr. Ich habe ihr gesagt, dass ich die Befragung morgen fortsetze.«

»Sie scheint schwerstens traumatisiert zu sein.«

»Das denke ich auch. Aber mit Weigand haben wir zumindest einen Ansatzpunkt.«

»Wir wissen nun wenigstens, wo sie heute Morgen war.«

»Richtig.« Carlotta hörte Motorengeräusche im Hintergrund. »Was machst du gerade?«

»Weigand wurde aufs Revier nach Berlin gebracht. Darum bin ich nun auf dem Weg zur L100. Ich fahre dorthin, wo die Kollegen die Unfallstelle ausfindig gemacht haben.«

»Schickst du mir die Geokoordinaten? Dann komme ich sofort zu dir.«

»In Ordnung.«

ACHT

Es war bereits dunkel geworden. Die Blaulichter der Einsatzfahrzeuge zuckten über den vom Regen noch feuchten Asphalt. Die Landstraße war abgesperrt.

Trojan fröstelte und schlug den Kragen seiner Jacke hoch. Da sah er den VW-Bus von Carlotta heranfahren. Sie hielt an, stieg aus und trat auf ihn zu.

»Gut, dass du hier bist«, sagte er.

»Wo ist es passiert?«

Er schaltete seine Maglite an und führte sie zu der entsprechenden Stelle. »Siehst du die Bremsspuren?«

Sie nickte.

»Außerdem haben die Forensiker Blutspuren und winzige Blechteile gesichert. Weigand kam von dort«, er wies in nördliche Richtung, »und genau hier wurde Lilly von seinem Wagen erfasst.«

»Sie erwähnte den dunklen Wald«, sagte Carlotta.

»Das klang beinahe, als habe sie sich verlaufen.«

»Von daher können wir vermuten, dass sie irgendwo in der Nähe aus ihm herausgefunden hat und auf die Straße stieß.«

»Richtig.«

»Hast du die Umgebung gecheckt?«

»Hab ich. In der Nähe ist ein Forstweg, wie ich auf den Satellitenaufnahmen erkennen konnte.«

Auch Carlotta knipste nun ihre Taschenlampe an. »Den sollten wir uns mal anschauen.«

Trojan nickte ihr zu. »Also los.«

Schweigend folgten sie dem Seitenstreifen in südliche Richtung. Nach einiger Zeit hatten sie den Weg entdeckt und leuchteten in die Finsternis hinein.

»Gibt es hier irgendwo in der Nähe ein Haus oder eine Hütte, in der Lilly gefangen gehalten worden sein könnte?«, fragte Carlotta.

Trojan schüttelte den Kopf. »Ich habe mir das auf Google Maps genau angeschaut. Es ist ein extrem einsames Gebiet.«

»Dann ist sie wohl längere Zeit in der Einöde umhergeirrt.«

»So sieht es aus.«

Sie bogen in den Forstweg ein. Schon hatte sie die Dunkelheit verschluckt. Angestrengt orientierten sie sich an den Strahlen ihrer Stableuchten, die im Takt ihrer Schritte hin und her huschten. Trojan musste an Lillys Worte denken: *Es ist wie ein schwarzes Loch, in dem ich verschwunden bin.*

Woher war das Mädchen gekommen? Was war mit ihr passiert? Wie abgrundtief musste der Schrecken gewesen sein, dass sie sich an überhaupt nichts mehr erinnern konnte?

Abermals fröstelte Trojan. Atemwolken bildeten sich vor ihren Gesichtern. Seite an Seite schritten sie voran und hielten die Lichtkegel auf das Gestrüpp am Wegesrand gerichtet.

Nach einer Weile blieb er abrupt stehen. »Da!«

Er hatte etwas entdeckt, das an einem der Zweige hing. Sie traten näher heran.

Es war ein Stofffetzen.

Trojan streifte sich Latexhandschuhe über und zog den Stoff von dem Gebüsch ab.

»Könnte von ihr sein«, murmelte Carlotta.

»Vermutlich von ihrem Kleid.«

»Also kam sie wohl durch das Dickicht.«

»Ja.« Er tütete das Fundstück in einen Asservatenbeutel ein und steckte ihn ein.

Sie folgten dem Licht ihrer Lampen, bogen Zweige auseinander und arbeiteten sich durch das Unterholz.

Lange Zeit gingen sie schweigend. Einmal schrie ein Nachtvogel aus der Ferne. Wispernd strich der Wind durch das Geäst der Bäume. Vor ihnen war bloß ein schmaler Trampelpfad auszumachen. Trojan versuchte, Fußspuren zu erkennen, jedoch vergeblich. Der Boden war matschig, vom Regen aufgeweicht.

Etliche hundert Meter weiter lichtete sich der Wald ein wenig. Suchend leuchteten sie die Umgebung ab und schritten dabei wortlos voran.

Trojan dachte an die Begegnung mit Lillys Eltern und ihrem Zwillingsbruder. Er sah den ängstlichen Gesichtsausdruck des Mädchens vor sich. Was hatte sie nur durchgemacht? Wie viele Stunden war sie hier im Wald gewesen? Die ganze Nacht? Und was war vorher passiert? Welches Martyrium hatte sie durchlitten? Würde sie sich jemals von dem Schock erholen? Wann konnten sie mit einer verwertbaren Aussage von ihr rechnen?

Es war unheimlich in der Finsternis. Die Schorfheide, dachte er. So dünn besiedelt. Wildnis. Der perfekte Ort, um ein unschuldiges Mädchen versteckt zu halten.

Plötzlich erfasste sein Lichtkegel eine Gestalt. Da war eine Fratze, tiefe Augenhöhlen, ein weit aufgerissener Mund.

Entsetzt wich er zurück.

Auch Carlotta hatte es bemerkt. Sie stieß einen erstickten Schrei aus.

»Was ist das?«

Instinktiv glitt Trojans Hand zu der Waffe in seinem Holster.

Schließlich atmete er durch.

Langsam näherte er sich dem Baum, an dem er das unheimliche Wesen ausgemacht hatte.

Es war nur eine Puppe. Allerdings mannshoch. Sie bestand aus Stofffetzen und war mit dünnen Zweigen und Schnüren an den Baum gebunden. Sie hatte einen riesigen Kopf, der an einen Totenschädel erinnerte. Dunkle Augenhöhlen und ein grotesk verzerrter Mund.

»Was zum Teufel hat das zu bedeuten?«, brachte Trojan leise hervor.

Carlotta trat langsam an das Gebilde heran. »Hat Ähnlichkeit mit einer Voodoo-Puppe. Nur dass sie sehr viel größer ist.«

»Du hast recht. Sieht aus, als habe das mit irgendeinem dunklen Zauber zu tun.«

»Dieser Schädel …« Nun streifte sich auch Carlotta Latexhandschuhe über. Sie betastete das Ding.

»Erschreckend, nicht wahr?«

Ihre Hände fuhren über den grotesken Kopf. »Scheint mir aus Ton zu sein.«

Trojan ließ seinen Lichtkegel weiter kreisen. Erneut schreckte er zusammen. »Sieh mal.«

Er deutete auf einen anderen Baum. Dort war eine weitere Puppe festgebunden. Wieder diese unheimlichen ausgehöhlten Augen und der zu einem Schrei geöffnete Mund.

»Und dort.« Carlottas Lichtkegel tanzte umher.

Da waren noch mehr von diesen erschreckenden Figuren. Insgesamt sieben an der Zahl. Die Baumstämme, um die sie geschlungen waren, bildeten einen Kreis. Trojan und Carlotta befanden sich in der Mitte von ihnen. Als seien sie von diesen geisterhaften Gestalten umzingelt worden.

Trojan lief ein Schauer über den Rücken.

Carlotta nahm ihr Handy hervor und fotografierte die bizarren Fundstücke. Das Blitzlicht zuckte. Einmal. Zweimal. Siebenmal. Die Fratzen starrten sie reglos an.

»Wir müssen mit Lilly darüber sprechen«, sagte sie.

»Ja. Und wir brauchen Verstärkung. Das Gebiet muss weiträumig abgesucht werden.«

»Kümmerst du dich um die Koordination vor Ort? Dann fahre ich umgehend zurück zu ihr, um ihr die Aufnahmen zu zeigen.«

»Gut, ich bleibe hier«, sagte Trojan.

Abermals schauderte er, als er die bleichen Gesichter an den Bäumen betrachtete. Irgendein Wahnsinniger musste für diesen Spuk verantwortlich sein. Und der Verdacht lag nahe, dass auch Lilly davon betroffen war.

NEUN

Carlotta parkte ihren Bulli vor der Klinik, stieg aus und eilte auf den Eingang zu.

Sie fuhr mit dem Lift in die vierte Etage hinauf und durchschritt den Gang. Ein uniformierter Polizist war vor dem Krankenzimmer postiert.

Carlotta nickte ihm zu und stellte sich vor. »Gab es irgendwelche Auffälligkeiten?«

»Nein.«

»Seit wann sind Sie hier?«

»Ich habe den Dienst um 20 Uhr begonnen.«

»Wann werden Sie abgelöst?«

»Morgen früh um sieben.«

»Gut.« Sie sah zur Uhr. Es war bereits Viertel nach elf. »Bitte melden Sie uns jeden Vorfall.«

»In Ordnung.«

Schließlich drückte sie die Klinke und trat ein.

Das Nachtlicht war eingeschaltet. Lilly schlief bereits. Carlotta war es unangenehm, sie wecken zu müssen. Selbstverständlich brauchte sie ihre Ruhe, und eigentlich hatten die Ärzte ja auch angeordnet, dass sie nachts nicht gestört werden sollte. Doch es war dringend. Bei der Suche nach dem Täter durften sie keine Zeit verlieren. Darum berührte sie das Mädchen mit der Hand an der Schulter.

Es kam keine Reaktion.

»Lilly«, sagte sie leise.

Nichts.

Sie rüttelte leicht an ihr. »Wach bitte auf.«

Erschrocken riss das Mädchen die Augen auf und starrte sie an. Erst allmählich schien sie Carlotta zu erkennen. »Was ist denn los?«, fragte sie benommen.

»Ich wollte zwar erst morgen wiederkommen, aber ich muss mit dir reden.«

»Ist etwas passiert?«

»Wir haben was gefunden. Draußen im Wald. Ungefähr zwei Kilometer von der Stelle entfernt, an der du angefahren wurdest.«

»Ich bin müde.«

»Bitte schau es dir dennoch an. Ich hab ein paar Fotos davon gemacht. Die könnten deiner Erinnerung vielleicht auf die Sprünge helfen. Wir vermuten nämlich, dass du auf deinem Weg zur Landstraße an dem Fundort vorbeigekommen bist.«

»Was ist es denn?«

Carlotta nahm ihr Handy hervor. »Ich muss dich warnen, es ist ziemlich unheimlich.« Sie setzte sich zu ihr an den Bettrand.

Lilly schaute sie ängstlich an. »Kann das nicht bis morgen warten?«

»Mir wäre es lieber, wenn wir das gleich erledigen. Und sei unbesorgt. Es sind nur Puppen.«

»Puppen?«

»Ja. Erinnerst du dich daran?«

Lilly schwieg.

»Sie sind sehr groß. Wie Menschen. Und sie sind an Bäumen angebunden.«

Ihre Augen weiteten sich. »Das ist ja furchtbar.«

Carlotta öffnete eine der Aufnahmen auf dem Display. »Wir müssen herausfinden, wer sie dort angebracht hat. Möglicherweise hat es mit dem zu tun, was dir in letzter Zeit widerfahren ist.« Sie ließ eine Pause verstreichen. Dann fragte sie: »Bist du bereit dafür?«

Lilly zögerte. Schließlich nickte sie kaum merklich.

Entschlossen hielt ihr Carlotta das erste Bild hin.

Die 18-Jährige warf nur einen kurzen Blick darauf. Dann begann sie am ganzen Körper zu zucken und stieß gellende Schreie aus.

»Aber nicht doch.« Carlotta griff nach ihrer Hand. Es war ihr unangenehm, dass sie die Jugendliche derartig aufgeschreckt hatte.

Lilly jedoch schrie weiter und warf sich herum, als würde sie von Krämpfen geschüttelt.

Nach einer Weile flog die Tür auf, und ein Pfleger stürmte herein.

»Was ist hier los?«, rief er.

»Ich musste ihr etwas zeigen«, murmelte Carlotta betreten und stand auf.

»Um diese Zeit noch?«

»Es tut mir sehr leid.«

Der Pfleger beugte sich über Lilly. »Ganz ruhig«, sagte er.

Lilly versuchte sich aufzubäumen. Er aber drückte sie sanft zurück aufs Bett.

Ihre Schreie waren durchdringend, schrill und spitz.

Der Pfleger zog eine Spritze auf.

»Ist das unbedingt notwendig?«, fragte Carlotta.

»Die Ärzte haben angeordnet, dass sie vor jeglichen Aufregungen verschont bleibt.«

Entschlossen setzte er Lilly die Injektion.

Allmählich erstarben ihre Schreie.

Für einen Moment hatte Carlotta den Eindruck, als wolle sie ihr noch etwas sagen.

Dann aber fielen ihr die Augen zu, und sie rührte sich nicht mehr.

»Gehen Sie jetzt«, sagte der Pfleger.

ZEHN

Sie wurden lebendig. Lösten sich von den Bäumen und traten auf ihn zu. Es waren keine Puppen. Sie bewegten sich, kamen näher und näher.

Er starrte in ihre unheimlichen Fratzen. Die tiefen Augenhöhlen, die zu einem Schrei aufgerissenen Münder. Ein Geruch von Moder und Tod entstieg ihnen.

»Weg, weg«, stammelte er und versuchte, sie mit den Händen zu verjagen. Doch er griff durch sie hindurch. Wie war das möglich? Er schlug mit den Fäusten nach ihnen, jedoch vergeblich.

Sie schwebten um ihn herum. Wie Geister taumelten sie im Nebel umher. Er wandte sich von ihnen ab und rannte los. Schwer atmend irrte er durch den Wald.

Plötzlich sah er das Mädchen. Auch sie war offenbar auf der Flucht vor diesen Gestalten, hastete in Panik durchs Dickicht.

Doch diese Wesen kamen von überall, lauerten hinter jedem Baum und stießen plötzlich hervor. Sie wisperten, säuselten, ein unheimliches Raunen lag in der Luft.

Das Mädchen erreichte den Forstweg und von dort die Straße. Er war dicht hinter ihr. Rannte ihr auf der Straße nach. Er wollte sie warnen.

»Warte, warte!«, rief er ihr zu.

Da sah er die Scheinwerferkegel eines Wagens aus dem Nebel auftauchen. Mit großer Geschwindigkeit preschte das Auto heran.

»Pass auf!«, schrie er.

Aber es war zu spät. Er sah, wie der Wagen sie erfasste. Ein hässliches Ploppen erschall, als ihr Körper getroffen und hoch durch die Luft geschleudert wurde.

Er meinte zu hören, wie ihre Knochen zerbarsten, als sie auf dem Asphalt aufschlug. Sah das Blut an ihrem Kopf.

Er rannte schneller, hin zu ihr.

Doch dann steuerte das Auto direkt auf ihn zu. Das Licht blendete ihn. Der Motor dröhnte. Kurz darauf flog er in die Windschutzscheibe. Glas splitterte. Er prallte ab und fiel.

In diesem Moment erwachte er. Er rang nach Luft.

Wo war er?

Seine Glieder fühlten sich steif an. Ein stechender Schmerz im Nacken.

Etwas brummte, vibrierte in seiner Nähe.

Was war passiert?

Da erst wurde Trojan bewusst, dass er in seinem Dienstwagen saß, den Kopf an die Seitenscheibe gelehnt. Er hatte die Nacht im Auto verbracht. Gleich in der Frühe wollte er zusammen mit den Kollegen, die er am Abend zuvor alarmiert hatte, die Durchsuchung in dem Waldgebiet der Schorfheide fortsetzen. Darum hatte es sich für ihn nicht mehr gelohnt, nach Berlin zurückzufahren.

Das Vibrieren kam von seinem Handy. Er richtete sich auf, fischte es aus der Hosentasche und nahm den Anruf entgegen.

Es war sein Kollege Ronnie Gerber. »Nils?«

»Ja?«

»Wo bist du?«

»Noch im Auto.«

»Wir brauchen dich hier.«

»Worum geht es?«

»Wir sind in einer Gegend, ein paar Kilometer von der Unfallstelle entfernt.«

»Habt ihr ohne mich angefangen?«

»Ja. Ich denke, du hast verschlafen.«

Er schaute auf die Uhr auf dem Display. Gerber hatte recht. Er war spät dran.

»Okay. Bring mich auf den neuesten Stand«, sagte er.

»Wir haben was gefunden.«

Sofort war er hellwach. »Was?«

»Noch ein paar von diesen Puppen, die du uns gestern gezeigt hast. Wieder sieben an der Zahl und im Kreis angeordnet. Ich schick dir die Koordinaten.«

»Gut. Ich komme, so schnell ich kann.«

Er unterbrach die Verbindung. Kurz darauf traf der Link auf seinem Handy ein. Er öffnete ihn. Google Maps öffnete sich. Trojan checkte die Umgebung auf der Karte. Wo sich die Kollegen augenblicklich befanden, war keine Straße in der Nähe. Es wäre also wohl das Beste, wenn er sich von seinem Standpunkt aus zu Fuß dorthin aufmachte.

Er verließ den Wagen, zog den Reißverschluss seiner Jacke zu und ging los. Bald darauf hatte er den Forstweg erreicht, auf dem er gestern Abend mit Carlotta gewesen war. Er kontrollierte das Navi auf seinem Mobiltelefon und entschied sich, denselben Trampelpfad wie am Vortag zu nehmen, nur dass es von dort aus irgendwo einen Abzweig geben musste.

Mühsam arbeitete er sich durchs Dickicht vor. Als er einige Zeit später erneut die Karte kontrollierte, fluchte er leise. Er war falsch abgebogen. Der Weg, den er eigentlich nehmen wollte, lag weit von ihm entfernt. Da er sich mitten im Unterholz befand, war es schwierig, überhaupt so etwas wie einen Pfad zu erkennen.

Leicht desorientiert ging er weiter. Bald darauf musste er sich eingestehen, dass er sich vollends verlaufen hatte. Abermals checkte er Google Maps. Verdammt, dachte er, die Gegend bestand praktisch nur aus dichtem Wald. Nirgendwo ein Anhaltspunkt. Er wollte Gerber anrufen, um ihn zu fragen, welchen Weg er mit den Kollegen gegangen war. Doch zu allem Überfluss musste er feststellen, dass er sich in einem Funkloch befand. Kein Empfang.

Wieder versuchte er, sich anhand der Karte zu orientieren. Mittlerweile war er im Offline-Modus. Die Daten konnten nicht neu geladen werden. Er schlug eine andere Richtung ein. Missmutig stapfte er weiter, bis er sich auf einer Art Lichtung befand.

Plötzlich vernahm er krächzende Schreie. Sie kamen von oben. Er legte den Kopf in den Nacken. Über ihm kreisten ein paar große schwarze Vögel. Waren das Krähen?

Doch ihre Rufe klangen anders. *Kroaah. Kroaah.*

Er ging weiter.

Auf einmal machte er ein flatterndes Geräusch hinter sich aus. Er fuhr herum.

Einer der Vögel war auf einem Ast in seiner Nähe gelandet. Das schwarze Tier starrte ihn an.

Dann öffnete es den Schnabel. Wieder hallte dieser sonderbare Ruf durch den Wald: *Kroaah. Kroaah.*

Das sind Raben, dachte er.

Nun landeten weitere von ihnen in den Bäumen. Bald meinte Trojan, von einem ganzen Schwarm umzingelt zu sein.

Sie schauten auf ihn herab. Tiefblaue Augen, dichtes schwarzes Gefieder.

Kroaah, kroaah, riefen sie, als wollten sie ihm etwas mitteilen.

Er wandte sich um, und dann sah er den Erdhügel vor sich, überwuchert mit Unkraut und hüfthohem Gras.

Trojan stieg auf den Hügel hinauf. Oben angekommen, bemerkte er, dass sich zu seinen Füßen eine verrostete Eisenklappe befand. Er kniete sich hin und zog an dem Griff, der daran befestigt war.

Verschlossen.

Er knipste seine Maglite an und leuchtete die Klappe ab. Da war ein Schloss.

Er zog einen Dietrich aus seiner Jackentasche.

Es brauchte einige Zeit, bis er das Schloss geöffnet hatte. Abermals zog er an dem Griff, und mit einem lauten Knarren öffnete sich die Eisenklappe.

Eine Leiter führte in die Tiefe hinab.

Kurz entschlossen stieg Trojan hinunter. Nach etwa zehn Metern endeten die Sprossen.

Nun befand er sich in einem Tunnelgang. Er leuchtete mit seiner Taschenlampe hinein. Was war das hier?

In diesem Moment erinnerte er sich, einmal gelesen zu haben, dass es in dem Waldgebiet nordöstlich von Berlin noch viele ehemalige Bunker aus der Nazizeit gab. Offenbar befand er sich in einem von ihnen.

Langsam schritt Trojan den Gang ab. Erneut prüfte er sein Handy. Noch immer kein Empfang. Hier unten schon gar nicht. Sollte er umkehren und um Verstärkung bitten? So lange durch den Wald laufen, bis er aus dem Funkloch heraus war? Nein, dachte er. Zunächst einmal die Lage checken. Vielleicht hatte dieser Bunker ja überhaupt nichts mit Lillys Verschwinden zu tun.

Doch einige Meter weiter hielt er erschrocken inne.

Sein Lichtkegel hatte etwas verfasst.

Eine Fratze.

Tiefe Augenhöhlen.

Aufgerissener Mund.

Er trat näher.

Eine von diesen unheimlichen Puppen hing von der Bunkerdecke herab. Jemand hatte sie mit einem Haken dort oben befestigt.

Mit einem Schaudern ging er um sie herum und tastete sich weiter vor.

Schließlich verlief der Tunnelgang in einem Knick. Etwa 50 Meter weiter öffnete er sich zu mehreren Räumen.

Trojan inspizierte sie, einen nach dem anderen. Als er schließlich in einen der letzten gelangte, zuckte er zusammen. Sieben weitere dieser Stoffpuppen mit großen Schädeln aus Ton baumelten von der Decke. Der Raum war voller Unrat. Glasscherben am Boden.

Plötzlich machte er einen Luftzug hinter sich aus.

Er fuhr herum.

Etwas traf ihn am Kopf. Ein heftiger Schmerz. Blitze vor seinen Augen.

Er sank zu Boden.

Noch ein Schlag, und er verlor das Bewusstsein.

ELF

Carlotta hatte die Nacht in ihrem Bulli verbracht. Frühmorgens kochte sie sich einen Kaffee in der kleinen Küche im Camper, setzte sich auf die Rückbank und studierte noch einmal ausführlich die Akte im Vermisstenfall Lilly Steiner.

Sie stellte zusätzlich ein paar Internetrecherchen auf ihrem Laptop an. Schlürfte von ihrem Kaffee und dachte nach.

Schließlich machte sie sich einige Notizen und trug alles zusammen, was sie mit Trojan bisher herausgefunden hatte. Es war nicht gerade viel.

Eine Zeit lang betrachtete sie die Aufnahmen der seltsamen Puppen im Wald. Sie dachte an Lillys entsetzliche Schreie vom Vorabend. Waren die Fundstücke vielleicht ein Hinweis auf ihren Entführer? Das wäre doch zumindest denkbar.

Sie war gespannt, ob von ihr mittlerweile mehr zu erfahren war. Hoffentlich befand sie sich heute in einem besseren Zustand als gestern. Sie sah zur Uhr. Es war kurz nach sieben.

Carlotta verließ den VW-Bus und ging hinüber zur Klinik.

Als sie auf der Station im vierten Stockwerk ankam, grüßte sie den wachhabenden Polizisten und sprach kurz mit ihm. Er hatte soeben die Tagesschicht übernommen. Von seinem Kollegen wusste er zu berichten, dass es in der Nacht keine Auffälligkeiten gegeben hatte.

Carlotta bedankte sich bei ihm und trat in Lillys Zimmer. Diese wurde gerade medizinisch versorgt, darum musste sie noch eine Weile draußen warten.

Ungeduldig lief Carlotta im Gang auf und ab, bis sie endlich zu ihr durfte.

Sie setzte sich an ihr Bett. »Wie geht es dir heute?«, fragte sie.

»Ein wenig besser.«

»Konntest du schlafen?«

»Ja.«

»Erinnerst du dich an gestern Abend?«

»Sie haben mir Fotos gezeigt.«

»Richtig. Willst du sie dir noch einmal anschauen?«

»Lieber nicht.«

»Erinnerst du dich denn daran, diese Puppen im Wald gesehen zu haben?«

Zur Antwort erfolgte ein schwaches Kopfnicken.

Carlotta atmete durch. »Das ist ein gutes Zeichen.«

»Ich hielt sie für echt. Ich weiß, ich bin dort draußen herumgeirrt und …« Sie brach ab. Nach einer Weile fuhr sie leise fort: »Auf einmal sah ich eine von diesen Fratzen. Und dann noch eine. Und noch eine. Ich glaubte, da seien irgendwelche … unheimlichen Gestalten, die mich verfolgten.«

»Denk genau nach. Versuch dich in die Situation hineinzuversetzen. Was lösen die Puppen in dir aus?«

»Angst.«

»Kamen sie dir bekannt vor?«

»Keine Ahnung.«

»Was assoziierst du mit ihnen?«

»Etwas Böses.«

»Was noch?«

Sie ballte die Hände zu Fäusten. »Ich will das nicht.«

»Was meinst du? Dieses Gespräch? Oder etwas, das du mit dem Anblick der Puppen verbindest?«

Lilly schwieg.

»Warum bist du dort draußen herumgeirrt?«

Sie verzog das Gesicht.

»Lilly?«

Nichts. Als wäre es zu unheimlich, sich auch nur daran zu erinnern.

»Ganz ruhig. Ich bin bei dir. Ich werde dir helfen.«

Stille.

Carlotta ließ ihr Zeit. Doch nichts geschah. Schließlich fragte sie: »Wäre es nicht möglich, dass dein Entführer diese Puppen im Wald aufgehängt hat?«

Ein Zucken in ihren Mundwinkeln, aber sie antwortete nicht.

»Hast du sie zuvor schon einmal gesehen? Vielleicht dort, wo er dich gefangen gehalten hat?«

»Ich weiß nicht.«

»Also schön. Gehen wir einen Schritt weiter. Du siehst die Puppen. Erschrickst vor ihnen. Du rennst weiter. Ist das richtig?«

»Ich denke schon.«

»Du erreichst die Landstraße.«

»Da war ein Auto. Es kam auf mich zu.«

»Erinnerst du dich denn jetzt daran?«

»Nein. Aber Sie haben es mir gestern gesagt. Um ehrlich zu sein, weiß ich noch immer nichts von dem Unfall.«

Carlotta beugte sich vor. »Wo warst du vorher? Warum bist du durch den Wald gelaufen?«

»Ich habe keine Ahnung.«

»Es ist recht wahrscheinlich, dass du vor jemandem weggerannt bist.«

»Kann sein.«

»Vor wem? Hast du irgendein Gesicht vor Augen?«

Lilly legte die Stirn in Falten.

Immerhin tauchen die Puppen in ihrem Gedächtnis auf, dachte Carlotta. Das ist ein wichtiger Anhaltspunkt.

»Und?«, fragte sie.

Das Mädchen wollte etwas erwidern. In diesem Moment aber wurde die Tür aufgerissen, und Miriam Steiner kam herein. Sie eilte ans Bett ihrer Tochter.

»Lilly. Vor lauter Aufregung konnte ich heute Nacht nicht schlafen. Immerzu musste ich an dich denken. Hast du es auch gut hier auf der Station? Kümmern sich die Ärzte anständig um dich?«

»Ja, Mama«, erwiderte Lilly kaum hörbar.

»Vielleicht ist es besser, wenn du heute nach Hause kommst.«

»Sie sagen aber, ich soll noch hierbleiben.«

Carlotta erhob sich. »Ich muss Sie bitten, draußen zu warten. Ich habe noch einige Fragen an Ihre Tochter.«

Lillys Mutter bekam hektische Flecken im Gesicht. »Erlauben Sie mal. Sie war fast ein Jahr lang fort, und ich war halb wahnsinnig vor Angst. Jetzt ist sie endlich wieder da. Und Sie wollen mich von ihr fernhalten? Das hat mich schon gestern maßlos geärgert.«

»Ich muss herausfinden, was mit ihr passiert ist. Also lassen Sie mich bitte meine Arbeit tun.«

»Ich möchte auch wissen, was geschehen ist. Darum kann ich doch wohl hierbleiben.«

»Das hier ist eine polizeiliche Vernehmung. Und dafür gibt es gewisse Regeln.«

»Ich finde das ziemlich unverschämt von Ihnen.«

Carlotta hob die Stimme. »Noch einmal: Warten Sie draußen. Sie können zu ihr, sobald ich fertig bin.«

Miriam Steiner aber erwies sich als äußerst uneinsichtig. Erst nach einigem Hin und Her gelang es Carlotta, sie vor die Tür zu begleiten.

Sie kam zurück und hielt für ein paar Sekunden inne, um sich zu sammeln.

Gerade wollte sie das Gespräch mit Lilly wieder aufnehmen, als ihr Handy läutete. Sie zog es heraus und sah unwillig aufs Display.

Es war Ronnie Gerber. Es könnte wichtig sein, also hob sie ab. »Ronnie?«

»Hallo, Carlotta.«

»Hallo. Worum geht es?«

»Weißt du, wo Trojan steckt?«

»Bei mir ist er nicht.«

»Wir können ihn nicht erreichen. Vor mehr als einer Stunde habe ich mit ihm telefoniert. Wir haben noch ein paar von diesen Puppen im Wald entdeckt. Ich habe ihm die Koordinaten geschickt, und er wollte sich sofort zu uns auf den Weg machen.«

Carlotta wunderte sich. »Ist denn sein Handy ausgeschaltet?«

»Vermutlich hat er keinen Empfang. Es gibt hier einige Funklöcher. Deshalb haben wir noch abgewartet. Aber allmählich mache ich mir Sorgen um ihn.«

Carlotta dachte nach. Dass Trojan sich nicht meldete, passte so gar nicht zu ihm. Selbst wenn er in einem Funkloch war, würde er alles tun, um schleunigst wieder erreichbar zu sein. Immerhin schien sich irgendjemand in dem Wald herumzutreiben, vor dem offenbar eine 18-Jährige auf der Flucht gewesen war.

»Schick mir die Daten«, sagte sie zu ihrem Kollegen. »Ich bin gleich bei euch.«

Sie legte auf und wandte sich an das Mädchen: »Es tut mir sehr leid, aber ich muss dringend weg.«

Lilly schaute sie nur schweigend an.

»Strengt es dich eigentlich sehr an, mit deiner Mutter zu reden?«, fragte Carlotta.

Sie zuckte mit den Achseln.

»Möchtest du vielleicht lieber ausruhen? Soll ich sie bitten, später wiederzukommen?«

»Das wäre ihr aber nicht recht, denke ich.«

»Es ist deine Entscheidung.«

Unentschlossen nagte Lilly an ihrer Unterlippe.

»Also gut. Ich lasse sie herein, sage ihr aber, dass sie dich nicht zu sehr bestürmen soll. In Ordnung?«

»Hmm.« Plötzlich machte Lilly eine Geste, als wollte sie Carlotta aufhalten. »Ich habe wirklich keine Ahnung, von wem diese Puppen sind. Und wo ich vorher war. Es ist alles wie ausgelöscht.«

Trotz ihrer Eile nahm sich Carlotta noch einige Minuten für sie. Sie lächelte ihr zu und berührte sie sanft am Unterarm. »Mach dir nicht so viele Sorgen. Und lass dir Zeit. Deine Erinnerungen werden zurückkehren.«

»Meinen Sie wirklich?«

»Ja.«

Zumindest hoffe ich das, dachte sie.

»Ich würde Ihnen gerne helfen. Ich möchte doch auch, dass alles wieder gut wird.«

»Lilly. Hier bist du in Sicherheit. Vor der Tür ist ein Polizist stationiert. Selbst nachts ist jemand da, der dich beschützt. Wir setzen alles daran, um dein mysteriöses Verschwinden aufzuklären. Und mit etwas Geduld wird sich ebenso deine Amnesie wieder auflösen. Ich unterstütze dich dabei.«

»Danke.«

Sie nickte dem Mädchen aufmunternd zu und verließ das Zimmer.

Unruhe machte sich in ihr breit. Dass Trojan sich seit mehr als einer Stunde nicht mehr gemeldet hatte, verhieß nichts Gutes.

ZWÖLF

Er kam wieder zu sich. Es dröhnte in seinem Schädel. Blut lief ihm ins Gesicht.

Mühsam versuchte er, sich aufzurichten. Als er die Hände zu Hilfe nehmen wollte, stellte er fest, dass sie hinter seinem Rücken gefesselt waren.

Schließlich hockte er einigermaßen aufrecht am Boden. Sein Blick war verschwommen, und es brauchte eine Weile, bis er begriff, wo er sich befand.

Er war in diesem Bunker. Und jemand saß ihm gegenüber. Ein Mann mit einem roten Basecap. Wirres, halblanges Haar lugte darunter hervor. Sein Blick war stechend, seine Kleidung starr vor Schmutz.

Trojan rang nach Luft. Der Mann mit dem Basecap hielt eine Pistole in der Hand. Nils schauderte, als er erkannte, dass es seine Dienstwaffe war. Er hatte sie ihm wohl während seiner Ohnmacht abgenommen.

»Wer bist du?«, fragte der Typ und hielt den Lauf der Sig Sauer auf ihn gerichtet.

Trojan war um eine feste Stimme bemüht. »Ich bin vom LKA Berlin.«

»Ein Bulle?«

»Ja.«

»Ich mag keine Bullen.«

»Nehmen Sie mir die Fesseln ab.«

»Nein.«

»Ich warne Sie. Meine Kollegen suchen nach mir.«

»Ist mir egal. Hier unten findet uns niemand.«

Trojan entschied zu bluffen. »Oh doch. Sie werden gleich hier sein. Ich habe ihnen meinen Standort durchgegeben.«

Der Mann mit dem Basecap hob verächtlich das Kinn. »Wie denn? In dieser Gegend gibt es keinen Handyempfang.«

Nils schluckte. Ihm war leicht schwindlig. Vermutlich hatte er eine Gehirnerschütterung. Übelkeit kroch seine Kehle hinauf.

Schließlich fragte er: »Kennen Sie eine Lilly Steiner?«

»Wer soll das sein?«

»Ein 18-jähriges Mädchen. Sie wurde wahrscheinlich hier in der Schorfheide festgehalten. Galt seit fast einem Jahr als vermisst.«

Der Typ musterte ihn, die Waffe weiter auf ihn gerichtet. »Ich bin allein hier unten. Immer allein.«

»Vielleicht haben Sie sich Gesellschaft gewünscht? Von einer hübschen Teenagerin?«

Achselzucken.

Trojan schaute zu den Stoffpuppen mit den Schädeln aus Ton hinauf, die von der Decke hingen. »Ist das Ihr Spielzeug? Oder sind das nur Deko-Artikel?«

»Die sind zu meinem Schutz hier.«

»Zu Ihrem Schutz?«

»Sind meine guten Geister. Halten das Böse fern. Typen wie dich.«

»Ist Ihren Geistern nicht ganz gelungen. Ich bin doch hier.«

»Aber sie haben mich vor dir gewarnt.«

»Die Puppen können sprechen?«

»Das sind keine Puppen. Es sind Geister.«

»Okay. Geister.«

»Und natürlich können sie sprechen. Ich höre ihre Stimmen.«

Der Kerl ist völlig verrückt, durchfuhr es Trojan.

»Warum verstecken Sie sich in einem Bunker?«, fragte er nach einer Weile.

»Die Welt ist böse.« Er packte den Griff der Pistole mit beiden Händen. »*Du* bist böse. Ich muss dich erschießen, Mann.«

»Sie brauchen Hilfe. Wenn Sie Stimmen hören, brauchen Sie psychologische Unterstützung. Ich kann mich für Sie einsetzen.«

»Blödsinn.«

»Fühlen Sie sich verfolgt? Haben Sie das Gefühl, die Kontrolle zu verlieren?«

»Genug geredet.«

»Wir haben eine Psychologin in unserem Team. Die wird sich um Sie kümmern.«

»Ich knall dich jetzt ab.«

»Langsam. Ganz ruhig.«

»Sie haben die Zone durchbrochen.«

»Welche Zone?«

»Der Wald ist die Schutzzone. Menschen sind böse. Sie stören den Frieden hier. Die guten Geister sagen, ich soll töten.« Er stand auf und trat auf Trojan zu. Dann drückte er ihm den Lauf der Waffe an die Schläfe. »Ich puste dir das Hirn weg.«

Trojan verspürte ein Stechen in der Brust. Sein Herz hämmerte. Gab es einen Ausweg aus dieser Situation? Seine Augen scannten die Umgebung. Wie konnte er sich von seinen Fesseln befreien? Was sollte er nur tun?

Er zwang sich, gefasst zu wirken. »Hören Sie. Ich bin bloß hier, um dem Mädchen zu helfen. Sie hatte einen Unfall. Sie kam aus diesem Wald.«

»Interessiert mich nicht.«

»Sie war in Ihrer Schutzzone. Möglicherweise haben Ihre Geister Sie auch vor ihr gewarnt.«

»Du willst mich nur ablenken.«

»Nein. Ich will lediglich mit Ihnen reden. Über dieses Mädchen. Darum bin ich hier.«

»Du bist in meinen Bunker eingedrungen. Und das muss bestraft werden.«

Trojan dachte fieberhaft nach. Er musste Zeit gewinnen. Solange er diesen Wahnsinnigen in ein Gespräch verwickeln konnte, hatte er vielleicht noch eine Überlebenschance.

»Es ist ein alter Nazibunker, nicht wahr? Hermann Göring hatte in der Schorfheide einen Palast. Irgendwo hier in der Nähe. Da gibt es noch Überreste, oder? Ein paar alte Gemäuer. Nazis. Verbrannte Erde. Negative Schwingungen. Ich nehme an, das beeinflusst Sie. Viel Elend, viel Leid. Sie schnappen das alles auf, hab ich recht? Sie können es spüren. Sind empfänglich für diese Schwingungen. Sie sehnen sich nach Schutz.«

»Halt dein Maul.« Er stieß ihn mit der Waffe an.

»Glauben Sie mir, ich bin auf Ihrer Seite. Auch ich möchte, dass es in diesem Wald friedlich bleibt. Nehmen Sie mir die Fesseln ab, und ich verschwinde. Ich lasse Sie in Ruhe, komme nie wieder. Versprochen.«

»Das ist doch eine glatte Lüge. Ihr seid alle gleich. Ihr kommt hierher und schnüffelt herum.«

»Dieses Mädchen. Lilly. Ich würde Ihnen gern ein Foto von ihr zeigen. Vielleicht haben Sie sie ja mal gesehen. Sie sind doch viel in dem Wald unterwegs, oder nicht? Ich habe die anderen Puppen gesehen. Draußen.«

»Keine Puppen!«

»Geister.«

»Du hättest auf sie hören sollen. Die Schutzgeister sagen, kehre um. Verlasse diesen Wald.«

»Es tut mir leid. Ich konnte ja nicht ahnen, was für eine Bedeutung sie für Sie haben.«

»Sie haben mir befohlen, dich zu töten.«

»Machen Sie jetzt keinen Fehler«, brachte Trojan gepresst hervor. »Meine Kollegen werden gleich hier sein. Sie haben die Geokoordinaten. Sie finden uns. Also bleiben Sie ganz ruhig.«

»Ich *bin* ruhig. Und du bist ein toter Mann.«

Noch ein Stoß mit der Waffe.

Der Finger am Abzug.

Das ist das Ende, dachte Trojan.

DREIZEHN

Carlotta war außer Atem, als sie bei ihrem Kollegen ankam. Hier war ein Areal mitten im Wald mit polizeilichen Flatterbändern abgesperrt. An sieben hohen Buchen, die nahezu kreisförmig beieinanderstanden, war je eine von diesen unheimlichen Puppen befestigt.

Ronnie trat auf Carlotta zu. »Gut, dass du so schnell kommen konntest.«

Sie musste erst einen Moment verschnaufen. Das letzte Stück hatte sie im Laufschritt zurückgelegt. »War nicht leicht, dich zu finden«, sagte sie.

»Ziemlich unwegsames Gelände, nicht wahr?«

Sie nickte.

»Von wo bist du gekommen?«

»Ich habe meinen Wagen unten an der Landstraße geparkt.«

»An der Unfallstelle?«

»Richtig.«

»Stand Trojans Dienstauto noch dort?«

»Ja.«

»Seltsam. Er ist wie vom Erdboden verschluckt. Die anderen suchen schon nach ihm. Ich bin hiergeblieben, um auf dich zu warten.«

»Weißt du, wo er sich aufgehalten hat, als ihr zuletzt telefoniert habt?«

»In seinem Auto. Gestern sagte er mir, dass er die Nacht

dort verbringen will. Die anderen aus dem Team und ich, wir haben uns ein Hotel in der Nähe genommen. Wir sind bereits um fünf Uhr früh aufgebrochen, um mit der Durchsuchung im Wald fortzufahren. Wir nahmen einen Weg weiter nördlich, um ein anderes Gebiet zu checken. Auf meinen ersten Anruf hat Trojan nicht reagiert. Als wir dann auf diese Puppen gestoßen sind, habe ich es noch einmal bei ihm versucht. Diesmal hob er ab.«

»Warum wollte er nicht mit ins Hotel?«

»Ich glaube, er hatte den Ehrgeiz, noch früher anzufangen als wir. Aber er hat wohl verschlafen.«

»Habt ihr eigentlich noch mehr von diesen Puppen entdeckt?«

»Bisher nicht. Allerdings habe ich den Verdacht, dass hier irgendein Verrückter unterwegs ist, um den gesamten Wald damit zu markieren.«

Carlotta musterte die Fundstücke erneut. »Das wirkt wie ein Bannkreis.«

»Ja. Es hat den Anschein, als wollten die Puppen einen umzingeln …«

»… und uns daran hindern, weiterzugehen.«

»Ganz genau.«

»Wenn Trojan an der Unfallstelle war und von dort aus aufgebrochen ist, müsste er doch eigentlich denselben Weg gegangen sein wie ich gerade.«

»Das schon, aber offenbar ist er woanders abgebogen.«

»Ich nehme an, dass ihm unterwegs etwas Verdächtiges aufgefallen ist.«

»Das vermute ich auch. Aber warum ruft er dann nicht an?«

»Kein Empfang.«

»Und wenn er nun in Gefahr ist?«

Carlotta war in Sorge. »So oder so, wir müssen ihn finden.« Sie checkte das Navi auf ihrem Handy. Zum Glück gab es hier kein Funkloch. »Wo genau sind die Kollegen?«, fragte sie.

Ronnie deutete auf das Gebiet südlich von ihrem Standpunkt. »Sie haben sich in Zweierteams aufgeteilt, da der Handyempfang so unsicher ist und wir uns darum schlecht untereinander verständigen können. Falls Trojan Hilfe braucht, können zwei Leute mehr ausrichten als einer. Jedes Team hat sich ein Areal von drei Kilometern vorgenommen.«

Carlotta vergrößerte die Satellitenaufnahmen. »Er könnte überall sein. Hier ist nichts als Wald. Außer dem Forstweg, von dem ich gestartet bin, scheint es keine anderen Wege zu geben.«

Gerber atmete durch. »Eines sollten wir bedenken. Wenn Trojan relativ dicht an der Stelle, wo wir uns gerade befinden, vorbeikam, ohne uns zu bemerken, könnte er sich auch in nördlicher Richtung befinden.«

»Dann sollten wir es auch dort versuchen.« Carlotta wies auf die entsprechende Umgebung auf der Karte.

»In Ordnung«, sagte er. »So machen wir es.«

Gemeinsam zogen sie los.

VIERZEHN

Trojans Hände verkrampften sich hinter seinem Rücken. Er hatte mit den Fingerspitzen heimlich eine Glasscherbe aufgeklaubt. Während der Typ mit dem Basecap vor ihm stand und ihm den Lauf der Pistole an die Schläfe drückte, war es besonders schwierig, unbemerkt mit der Scherbe den Kabelbinder zu durchtrennen.

Nils spürte, wie ihm der Schweiß auf die Stirn trat. Er keuchte. Es war eine mühselige Kleinarbeit. Er hatte die Fesseln zwar bereits eingeritzt, aber es fehlte noch viel, bis er sie ganz durchgeschnitten hätte. Seine Finger fühlten sich taub an. Er musste äußerst vorsichtig vorgehen. Denn er könnte auffliegen. Der Typ war ihm zu nah.

Es half alles nichts, er musste ihn irgendwie ablenken. Dazu bewegen, weiterzusprechen.

»Wollen Sie mir nicht doch Ihren Namen verraten?«, fragte er gepresst.

»Wozu?«

»Also ich heiße Nils. Nils Trojan.«

»Interessiert mich nicht.«

Angestrengt dachte er nach. Schließlich bewegte er den Kopf in Richtung der Puppen, die von der Decke hingen. »Ich finde Ihre Geisterfiguren überaus bemerkenswert.«

»Ach ja?«

»Sehr ausdrucksstark. Wie haben Sie die Köpfe hingekriegt? Sind die aus Ton?«

»Richtig.«

»Wer hat Ihnen das Töpfern beigebracht?«

»Das war … Ich war früher …«

Trojan bemerkte eine Veränderung in seinem Gesicht. Auf einmal ließ er die Waffe sinken.

Nils setzte sofort nach. »Sie hatten mal ein ganz normales Leben, oder? Einen Job? Vielleicht auch Familie? Aber dann ist etwas zerbrochen. Habe ich recht?«

Der Typ schaute zu den Fratzen der Puppen hinauf. »Meine Frau hat oft getöpfert. Das war, als ich noch mit ihr zusammengelebt habe. Sie ist Kunstlehrerin.«

»Und Sie? Was haben Sie gemacht?«

»Ich war Sozialarbeiter.«

»Wo?«

»Betreuer in einem Jugendclub.«

»Interessante Tätigkeit.«

Er entfernte sich ein paar Schritte, und Trojan atmete auf. Seine Finger umklammerten die Glasscherbe.

»Was ist passiert?«, fragte er. »Wieso ging es nicht weiter?«

»Es hat alles mit diesem Mädchen zu tun.«

»Welches Mädchen?«

Keine Antwort.

»Lilly Steiner? Sie kennen sie?«

Kopfschütteln. »Nein. Ein Mädchen aus dem Club, in dem ich gearbeitet habe. Sie hat mir vorgeworfen, ich hätte sie unsittlich berührt. Aber das ist nicht wahr.«

Die Scherbe schnitt in den Kabelbinder. Noch einmal, dachte Trojan. Nicht lockerlassen. Wieder setzte er sie an. Ein Ruck ging durch seinen Körper, doch schon sah der Typ zu ihm herüber.

Trojan hielt inne.

Eine Weile starrten sie sich schweigend an.

Dann fragte er: »Sie haben die Kleine also nicht angefasst?«

»Nein.«

»Es war eine falsche Anschuldigung?«

»So ist es.«

»Verdammt, das ist hart.«

»Ich hab ihr nur gesagt, dass sie ein reines Geschöpf ist. Strahlend und sanft wie ein Engel.«

»Daran ist nichts Verbotenes.«

»Ich hab ihr bloß von meinen Träumen erzählt. Fantasien von Unschuld und Reinheit.«

»Das ist kein Verbrechen.«

»Niemand hat mir geglaubt.«

»Wie ungerecht.«

»Ich wurde gefeuert.«

»Das ist nicht fair.«

»Zwei Freundinnen des Mädchens haben ebenfalls Vorwürfe gegen mich erhoben.«

»Also hat sich alle Welt gegen Sie verschworen?«

»Meine Frau hat mich verlassen.«

»Das ist bitter.«

»Ich durfte mein Kind nicht mehr sehen. Meine Tochter.«

»Es tut mir sehr leid.«

»Ich bekam keine Anstellung mehr. Die Stimmen in meinem Kopf haben getobt.«

»Die Stimmen Ihrer Schutzgeister?«

»Ja. Sie dürsten nach Rache.« Er deutete zu den Puppen hinauf. »Sie sprechen zu mir. Ich höre sie. Ununterbrochen. Sie wispern in meinem Kopf.«

Möglichst unauffällig ritzte Trojan mit der Scherbe eine tiefere Kerbe in seine Fesseln. »Sie haben eine schwere Zeit hinter sich.«

»Kann man wohl sagen.«

»Es hat Sie hart getroffen.«

»Die Welt ist ein feindlicher Ort.«

»Verlust der Arbeit und der Familie. Und schließlich hatten Sie keine Wohnung mehr?«

»Ich wurde rausgeschmissen.«

»Es wurde alles immer schlimmer, ja?«

»Ich war wie im freien Fall. Aber dann entdeckte ich diesen Bunker.«

»Ist das auf Dauer eine Lösung?«

»Solange hier unten niemand herumschnüffelt, hab ich wenigstens meine Ruhe.«

»Vielleicht finden Sie ja was Besseres. Wenn Sie möchten, kann ich Ihnen dabei helfen.«

»Niemand kann mir helfen.«

»Es gibt spezielle Einrichtungen.«

»Da war ich schon.«

»Wo denn?«

»In einer Klinik. Psychiatrie.«

»Haben Sie dort schlechte Erfahrungen gemacht?«

»Die Ärzte haben mir Medikamente gegeben. Gegen die Stimmen, die durch meinen Schädel geistern. Aber diese Pillen machen mich platt. Völlig antriebslos. Dumpf und schwer.«

»Das sind heftige Nebenwirkungen.«

»Hab den ganzen Tag nur vor mich hin vegetiert.«

»Sie sollten sich davon nicht entmutigen lassen.«

»Ich war nicht mehr ich selbst. Darum bin ich von dort abgehauen.«

»Sie haben es immerhin versucht. Haben Ihr Bestes gegeben.«

»Da will ich nie wieder hin.«

»Sie könnten auch in einem Wohnheim betreut werden. Zusammen mit anderen. Das ist wie eine WG.«

»Ich bin aber lieber allein.«

»Ich verstehe.«

»Nichts verstehst du.«

»Wirklich. Es tut mir sehr leid. Sie mussten einiges ertragen. Aber ich könnte dafür sorgen, dass man sich um Sie kümmert. Sie brauchen mehr Wärme. Mehr Schutz. Hier unten. Dieser Bunker. Ich denke nicht, dass er langfristig ein guter Ort für Sie ist.«

»Ich brauche dein Mitleid nicht.«

»Es ist kein Mitleid. Nur der Versuch …«

Der Typ stieß einen Fluch aus. Mit einem Satz war er bei ihm. »Auf deine Tricks falle ich nicht rein. Du bist in meine Schutzzone eingedrungen. Und die Geister wollen, dass ich dich bestrafe.«

»Hören Sie …«

»Halt endlich dein Maul«, schrie er. Packte ihn an den Haaren und riss seinen Kopf nach hinten. Brutal rammte er ihm den Lauf der Waffe in den Mund.

Trojan schmeckte Blut. Seine Augen weiteten sich vor Entsetzen.

Es ist aus, durchfuhr es ihn. Ich werde in diesem finsteren Bunker sterben.

FÜNFZEHN

Sie gingen schweigend. Es war dunstig und kühl. Manchmal, wenn der Wind durch das spärliche Novemberlaub der Bäume fuhr, hörte Carlotta ein Wispern und Säuseln. Ihr war, als raunten ihr geisterhafte Stimmen zu, sie solle sich beeilen, Trojan sei in großer Gefahr. Unwillkürlich beschleunigte sie ihre Schritte, und Gerber folgte ihr.

Der Wald war dicht, unberührt, von wilder Schönheit. Die Schorfheide, dachte Carlotta, was für ein seltsamer Name für ein ausgedehntes Waldgebiet. Sie erinnerte sich, einmal gelesen zu haben, dass es verschiedene Deutungen dafür gab. Einige Heimatforscher wiesen darauf hin, dass die Bauern damals ihre »Schoofe« – altdeutsch für »Schafe« – zur Weide in die königlichen Wälder trieben. Andere meinten, der Ursprung liege eher im Wort »schorfen« oder »schürfen« – also dem Aufsammeln von Eicheln. Anzunehmen war aber auch, dass sich der Name vom althochdeutschen »Scorf« ableitete. Und das bedeutete feuchtes, raues Gebiet, welches mit Gestrüpp bewachsen war. Und wie sie wusste, wurde Heide damals häufig als Begriff für Wald verwendet.

»Was für eine Wildnis«, sagte Ronnie, als habe er ihre Gedanken erraten.

»Ja. Es ist sehr urwüchsig hier.«

»Aber irgendwie auch bedrohlich.«

»Liegt wohl daran, dass wir nicht wissen, was mit Nils passiert ist.«

»Und mit diesem Mädchen.«

Sie nickte.

»Hast du inzwischen mehr aus ihr herausbekommen?«, fragte er.

»Leider nicht.«

»Es ist überaus mysteriös.«

Auf einmal hörte sie aus der Ferne das Krächzen von Vögeln. Sie glaubte, dass es Krähen waren. Doch der Ruf klang ein wenig anders.

Waren es vielleicht Raben?

Kroaah. Kroaah.

Die Rufe kamen ihr warnend vor. Als wüssten die Tiere, dass etwas Unheimliches bevorstand.

Carlottas Unruhe wuchs, je tiefer sie in den Wald eindrangen.

Die Zeit verstrich.

Ronnie wischte über das Display seines Mobiltelefons. »Wir sind wieder einmal in einem Funkloch«, murmelte er. »Also kann auch das Navi keine Daten mehr empfangen.«

Carlotta checkte ebenfalls ihr Handy. »Es ist ein Leichtes, sich in dieser gottverlassenen Gegend zu verirren. Es wäre kein Wunder, wenn Trojan vom Weg abgekommen ist.«

Gerber runzelte die Stirn. »Und wenn ihn die anderen längst gefunden haben? Falls sie keinen Empfang haben, können sie uns nicht benachrichtigen.«

»Darauf sollten wir uns nicht verlassen.«

»Du hast recht.«

»Ich habe mir vorhin vorsorglich eine Karte aufs Handy geladen, darum funktioniert sie bei mir auch im Offline-Betrieb. Und das GPS bleibt aktiv.«

»Gut so.«

»Wir dürfen nicht aufgeben.« Sie wies in nördliche Richtung. »Hier entlang.«

Sie arbeiteten sich weiter durch das Dickicht vor. Ein Pfad war kaum erkennbar. Die Eichen und Buchen waren zum Teil steinalt. Sie mussten über riesige knorrige Wurzeln hinwegsteigen. Einmal starrte sie ein Rehbock aus einiger Entfernung an. Kaum bewegten sie sich auf ihn zu, stob er davon und verschwand im Nirgendwo.

Carlotta atmete tief durch. Irgendetwas stimmte ganz und gar nicht. Dass Trojan überhaupt kein Lebenszeichen von sich gab, und das nun seit annähernd zwei Stunden, konnte nicht allein am schlechten Handyempfang liegen.

Was hatte er entdeckt? Wo war er?

Abermals überprüfte Carlotta ihren Standpunkt auf der Karte. In der Umgebung gab es offenbar nichts, was auch nur im Entferntesten als Versteck dienen könnte. Kein Haus, keine Hütte, nicht einmal einen Verschlag.

Nichts als Wald.

Schließlich erreichten sie eine kleine Lichtung. Gerber blickte kaum auf, sondern trottete einfach weiter.

Carlotta aber blieb stehen. »Warte mal.«

Nun hielt auch er inne. »Was ist?«

Sie wies auf einen Erdhügel, bewachsen mit hüfthohem Gras. »Das sollten wir uns anschauen.«

Sie stieg hinauf, Gerber folgte ihr.

Oben angelangt, bemerkte sie eine geöffnete Bodenluke. Eine Leiter führte in die Tiefe hinab.

»Ein alter Bunker«, murmelte sie. »Wahrscheinlich ein Überbleibsel aus der Zeit des Zweiten Weltkriegs. Gibt wohl noch einige davon in diesem Gebiet.«

»Aber dass die Luke einfach offen steht?«

»Kein gutes Zeichen.«

Er zückte seine Waffe. »Wir müssen rein.«

Auch sie zog ihre Sig Sauer aus dem Holster. »Ja, lass uns nachsehen.«

In dunkler Vorahnung kletterte sie vor ihm die Stufen hinunter. Als sie unten angelangt war, wartete sie erst gar nicht auf ihn. Denn ihr Instinkt sagte ihr, dass die Zeit drängte. Sie schaltete ihre Maglite ein, leuchtete den Tunnelgang ab und lief los.

Sie rannte immer schneller. In ihrem Rücken vernahm sie die hallenden Schritte von Gerber, der sich ihr anschloss.

Auf einmal machte der Gang einen Knick.

Gleich darauf stieß etwas in ihr Gesicht. Erschrocken fuhr sie zusammen.

Es war eine von diesen Puppen. Sie hing von der Decke herab.

Das verhieß nichts Gutes.

Sie stürmte weiter.

»Nils?«

Zur Antwort kam bloß ihr Echo.

Sie beschleunigte.

Da öffnete sich der Tunnel zu mehreren Räumen. Carlotta schob sich mit erhobener Waffe in den ersten hinein. Ihr Lichtkegel irrte umher. Sie sicherte in alle Richtungen.

Nichts.

Sie arbeitete sich weiter vor. Der nächste Raum.

Wieder nichts.

Gepresst atmend checkte sie Meter für Meter.

Da vernahm sie eine leise Stimme. Sie suchte Deckung an der Wand. Tastete sich vor.

Noch ein Raum. Sie wirbelte vor, die Waffe in der Rechten

im Anschlag, gestützt auf den anderen Unterarm, in der Linken die Stableuchte.

Plötzlich erfasste das Licht weitere Puppen. Ihre Fratzen. Die hässlichen Münder. Die tiefen Augenhöhlen.

In diesem Moment knallte ein Schuss.

Carlotta wich zurück.

Der Widerhall war ohrenbetäubend. Ein Querschläger jaulte.

Sie erkannte Blut am Boden.

Eine gekrümmte Gestalt lag dort.

Es war Trojan. Sie stürmte auf ihn zu.

»Nils!«

Keine Regung.

Sie kniete nieder. Überall Blut.

Er rührte sich nicht.

Und da war noch jemand.

Entsetzt atmete Carlotta aus.

ZWEITER TEIL

SECHZEHN

Zwei Wochen später

Es war der Morgen ihrer Entlassung aus dem Krankenhaus. Die Familie holte sie ab. Ihr rechtes Bein war noch bandagiert. Sie musste an Krücken gehen.

Einige Zeit warteten sie auf den Lift. Danach fuhren sie hinunter ins Erdgeschoss. Lilly brauchte lange, bis sie endlich draußen war.

Ihr Vater eilte zum Parkplatz, um den Wagen zu holen. Ängstlich sah sich Lilly vor dem Klinikgebäude um. Hier also hatte man sie abgelegt, schwer verletzt.

Kurz darauf hielt ihr Vater direkt vor dem Eingang.

Es brauchte eine Weile, bis sie auf der Rückbank Platz genommen hatte. Daniel verstaute ihre Krücken und setzte sich zu ihr. Ihre Mutter stieg vorne ein.

Kaum waren sie losgefahren, drehte sie sich lächelnd zu ihr um. »Nun kommst du endlich nach Hause.«

Es war ein eigenartiges Lächeln, verkrampft, nicht ganz aufrichtig. Lilly bemerkte, wie tief umschattet ihre Augen waren, als habe sie seit vielen Nächten nicht geschlafen.

Ihr Vater kontrollierte das Navi.

»Nicht über die L100«, zischte ihm die Mutter zu.

»Wieso nicht?«

»Die Unfallstelle«, murmelte sie kaum hörbar.

»Soll ich die meiden?«

»Ja doch.«

Lilly fing seinen verunsicherten Blick durch den Rückspiegel auf.

»Ist mir egal, wie ihr fahrt«, sagte sie trotzig.

»Aber es könnte dich zu sehr aufregen«, erwiderte ihre Mutter.

Ungeduldig wischte ihr Vater über das Display. »Wie komme ich jetzt auf die Autobahn?«

»Lass mich das machen.« Versiert tippte ihre Mutter auf die Eingabefelder. Die Route wurde neu berechnet.

Lilly kam es vor, als steuerte ihr Vater den Wagen betont vorsichtig. Er hielt sich strikt an die Geschwindigkeitsbegrenzungen. Als müsste er seiner Tochter demonstrieren, dass sie in Sicherheit war.

Erneut wandte sich ihre Mutter zu ihr um. »Hast du genug Platz, Liebes?«

»Ja.«

»Soll ich meinen Sitz noch ein wenig vorschieben?«

»Es geht schon.«

»Aber sei vorsichtig. Achte auf dein verletztes Bein. Auf keinen Fall belasten. Das haben auch die Ärzte gesagt.«

»Wirklich, Mama. Ich komme klar.«

»Daniel?«, fragte sie.

»Was?«

»Rück zur Seite. Dann kann deine Schwester das Bein auf dem Sitz ausstrecken.«

Sie seufzte. »Nicht nötig, Mama.«

Sie sah aus dem Fenster. Inzwischen hatten sie Templin hinter sich gelassen. Die angrenzende Schorfheide schien bloß aus Wald zu bestehen. Die Gegend war ihr so fremd, dass es sie schauderte. Wie konnte es sein, dass sie sich hier angeblich fast ein Jahr lang aufgehalten hatte, ohne sich daran erinnern zu können? Manchmal kam ihr alles, was geschah, auf verstörende Art unwirklich vor. Als sei ihr Leben auf einmal nur Teil eines besonders dunklen Albtraums. Wann würde sie endlich erwachen? War sie überhaupt noch sie selbst? Wer war aus diesem finsteren Wald gekommen? Hatte sie ihr wahres Ich dort zurückgelassen? Lebte eine andere Lilly in der Vergangenheit für sie weiter?

In der Schorfheide. Das klang wie Schorf. Und Eiter. Wie eine Wunde, die sich entzündet hatte.

Wenig später erkundigte sich ihre Mutter abermals, ob sie es bequem habe.

»Alles gut.«

»Keine Schmerzen?«

»Nur ein bisschen.«

»Hast du heute Morgen eine Tablette genommen?«

»Nein.«

»Solltest du aber.«

»So schlimm ist es nicht.«

Auch ihr Vater wirkte angespannt. Selbst Daniel, der sonst immer meinte, für gute Stimmung in der Familie sorgen zu müssen, kam ihr seltsam befangen vor. Die Freude über ihre Rückkehr schien bei allen einer merkwürdigen Scheu gewichen zu sein. Als trauten sie dem Frieden nicht. Als wüssten sie nichts mehr mit ihr anzufangen.

Sie hatte sich wohl allzu sehr verändert.

Schließlich erreichten sie die Autobahn. Erst jetzt merkte Lilly, wie flach sie die ganze Zeit geatmet hatte. Seit der Abfahrt aus Templin verspürte sie eine unterschwellige Nervosität. Wie würde es sein, von nun an wieder zu Hause zu leben? Sicherlich erwarteten ihre Eltern von ihr, dass alles so normal wäre wie zuvor. Sie musste Lilly sein, das gute Kind. Hatte die brave Tochter zu spielen. Vielleicht sollte sie einfach so tun, als sei sie von einer langen, weiten Reise heimgekehrt. Man hatte sie gerade eben vom Flughafen abgeholt. Eine Zeit lang herrschte Verlegenheit, man musste sich erst wieder aneinander gewöhnen. Und dann sollte sie von ihren Erlebnissen in fernen Ländern berichten.

Nur dass sie nichts zu erzählen hatte. In ihrem Kopf war weiterhin nichts als Leere.

Nun lächelte sie auch Daniel an. »Ich kann es kaum glauben, dass du endlich wieder nach Hause kommst«, murmelte er.

Sie nickte schwach.

»Wie fühlst du dich?«

»Alles gut so weit.«

»Bist du aufgeregt?«

»Ein wenig.«

Er drückte kurz ihre Hand.

Einige Zeit später erreichte ihr Vater das Autobahndreieck Barnim, nahm den rechten Fahrstreifen und folgte den Schildern auf der A10. Berlin-Weißensee stand auf einem von ihnen. Ihre Heimat.

Als sie endlich im Stadtgebiet waren, sah Lilly fassungslos auf den dichten Verkehr und die vielen Menschen in den Straßen. Es überforderte sie. Ihr kam es vor, als wäre sie aus der Zeit gefallen. Das hektische Treiben ging weiter, doch nicht für sie. Sie war hier fremd.

»Schau nur«, sagte ihre Mutter, als sie in die Roelckestraße einbogen. All die hübschen Einfamilienhäuser mit ihren gepflegten Gärten. Nichts hatte sich verändert. Nur sie war nicht mehr dieselbe wie zuvor.

»Gleich sind wir da«, sagte ihr Vater. »Freust du dich?«

Lilly nickte.

Schon hatten sie das Elternhaus erreicht. Er parkte in der Einfahrt. Alle drei stiegen aus. Ihre Mutter öffnete die hintere Wagentür. Ihr Vater nahm ihr die eine Krücke ab, Daniel die andere. Beherzt griff ihre Mutter nach ihrem Arm.

Lilly mühte sich hinaus. Das rechte Bein schmerzte. Die Ärzte hatten ihr Metallplatten eingesetzt. Der Bruch war längst nicht verheilt.

Ihr wurden die Gehhilfen gereicht.

»Lass dir Zeit, mein Kind«, sagte ihre Mutter.

Langsam bewegte sich Lilly auf den Eingang zu.

Ihr Vater schloss auf und machte eine einladende Geste, die ihr eher hilflos vorkam. »Willkommen daheim.«

Ihr Atem stockte, als sie eintrat. Beiläufig registrierte sie, dass sich ihre Mutter eine Träne aus dem Gesicht wischte. Daniel ließ die Schultern hängen. Und ihr Vater versuchte zu lächeln.

Sofort war ihre Mutter wieder bei ihr und umklammerte ihren Ellbogen. »Ich helfe dir auf der Treppe.«

Unwillig machte sich Lilly von ihr los. »Lass das bitte. Ich schaffe es auch ohne dich.«

Mühsam arbeitete sie sich Stufe für Stufe ins Obergeschoss vor. Die drei folgten ihr und beäugten jeden ihrer Schritte.

Oben angelangt, humpelte sie zu ihrem Zimmer. Ihre Mutter drängte sich an ihr vorbei und öffnete die Tür.

Lilly trat ein und schaute sich um. Alles war an seinem gewohnten Platz, und doch war ihr, als sei das nicht mehr ihr Zuhause. Es wirkte kalt und unbehaust. Am Fenster das Bett. An der Stirnseite der Schreibtisch, an der Wand gegenüber der Kleiderschrank.

Reiß dich zusammen, dachte sie, du musst so tun, als sei

nichts weiter vorgefallen. Du bist heimgekehrt, und sie wollen, dass du dich freust.

Erschöpft setzte sie sich aufs Bett und legte die Krücken ab.

»Lasst uns einen Moment allein«, sagte ihre Mutter zu den beiden anderen.

Ihr Vater und Daniel standen in der Mitte des Zimmers und schauten sie an, als sei sie ein Wesen von einem anderen Stern. Schließlich senkten sie die Köpfe und gingen hinaus.

Kaum waren sie draußen, schüttelte ihre Mutter das Bettzeug für sie auf. »Leg dich hin, mein Schatz.«

Sie gehorchte.

»Das Bein hochlagern.« Ihre Mutter schob ihr ein Kissen unter. »Gut so?«

»Ja.«

»Ich bin unendlich froh, dass du wieder da bist.«

Es entstand eine Verlegenheitspause.

»Du bist es doch auch, oder etwa nicht?«

»Natürlich.«

»Wo warst du nur so lange?«

Sie zuckte mit den Schultern.

»Kannst du dich noch immer nicht erinnern?«

»Bitte, Mama, lass mich in Ruhe.«

»Du weißt rein gar nichts?«

»Quäl mich nicht damit.«

»Diese Psychologin, mit der du sprichst. Was sagt die denn dazu?«

»Sie meint, ich soll Geduld haben. Irgendwann kommt die Erinnerung zurück.«

»Aber das ist doch kein Zustand.«

»Es tut mir leid. Ich mache das nicht mit Absicht.«

Sie sahen sich eine Weile schweigend an. Schließlich hörten

sie, wie draußen ein Wagen aufs Grundstück fuhr. Ihre Mutter stand auf und sah aus dem Fenster.

»Wer ist das?«, fragte Lilly.

»Ein Schutzpolizist.«

»Wieso das denn?«

»Er soll hier Wache halten, das hat man uns angekündigt. Heute Abend wird er abgelöst, dann kommt die Nachtschicht. Wie schon im Krankenhaus.«

»Aber warum?«

»Solange du den Ermittlern keine Hinweise geben kannst, müssen sie auf dich aufpassen. Der Schuldige ist noch immer auf freiem Fuß.« Die Mutter setzte sich zu ihr an den Bettrand. »Jemand hat dir etwas Schreckliches angetan, Lilly. Irgendein Detail muss dir doch dazu einfallen.«

»Ich gebe mir die größte Mühe. Aber da ist nur ein schwarzes Loch. Die Psychologin nennt es eine Schockreaktion.«

»Davon redet sie nun schon seit Tagen. Ich finde, diese Frau sollte endlich Ergebnisse liefern.«

»Die möchte ich auch.«

»Ich will, dass jemand zur Verantwortung gezogen wird. Was ist mit diesem Verrückten aus dem Bunker?«

»Ich denke, er war es nicht.«

»Bist du dir ganz sicher?«

»Ziemlich.«

Die Mutter griff nach ihrer Hand. »Wenn du sagst, dass er es war, hätten wir endlich Ruhe. Wir könnten mit der gesamten Geschichte abschließen.«

»Aber ich kann ihn doch nicht beschuldigen, wenn ich … Ich erinnere mich nicht an diesen Mann.«

»Womöglich kommt das von deinem Schock. Hast du doch selbst gesagt.«

»Mama. Ich muss ausruhen.«

Ihre Mutter schien gegen Tränen anzukämpfen. Sie presste die Lippen aufeinander. »Also schön. Wir kriegen das schon wieder hin.«

»Es tut mir wirklich leid.«

»Ich möchte meinen Frieden haben, weißt du? Seit einem Jahr schwanken wir zwischen Hoffnung und Verzweiflung. Und nun … bist du zurück, aber … Es ist noch immer nicht durchgestanden.«

»Ich kann nichts dafür.«

Ihre Mutter schaute sie durchdringend an. »Sobald du dich erinnerst, sprichst du zuerst mit mir. Ich traue dieser Psychologin nicht.«

»Warum nicht?«

»Sie kommt mir überheblich vor.«

»Das ist sie aber nicht.«

»Zu dir mag sie ja nett sein. Aber nicht zu deinem Vater und mir. Sie behandelt uns von oben herab.«

Lilly schwieg.

Dann sagte sie: »Ich bin erschöpft, Mama.«

»Okay.« Sie drückte ihr einen Kuss auf die Stirn, was Lilly zutiefst unangenehm war. »Eines solltest du niemals vergessen. Du bist mein Ein und Alles. Meine geliebte Tochter bist du. Wir waren immer eine glückliche Familie. Und ich werde nicht zulassen, dass irgendjemand dort draußen unser Glück zerstört.«

Lilly schluckte.

»Wir werden kämpfen. Alles wird wieder wie früher.«

»Vielleicht.«

»Ganz bestimmt. Wenn du nicht davon überzeugt bist, lass mich es für dich sein.«

»Gut.«

Schließlich stand ihre Mutter auf und wandte sich zum Gehen. An der Tür drehte sie sich noch einmal zu ihr um. Wieder hatte sie ein Lächeln auf den Lippen, das Lilly gezwungen vorkam. »Soll ich dir vielleicht einen Kuchen backen? Den gedeckten Apfelkuchen, den du als kleines Kind so gerne gegessen hast?«

Lillys Magen verkrampfte sich. Nur um ihr den Gefallen zu tun, antwortete sie artig: »Ja, Mama.«

Ihre Mutter strahlte sie an. »Ich werde dich verwöhnen, Kleines.«

Endlich verließ sie das Zimmer, und Lilly atmete auf.

SIEBZEHN

Seit Stunden lag er einfach da und rührte sich nicht. Sein Blick wanderte von der Zimmerdecke zu den geschlossenen Vorhängen. Kaum ein Lichtstreifen drang durch die Ritzen. Wann würde es endlich hell werden? Er hatte keine Ahnung. Sein Handy befand sich auf dem Nachttisch. Er müsste sich nur umdrehen, um nach der Uhr zu schauen. Aber er hatte nicht die Kraft dafür.

Er schloss die Augen, dämmerte eine Zeit lang weg. Plötzlich klopfte es leise, und die Tür wurde geöffnet.

»Paps?«

Er antwortete nicht.

»He, Paps.« Emily kam zu ihm und berührte ihn an der Schulter. »Willst du nicht aufstehen?«

»Wie spät ist es?«

»Zehn Uhr morgens.«

»Tatsächlich?«

»Was ist denn nur los mit dir?«

Er schwieg.

Sie öffnete die Vorhänge und setzte sich zu ihm an den Bettrand.

»Pa. Steh bitte auf. Ich mache mir langsam Sorgen um dich.«

»Nicht nötig.« Er sah flüchtig aus dem Fenster. Der Himmel war novembergrau.

»Bist du krank?«

»Ich glaube nicht. Ist nur ein kleiner Durchhänger.«

»Musst du denn nicht zur Arbeit?«

»Landsberg hat gesagt, ich soll mir ein paar Tage freinehmen.«

»So etwas ignorierst du normalerweise.« Sie zog die Stirn kraus. »Ich habe noch nie erlebt, dass du einfach im Bett bleibst.«

»Kümmere dich nicht darum.« Er schaute sie an. »Was ist eigentlich mit dir? Hast du denn keinen Unterricht?«

Sie schüttelte den Kopf.

»Du musst doch in die Polizeiakademie.«

»Ich hab mich für heute abgemeldet.«

»Warum?«

»Aus familiären Gründen.«

»Aber wieso denn?«

»Deinetwegen.«

»Meinetwegen?«

»Ich habe das Gefühl, ich sollte dich nicht allein lassen.«

»Das ist doch Unsinn.«

»Seit dem Vorfall in diesem Bunker bist du nicht mehr wiederzuerkennen.«

Abermals schwieg er. Er spürte ihre prüfenden Blicke auf sich.

»Das gibt sich wieder«, sagte er nach einer Weile.

»Willst du darüber reden?«

»Wozu sollte das gut sein?«

»Es könnte dich beruhigen. Entlasten. Du kannst den Schmerz mit mir teilen.«

»Das ist lieb von dir. Aber ich komme schon klar.«

Sie verschränkte die Arme vor der Brust. »Ich gehe nicht, bevor du es nicht wenigstens versucht hast.«

Trojan knautschte sein Kissen zurecht. »Ich muss mich ausruhen. Das ist alles.«

»Sag mir bitte, was dich bedrückt. Es bringt doch nichts, wenn du es die ganze Zeit allein mit dir herumträgst.«

Er wiegte den Kopf. »Hör mal, Emily, es ist mir unangenehm, wenn du meinetwegen den Unterricht schwänzt.«

»Das ist kein Schwänzen. Es ist ein Notfall. Ich sehe doch, wie schlecht es dir geht.«

»So schlimm ist es nicht.«

»Es hat mit dem Bunker zu tun, nicht wahr?«

»Nicht der Rede wert.«

»Oh doch. In deinem Job bist du schon in viele brenzlige Situationen geraten. Aber diesmal ... scheint es dich echt umgehauen zu haben. Warum?«

Er zuckte mit den Schultern.

Sie gab ihm einen leichten Stoß. »Na los. Rück raus damit.«

»Ich weiß auch nicht. Vielleicht weil es so banal war. Völlig überflüssig. Der Typ aus dem Bunker. Reinhold Holzhauser ist sein Name, wie wir nun wissen. Er hat wahrscheinlich überhaupt nichts mit dem Fall zu tun.«

»Und doch wurde er dir sehr gefährlich.«

»Aber nur, weil er absolut verrückt ist. Völlig paranoid. Er hatte überhaupt kein Motiv, mich abzuknallen. Ich denke, das ist es, was mir zu schaffen macht. Und die Tatsache, dass ich nicht recht begreife, wie ich da überhaupt rausgekommen bin.«

Emily sah ihn an. »Du musst darüber sprechen. Das ist wichtig.«

»Ich will dich damit nicht belasten.«

»Tust du nicht. Im Gegenteil. Es macht mir eher Angst, wenn du dich in Schweigen hüllst und dich Tag und Nacht in deinem Schlafzimmer verkriechst.«

Nach einer Pause fuhr er zögernd fort. »Es war so sinnlos, weißt du? Er hört Stimmen. Geister sprechen zu ihm. Und diese Geister haben ihm befohlen, mich umzubringen. Nur weil ich zu ihm in den Bunker kam. In dem er sich vor der Außenwelt verschanzt hat. Und das schon seit Jahren.«

»Ihr wollt doch herausfinden, was mit diesem Mädchen passiert ist, oder?«

»Ja. Lilly Steiner heißt sie. Aber sie hat Holzhauser auf den Fotos nicht wiedererkannt. Sie kann sich auch an keinen Bunker erinnern. Und doch wäre es um ein Haar passiert. Ich ... es ...« Er brach ab.

»Red weiter. Du musst es loswerden, Paps.«

Es kostete ihn Überwindung. »Der Kerl hat mir ...«, es tat weh, auch nur daran zu denken, »... meine Dienstwaffe in den Mund geschoben und wollte abdrücken.«

»Das ist hart.«

»Ja. Ich hatte schon mit allem abgeschlossen.«

»Konntest du dich nicht irgendwie wehren?«

»Ich war gefesselt. Aber da war diese kleine Glasscherbe. Auf dem Boden. Ich hatte sie heimlich hinter meinem Rücken aufgenommen.«

»Das war clever von dir.«

»Ich musste ihn ablenken. Hab versucht, ihn zu beruhigen. Denn er war ziemlich aufgebracht. Also wollte ich Zeit gewinnen. Dabei habe ich versucht, ohne dass er es merkte, mit der Scherbe die Fesseln durchzuschneiden. Aber es wollte mir nicht gelingen. Meine Finger fühlten sich taub an. Die Blutzufuhr war abgedrückt. Es waren Kabelbinder, fest um meine Handgelenke gezurrt, und ich kam mit der Scherbe nicht durch.«

»Und doch hast du es geschafft. Du lebst, Paps, und das ist die Hauptsache.«

»Ich weiß nicht, wie es mir gelungen ist. Ich habe keine Erinnerung daran. Es ist alles weg.«

»Du hattest Todesangst«, sagte sie leise. »Das war ein enormer Stress. Ist doch klar, dass dein Gehirn … mit einiger Verzögerung darauf reagiert.«

»Ich höre den Schuss knallen. Mir ist, als dröhnt er noch immer in meinen Ohren.«

Emily blickte ihn besorgt an.

»Und dann denke ich: Das war's jetzt. Ich bin tot.«

Sie nahm seine Hand. »Bist du aber nicht. Du bist hier. Bei mir.«

»Ich liege dort auf dem kalten Boden dieses gottverdammten Bunkers und rühre mich nicht mehr. Carlotta und Ronnie stürmen auf einmal herein. Da ist Blut. Eine große Blutlache.«

»Es ist nicht dein Blut. Du bist in Sicherheit.«

»Der Schuss aus meiner Waffe …«

»… hat diesen Kerl getroffen …«

»Ja, aber … Ich habe keine Ahnung, wie. Ich kriege es nicht auf die Reihe.«

»Du hast die Fesseln durchtrennt. Es ist dir in letzter Sekunde doch noch gelungen. So konntest du ihm die Waffe wegschlagen. Dabei löste sich ein Schuss.«

»Das hat mir Carlotta auch erzählt. Holzhauser wurde an der Schulter getroffen. Es war ein Streifschuss. Aus meiner Pistole.«

»Deine Kollegen konnten ihn danach überwältigen.«

»Ich weiß, das haben sie mir gesagt. Aber ich sehe es nicht vor mir. Ich erinnere mich an rein gar nichts.«

»Das gibt sich wieder.«

»Dieses Mädchen, Lilly Steiner, die seit fast einem Jahr vermisst wurde, leidet auch unter Gedächtnislücken. Sie kann uns einfach nicht sagen, wo sie war. Alles hat wohl mit diesem finsteren Wald draußen in der Schorfheide zu tun. Doch wir haben nicht den geringsten Anhaltspunkt.«

»Du wirst es herausfinden. Da bin ich mir sicher.«

»Sie leidet unter einer Amnesie. Und nun weiß ich, wie sich das anfühlt.«

»Bei ihr scheint es weitaus schlimmer zu sein, Paps. Dir fehlen nur ein paar Sekunden in deinem Gedächtnis. Quäl dich nicht deswegen.«

»Aber seitdem kommt mir alles so unwirklich vor. Als sei ein Teil von mir dort unten geblieben. Als würde ich noch immer in dieser Blutlache liegen. Manchmal frage ich mich, ob ich es tatsächlich aus dem Bunker rausgeschafft habe.«

»Das hast du, Paps. Du bist stark. Auch wenn dieser Kerl nicht der eigentliche Täter ist. Er wollte dich töten, und das konntest du verhindern.«

»Der Tod ist furchtbar banal. Das ist mir nun klar geworden. Eine falsche Fährte. Ein Bunker, der nichts mit dem Fall zu tun hat. Geisterhafte Puppen. Ein Funkloch. Ich kann die Kollegen nicht erreichen. Ich gehe rein. Und das war's. Eine falsche Entscheidung, und du wirst ausgelöscht. Einfach so.«

»Wichtig ist, dass du nun weitermachst. Du musst nach vorne schauen und den Fall lösen. Jetzt erst recht. Steh auf und fahr ins Kommissariat. Carlotta braucht deine Unterstützung.«

»Wenn Holzhauser der Täter gewesen wäre, hätte die Aktion im Bunker einen Sinn gehabt. Aber so …«

»Du kannst auch auf der Straße von einem Auto überfahren werden und bist tot. Macht das mehr Sinn?«

»Natürlich nicht. Ich weiß, es ist nicht gut, ins Grübeln zu verfallen.«

»Ganz genau.« Sie strich über seinen Arm. »Lass dich also bitte nicht hängen.«

Er schwieg.

»Stehst du jetzt auf? Tust du mir den Gefallen?«

»Gib mir noch eine halbe Stunde.«

»Aber Paps ...«

»Wirklich, Emily. Ich komme klar. Ich muss mich nur ein bisschen ausruhen.«

»Du bist schon gestern nicht aus deinem Zimmer rausgekommen. Und vorgestern auch nicht.«

Er versuchte zu lächeln. »Ich brauche nur ein bisschen Zeit.«

Sie sah ihn zweifelnd an. Schließlich erhob sie sich und ließ ihn allein.

ACHTZEHN

Um acht Uhr morgens wurde Carlotta in ihrem Büro angerufen. Der Wachpolizist am Eingang des Kommissariats sagte ihr, dass ihr Besuch eingetroffen sei. Carlotta bedankte sich bei ihm, ging hinaus in den Flur und stieg die Treppen ins Erdgeschoss hinunter, um Lilly an der Pforte zu empfangen.

Ihr Vater war bei ihr. Er sah genauso blass aus wie seine Tochter.

Carlotta begrüßte ihn. »Guten Morgen.«

Robert Steiner nickte ihr wortlos zu.

»Hallo, Lilly«, sagte sie.

Die 18-Jährige war auf Krücken gestützt. »Hallo.«

Carlotta lächelte sie an. »Dann können wir ja nach oben gehen.«

»Wie lange wird es dauern?«, fragte Robert Steiner.

»Da möchte ich mich nicht festlegen.«

»Ich wäre bei der Vernehmung gerne dabei.«

Carlotta holte tief Luft. »Das halte ich für keine gute Idee.«

»Wieso?«

»Es könnte Ihre Tochter unter Druck setzen.«

Er verzog das Gesicht. »Erlauben Sie mal …«

»Bitte vertrauen Sie mir, Herr Steiner. Es ist besser so. Um eine Amnesie aufzulösen, muss man behutsam vorgehen.«

Er machte eine unwillige Geste. »Hab ich nicht das Recht, dabei zu sein?«

»Ihre Tochter ist volljährig. Sie kann allein entscheiden.«

»Und?«

Lilly sah ihren Vater flehentlich an. »Ich schaffe das schon, Papa.«

»Ganz sicher?«

»Hmm.«

Er bedachte Carlotta mit einem abschätzigen Blick. »Also schön. Ich fahre unterdessen ins Büro. Rufen Sie mich an, wenn Sie hier fertig sind.«

»In Ordnung.«

Er verabschiedete sich von seiner Tochter und ging.

»Wir können den Aufzug nehmen«, sagte Carlotta zu Lilly.

»Okay.«

Schweigend fuhren sie hinauf.

In ihrem Büro wies Carlotta auf einen Stuhl vor ihrem Schreibtisch. »Setz dich doch.«

Sie nahmen beide Platz. »Wie geht es dir?«, fragte sie nach einer Pause.

Lilly zuckte mit den Schultern.

»Hast du noch Schmerzen im Bein?«

»Ein bisschen.«

»Kannst du nachts schlafen?«

»Meine Eltern geben mir das Beruhigungsmittel, das mir die Ärzte im Krankenhaus verschrieben haben.«

»Das ist fürs Erste sicherlich nicht verkehrt. Aber du wirst das Medikament bald absetzen können, denke ich.«

»Wirklich?«

»Ja. Wie ist es denn für dich, nach so langer Zeit wieder zu Hause zu sein?«

»Es ist komisch. Mir ist alles fremd. Besonders meine Eltern sind mir fremd.«

»Woran liegt das deiner Meinung nach?«

»Ich glaube, ich habe mich sehr verändert. Bin nicht mehr wie früher. Ich war so lange weg. Mir kommt es vor wie eine halbe Ewigkeit. Meine Eltern würden am liebsten so tun, als sei alles wieder normal. Aber nichts ist normal. Immerhin werde ich von der Polizei bewacht, Tag und Nacht.«

»Das ist eine reine Vorsichtsmaßnahme. Dein Entführer könnte wieder auftauchen. Er will bestimmt nicht, dass du ihn verrätst. Und genau hier liegt das Problem.«

»Wie meinen Sie das?«

»Hast du schon einmal darüber nachgedacht, dass dich vielleicht die Angst vor ihm daran hindert, dich an ihn zu erinnern?«

Lilly antwortete nicht.

»Ein Teil von dir steht möglicherweise noch unter seinem Einfluss. Das ist ein völlig unbewusster Prozess. Aber er führt dazu, dass die ängstliche Seite in dir – so paradox es klingen mag – nicht will, dass wir Ermittler herauskriegen, wer er ist. Denn er hat über dein Leben bestimmt. Die permanente Angst, dass er dich umbringen könnte, und das über einen längeren Zeitraum hinweg, hält dich vermutlich davon ab, über ihn zu sprechen.«

Lilly blickte sie weiterhin schweigend an.

Carlotta lehnte sich zu ihr vor. »Aber jetzt bist du in Sicherheit. Je mehr sich das Gefühl in dir verankert, dass er dir nichts mehr antun kann, desto eher wird auch dein Unterbewusstsein bereit sein, sich zu öffnen. Ich will dir dabei helfen. Dieser Mensch, wer immer es ist, hat keine Macht mehr über dich.«

Sie ließ eine Pause verstreichen.

»Leuchtet dir das halbwegs ein?«

»Ja.«

»Wärst du bereit, mit mir gedanklich zu dem Tag deines Verschwindens zurückzukehren?«

Erneutes Schweigen.

»Wollen wir es gemeinsam versuchen?«

»Okay.«

»Es ist der Herbst letzten Jahres. Früher Morgen. Du wachst auf. In deinem Zimmer in Weißensee. Was geschieht?«

»Alles war wie immer. Ich bin aufgestanden, hab geduscht, danach musste ich zur Schule.«

»Versuch dir diesen Morgen genau vorzustellen. Bis ins kleinste Detail.«

Lilly schloss für einen Moment die Augen. »Ich saß in der Küche beim Frühstück.«

»Gut. Rufe dir jede Einzelheit ins Gedächtnis zurück. Und lass dir dabei Zeit.«

Keine Regung.

»War noch jemand in der Küche?«, fragte Carlotta.

»Meine Mutter. Sie hat etwas zu mir gesagt. Sie war verärgert.«

»Warum?«

»Ich war spät dran. Sie sagte, ich solle mich beeilen. Kurz darauf hab ich das Haus verlassen.«

»War irgendwas anders als sonst?«

Kopfschütteln.

»Ist dir auf dem Schulweg etwas Besonderes aufgefallen?«

»Nein.«

»In welcher Stimmung warst du an diesem Morgen?«

»Ich war wütend.«

»Weshalb?«

»Wütend auf meine Mutter.«

»Erzähl mir mehr darüber.«

»Sie ist manchmal wie eine Krake.«

»Wie eine Krake?«

»Sie greift nach mir. Sie erdrückt mich. Sie sagt, ich bin ihr Ein und Alles. Sie hat Angst, wenn ich auf Bäume klettere. Sie will nicht, dass ich mich schmutzig mache. Ich bin ihre kleine Prinzessin. Aber ich will keine Prinzessin sein. Sie meint es nicht böse. Sie liebt mich. Jeden Tag sagt sie mir, dass sie mich liebt.«

»Und das wird dir manchmal zu viel?«

»Ja. Ich war so froh, dass … mein Vater mich heute Morgen hierhergefahren hat.«

»Wollte das ursprünglich deine Mutter übernehmen?«

Lilly nickte. »Sie hatte vor, bei dem Gespräch mit Ihnen dabei zu sein. Im Gegensatz zu meinem Vater hätte sie sich nicht so leicht davon abbringen lassen. Doch zum Glück fühlt sie sich heute nicht wohl. Sie hatte einen Migräneanfall.«

»Verstehe.«

»Sie behandelt mich noch immer, als sei ich ein kleines Kind. Aber ich bin jetzt erwachsen. Das soll sie endlich begreifen.«

»Du warst also auch am Tag deines Verschwindens zornig auf sie?«

»Ja.«

»Du verlässt das Haus. Bist auf dem Weg zur Schule. Und dann?«

Lilly antwortete nicht.

»Welche Straße hast du genommen?«

»Dieselbe wie jedes Mal.«

Carlotta musterte sie. »Lilly. Mal ganz ehrlich. Wolltest du vielleicht von zu Hause abhauen?«

Sie blickte sie empört an. »Nein. Wo hätte ich denn hingehen sollen?«

»Zu einem Freund vielleicht?«

Die Antwort kam prompt. »Ich habe keinen Freund.«

»Zu einer Freundin?«

»Ich habe niemanden. Nur meinen Zwillingsbruder.«

»Du hängst sehr an ihm, nicht wahr?«

»Ja. Daniel ist wie ich. Wenn ich mich schlecht fühle, geht es auch ihm nicht gut. Ist er fröhlich, bin ich es ebenso. Wir halten immer zusammen. Ich würde Daniel niemals im Stich lassen.«

Carlotta sah sie nachdenklich an. »Irgendetwas muss an diesem Morgen vorgefallen sein. Hielt ein Auto an? Hat dich jemand in das Innere eines Wagens gezerrt?«

»Ich weiß es nicht.«

»Hat dich jemand angesprochen?«

»Es ist alles weg.«

»Deine Erinnerung endet also auf dem Schulweg?«

»Ja.«

»Fast ein Jahr später befindest du dich in einem Waldgebiet in der Schorfheide.« Carlotta nahm Fotos aus einer Mappe und legte sie vor Lilly auf den Tisch. »Du siehst diese Puppen. Unheimliche Puppen. Festgebunden an Baumstämmen. Daran erinnerst du dich doch, oder?«

»Verschwommen, ja.«

Carlotta präsentierte ihr ein weiteres Foto. »Das ist der Mann, der für die Puppen verantwortlich ist. Sieh ihn dir bitte genau an.«

Lilly nagte an ihrer Unterlippe. »Ich kenne das Foto doch schon. Sie haben es mir bereits zigmal gezeigt.«

»Du kennst ihn also nicht?«

»Nein.«

Sie zog Fotos aus dem Bunker hervor. »Was ist mit diesem Ort? Löst er Erinnerungen in dir aus?«

Das Mädchen schüttelte den Kopf.

»Warst du jemals dort?«

»Ich denke nicht.«

»Er befindet sich mitten im Wald. Dort, wo wir auch die Puppen gefunden haben.«

»Der Wald ist sehr groß. Unheimlich. Und finster. Und doch birgt er viel Schönheit.«

Carlotta wurde stutzig. »Interessant, dass du das sagst. Es klingt, als würdest du dich dort gut auskennen.«

Lilly wich ihrem Blick aus. »Kann sein.«

»Was hältst du davon, wenn wir gemeinsam in die Schorfheide fahren?«

Lilly schaute sie erschrocken an. »Jetzt gleich?«

»Warum nicht? Wir fahren zu der Stelle, wo du den Unfall hattest. Und von dort gehen wir tiefer in den Wald.«

Das Mädchen schluckte.

»Ich hatte das schon längst mit dir vor«, sagte Carlotta. »Aber die Ärzte waren dagegen. Doch nun, nach deiner Entlassung, sollten wir es endlich tun. Eine Ortsbegehung. Wir suchen gemeinsam den Platz auf, an dem mein Kollege und ich die ersten Puppen gefunden haben. Das könnte deiner Erinnerung auf die Sprünge helfen.«

»Ich will nicht.«

»Warum?«

»Nicht heute.«

»Was ist los, Lilly? Wovor hast du Angst?«

»Ich bin noch nicht so weit.«

Carlotta runzelte die Stirn. »Verschweigst du mir etwas?«

»Nein.«

»Was sollte denn Schlimmes passieren? Dass wir deinem Entführer begegnen?«

Lilly atmete schwer.

»Ich bin bei dir. Ich beschütze dich.«

Sie senkte den Blick. »Heute Nacht hatte ich einen furchtbaren Traum«, murmelte sie kaum hörbar.

»Möchtest du mir davon erzählen?«

»Da war eine verschlossene Tür. Mitten im Wald. Und ich wusste, wenn ich sie öffne, wird etwas Schreckliches hervortreten. Es muss verborgen bleiben. Für immer.«

Abermals holte Carlotta tief Luft. »Lilly. Ich denke, es ist an der Zeit, diese Tür zu öffnen. Du musst dich deiner Vergangenheit stellen.«

NEUNZEHN

Am späten Nachmittag lag Trojan noch immer im Bett. Emily klopfte an und kam zur Tür herein. »Du kriegst in zehn Minuten Besuch.«

Er war überrascht. »Besuch? Von wem?«

»Steh auf, dusch dich und zieh dir was an. Was soll sie sonst von dir denken?«

»Wer denn?«

»Carlotta.«

»Wie bitte?«

»Ich hab sie angerufen. Sie ist zufällig gerade in der Nähe.«

»Warum um Himmels willen hast du das getan?«

»Paps. Irgendwas stimmt nicht mit dir. Und das macht mir Angst. Carlotta ist Psychologin. Und wie ich das einschätze, eine ziemlich gute. Sie wird dich wieder zurechtrücken.«

Er wollte noch etwas erwidern, doch schon hatte sich seine Tochter entfernt.

Er sah an sich herab. Trug nur T-Shirt und Boxershorts. Fuhr sich mit der Hand durch sein verstrubbeltes Haar. Carlotta? Hier? In zehn Minuten?

Trojan eilte ins Bad und unter die Dusche. Rasch zog er sich an, putzte sich die Zähne und warf einen prüfenden Blick in den Spiegel. Er müsste sich dringend rasieren. Doch zu spät, es klingelte bereits an der Tür.

Er ging in die Küche. Hörte, wie seine Tochter Carlotta im Flur begrüßte. Danach führte sie sie herein.

Trojan stand verlegen da.

»Hallo«, sagte er zu Carlotta und hob ein wenig linkisch die Hand.

»Hallo, Nils.«

»Ich lasse euch dann mal allein«, sagte Emily mit einem kritischen Gesichtsausdruck und zog sich zurück.

Trojan räusperte sich. »Kann ich dir einen Kaffee anbieten?«

»Nein danke.«

»Ein Wasser?«

Sie schüttelte den Kopf. Er nahm am Küchentisch Platz. Sie setzte sich ihm gegenüber.

»Ich hatte keine Ahnung«, murmelte er, »dass du …« Er holte Luft.

»Tut mir leid, wenn ich hier einfach so reinplatze. Aber deine Tochter macht sich wohl Sorgen um dich.«

»Das ist völlig unnötig.«

»Was ist denn los?«

»Nichts.«

»Bist du krank?«

»Nur ein kleines Formtief, mehr nicht.«

»Warum hat mich Emily dann angerufen?«

»Sie hätte dich nicht damit belästigen sollen.«

Carlotta musterte ihn.

Trojan versuchte, vom Thema abzulenken. »Gibt es Neuigkeiten im Fall Lilly Steiner?«

»Bisher leider nicht. Aber sie wurde immerhin aus der Klinik entlassen. Und sie war heute Morgen bei mir.«

»Im Kommissariat?«

»Ja.«

»Hat sie weiterhin Erinnerungslücken?«

»Bedauerlicherweise ja.«

»Was ist nur mit ihr geschehen?«

»Das werden wir herausfinden. Eines können wir übrigens ausschließen.«

»Was?«

»Lilly wurde nicht vergewaltigt. Sie ist noch Jungfrau. Das haben die Untersuchungen in der Klinik ergeben. Und man ließ mich nun endlich die detaillierten Berichte darüber lesen.«

»Demnach gab es keinen sexuellen Missbrauch durch ihren Entführer?«

»So einfach ist das leider nicht.«

»Du meinst, er könnte auch andere sexuelle Handlungen an ihr vorgenommen haben?«

»Genau. Und möglicherweise wurde sie dadurch traumatisiert.«

Er holte Luft. »Ich kann dir das nicht alles allein überlassen. Glaub mir, ich bin in Kürze wieder dabei.«

»Tatsächlich?«

»Landsberg meinte, ich bräuchte …« Er brach ab. Die Situation war ihm schrecklich unangenehm.

»… du bräuchtest was?«

Er schämte sich dafür. Kam sich schwach und nutzlos vor. »Nun ja, er empfahl mir eine kleine Auszeit.«

»Hat es mit der Angelegenheit im Bunker zu tun?«

Trojan schlug die Augen nieder. »Du bist nicht meine Therapeutin.«

»Aber deine Kollegin. Und außerdem eine Freundin. Zumindest glaube ich das.«

Er schwieg.

»Ist doch so, oder?«, fragte sie nach einer Weile.

Er sah sie an. »Ja. Du *bist* eine Freundin.«

Es schien sie zu freuen. Ein leises Lächeln bildete sich auf ihren Lippen. Dann sagte sie ernst: »Rede mit mir. Bitte.«

Trojan reagierte nicht.

»Komm schon, Nils. Ich bin für dich da.«

Er ließ einige Sekunden verstreichen. Druckste herum. Schließlich fragte er: »Kann ich dir vertrauen?«

»Natürlich.«

»Du behältst es für dich?«

»Aber ja.«

Auf einmal brach es aus ihm heraus. Und je länger er sprach, desto erleichterter fühlte er sich. »Also gut. Hier kommt ein bitteres Geständnis. Ich leide schon seit Jahren unter Panikattacken. Konnte es bisher erfolgreich vor meinen Kollegen geheim halten. Nur Ronnie Gerber gegenüber habe ich es ein einziges Mal erwähnt, doch danach haben wir nie wieder darüber gesprochen. Selbst Stefanie weiß davon nichts. Und mit ihr war ich immerhin zusammen, wie du ja vielleicht schon … vermutet hast.« Er schluckte, setzte neu an. »Na ja. Ich habe es jedenfalls immer unter Verschluss gehalten. Auch in meinem Privatleben. Irgendwann glaubte ich sogar, die Sache im Griff zu haben. Es ging in letzter Zeit erstaunlich gut. Ich habe für mich eine Strategie entwickelt. Wenn es stressig wird im Job, wenn ich an einem Tatort das Gefühl habe, die Angst könnte mich überfluten, stelle ich mir vor, dass alles nur wie ein Film vor mir abläuft. Ich bin dabei bloß Zuschauer. Das hilft. So baue ich eine innere Distanz auf.«

»Das ist doch ziemlich clever.«

»Findest du?«

»Ja.«

Er hob die Schultern. »Aber leider …« Erneut brach er ab.

»Hattest du einen Rückfall?«

Er nickte. »Nach der Sache im Bunker bricht mir schon der Schweiß aus, wenn ich nur daran denke, auf die Straße gehen zu müssen. Darum will ich mich lieber in meiner Wohnung verkriechen.«

Es entstand eine Pause. Auf einmal war es bedrückend still in der Wohnung. Hatte Emily gelauscht? Er hoffte, dass es nicht so war.

Schließlich sagte Carlotta: »Danke für deine Ehrlichkeit.«

Er atmete durch. »Ich weiß, mich völlig zurückzuziehen, ist bestimmt der falsche Weg. Aber … im Moment bin ich ziemlich ratlos. Ein Teil von mir scheint in diesem Bunker geblieben zu sein. Mir ist, als stecke ich in einem finsteren Loch fest. Und es fühlt sich an, als hätte ich nicht die Kraft, da jemals wieder rauszukommen.«

»Sich vor der Welt zu verstecken, hilft wirklich nicht weiter.«

»Das ist mir schon klar. Und doch scheint es mir gerade die einfachste Lösung zu sein. Ich kann einfach nicht mehr.«

Carlotta blickte ihn mitfühlend an. Auf einmal erhob sie sich. »Komm. Lass uns rausgehen.«

Er schüttelte den Kopf. »Nein.«

»Wir tun es zusammen.«

»Unmöglich.«

»Wir gehen nur bis zur nächsten Straßenecke. Und dir wird nichts passieren. Das verspreche ich dir.«

Er zögerte.

»Nils«, sagte sie eindringlich, »wer vom Pferd gefallen ist, sollte sofort wieder in den Sattel steigen.«

Kaum waren sie draußen, meldete sich bei Trojan ein Anflug von Panik. Sein Herzschlag beschleunigte sich, der Puls begann zu rasen, und er bekam zu wenig Luft.

Carlotta aber sprach beruhigend auf ihn ein. »Achte bloß auf deine Schritte. Und lass dir Zeit dabei.«

Sein Brustkorb verkrampfte sich. »Ich glaube, das wird nichts.«

»Nur gehen. Schritt für Schritt. Tu es langsam und bewusst.«

»Nein, Carlotta, das ist …«

»Ganz ruhig. Sollte sich Angst in dir ausbreiten, kämpfe nicht dagegen an. Lass das Gefühl einfach zu. Der Widerstand macht es nur noch schlimmer.«

»Bist du dir sicher?«

»Absolut.«

Langsam gingen sie los. Trojans Beinen waren zittrig. Verdammt, dachte er. Was soll Carlotta nur von mir halten? Es ist nichts weiter als ein Spaziergang. Und schon flattert mein Herz.

Komm schon, sprach er in Gedanken zu sich selbst. Reiß dich zusammen.

Und doch kostete es ihn einige Überwindung.

»Hier ist niemand mit einer Waffe«, sagte Carlotta, die seine Anspannung zu bemerken schien. »Keiner, der dich bedroht. Der Vorfall im Bunker ist Vergangenheit. Alles, was dort passiert ist, besteht nur noch aus Erinnerungen. Darum achte allein auf die Gegenwart. Konzentriere dich lediglich auf deine Schritte. Setze einen Fuß vor den anderen. Einfach nur spüren, wie deine Füße den Boden berühren.«

Er versuchte es, während sie die Forster Straße Richtung Kanal entlanggingen.

»Achte nun darauf«, sagte sie ein paar Minuten später, »wie die kalte Luft durch deine Nasenlöcher einströmt und als warmer Hauch wieder ausströmt.«

Auch das probierte er aus.

Es kam ihm seltsam vor, sich wie in Zeitlupe zu bewegen und dabei auf den Atem zu achten. Aber er wurde tatsächlich ein wenig ruhiger.

»Wie fühlt sich das an?«, fragte sie.

»Ungewohnt.«

»Bleib trotzdem dabei.«

»Okay.«

Nach einer Weile sagte sie: »Richte nun deine Aufmerksamkeit abwechselnd auf die Füße und den Atem.«

Er tat es.

»Und?«

»Bloß atmen und gehen?«, fragte er verwirrt. »Das soll die Lösung sein?«

»Ja. Nicht mehr und nicht weniger.«

Also schön, dachte er. Einen Versuch war es ja wert. Er achtete auf seine Füße und den Luftstrom an seiner Nase. Erstaunlicherweise ließ bald darauf die Beklemmung in seinem Brustraum nach.

»Langsam«, sagte sie, »Schritt für Schritt. Atemzug für Atemzug.«

Mehr und mehr entdeckte Trojan, wie es war, sich achtsam fortzubewegen. Seine Gedanken traten in den Hintergrund. Alles, was zählte, geschah in diesem Moment. Er atmete und ging. Ging und atmete. Nichts weiter.

Nach einer Weile hatten sie den Boule-Platz erreicht.

»Noch ein Stück weiter?«, fragte sie.

»Okay.«

Sie bogen in den Uferweg am Landwehrkanal ein.

»Wie geht es dir jetzt?«

»Ein bisschen besser.«

Sie lächelte ihn an. »Na also.«

»Die Panik hat sich verflüchtigt. Mir ist, als würde sie noch … im Hintergrund auf mich lauern, aber ich … fühle mich insgesamt stärker.«

»Das Schlimmste ist die Angst vor der Angst, nicht wahr? Davor, dass es wieder losgehen könnte.«

»Ja.«

»Auf diese Weise vergrößerst du nur die Angst. Wenn du aber auf die Gegenwart achtest, wird dir bewusst, dass Gefühle kommen und gehen. Sie sind flüchtig, haben keine Macht über dich. Darum wende diese Übung immer an, wenn du dich gestresst fühlst.«

»Ich soll mich demnach nur aufs Gehen und Atmen konzentrieren?«

»Ja.«

»Also letztlich auf das Einfachste von der Welt?«

»Im Grunde genommen schon. Wir vergessen es nur so leicht. Sind ständig in Gedanken. Und entfernen uns so von der Gegenwart. Der Atem aber und das achtsame Gehen können uns wieder ins Hier und Jetzt zurückbringen.«

»Und wo hast du das gelernt?«

»Ich habe früher an der Uni einen speziellen Kurs belegt. Damals stand ich unter enormen Stress. Ich musste die Prüfungen an der Hochschule und die an der Polizeiakademie gleichzeitig absolvieren. Das war alles ein bisschen zu viel für mich. Aber der Achtsamkeitskurs hat mir dabei geholfen, ruhiger zu werden.«

Er blieb stehen und sah sie an. »Was ich dir von meinen Panikattacken erzählt habe, bleibt wirklich unter uns, ja?«

»Nils. Ich gebe dir mein Ehrenwort darauf.«

Er nickte ihr zu. »Danke.«

Langsam gingen sie weiter.

»Weißt du«, murmelte er, »es ist einerseits erleichternd, mit dir darüber zu sprechen. Andererseits ist es auch mit großer Scham besetzt.«

»Das verstehe ich gut. Wir haben alle unsere Masken, hinter denen wir uns verstecken.« Nach einer Pause fragte sie: »Und was meinst du? Bist du morgen wieder dabei?«

Er wiegte den Kopf. »Wäre wohl das Beste, oder?«

»Das denke ich auch.«

Er horchte in sich hinein. War er schon so weit? »Zurück in den Sattel?«

»Tu es einfach. Glaub mir, Nils. Je länger du dich versteckst, desto mehr Raum lässt du deiner Angst.«

Er gab sich innerlich einen Ruck. »Du hast recht.«

»Sehr gut.«

»Was steht für morgen an?«

»Ich möchte mit Lilly eine Ortsbegehung durchführen. In der Schorfheide.«

»Gute Idee.«

»Kommst du mit?«

»Na klar.«

Schließlich kehrten sie um und gingen gemächlich zurück in die Forster Straße, wo Carlotta ihren Bulli geparkt hatte.

Sie umarmte ihn zum Abschied. »Dann bis morgen.«

»Bis morgen. Vielen Dank für deine Hilfe.«

»Gern geschehen. Und wenn es dir wieder mal schlecht geht, ruf mich an. Jederzeit.«

»In Ordnung.«

Sie stieg ein und fuhr los.

Trojan sah ihr nach, bis sie hinter der nächsten Straßenecke verschwunden war.

ZWANZIG

Nachdem sie Lilly von ihrem Elternhaus in Weißensee abgeholt hatten, waren sie mit Trojans Dienstwagen zu der Unfallstelle an der L100 unterwegs. Das Mädchen saß auf der Rückbank.

Sie schwieg während der gesamten knapp einstündigen Fahrt.

Ihre Mutter hatte Trojan und Carlotta einige Vorhaltungen gemacht. Sie war der Meinung, Lilly könnte die Ortsbegehung zu sehr anstrengen. Daraufhin wurde die Diskussion von ihrer Tochter selbst beendet.

»Ich bin mittlerweile volljährig«, sagte sie trotzig, »darum kann ich allein entscheiden, was gut für mich ist.«

Als sie ankamen, parkte Trojan auf dem Seitenstreifen. Carlotta und er stiegen aus. Lilly brauchte etwas länger, sie halfen ihr. Schließlich stützte sie sich auf ihre Krücken und sah sich um.

»Erkennst du die Stelle wieder?«, fragte Carlotta.

»Ich glaube, ja.«

»Erinnerst du dich in diesem Moment an den Unfall?«

Ihr Gesicht verzog sich, als würde sie ein heftiger Schmerz durchzucken. »Es ist mehr wie eine Ahnung. Ich spüre, dass hier etwas Schlimmes mit mir passiert ist.«

»Lass dir Zeit und denk nach. Was fällt dir ein?«

»Da waren zwei Lichter. Sie rasten auf mich zu.«

»Die Scheinwerfer eines Autos?«

»Ja.«

»Was noch?«

»Ich wollte ausweichen. Aber es war zu spät.«

»Erinnerst du dich an den Aufprall?«

»Nein. Ich weiß nur … dass ich … plötzlich in dieser Klinik lag.« Sie zitterte leicht.

»Es war ein schwerer Schock für dich. Und keine Sorge, wir nähern uns deinen Erinnerungen ganz langsam an. Wir werden nichts überstürzen. In Ordnung?«

»Gut.«

»Aus welcher Richtung bist du gekommen?«, fragte Trojan nach einer Pause.

Lilly wies nach Süden. »Von dort, glaube ich.«

Der Forstweg, dachte Nils. So wie sie vermutet hatten.

»Bist du bereit, mit uns dorthin zu gehen?«, fragte er.

Lilly hob die Schultern. »Wenn es unbedingt sein muss.«

»Deine Erinnerungen scheinen zurückzukehren. Das ist ein positives Zeichen«, sagte Carlotta.

Lilly nickte schwach.

»Also los«, murmelte Trojan.

Gemeinsam machten sie sich auf den Weg. Lilly schien einigermaßen gut mit ihren Krücken zurechtzukommen. Sie passten sich ihrem Tempo an. Bald hatten sie den Forstweg erreicht.

Carlotta blieb stehen und sah sie fragend an. »War es hier?«

Abermals schaute sich Lilly um. »Ja. Ich bin mir ziemlich sicher.«

»Okay.«

Wortlos gingen sie tiefer in den Wald hinein.

Als sie die Stelle erreichten, an der sie seinerzeit den Stofffetzen gefunden hatten, wandte sich Trojan ihr zu.

»Wir haben hier einen winzigen Überrest von einem Kleidungsstück entdeckt. Wir vermuten, dass er von dir stammt.«

Lilly hielt inne und schaute ins Dickicht hinein. »Also glauben Sie, dass ich von dort kam?«

»Ja. War es so?«

»Ich weiß nicht genau.«

»Wollen wir nachsehen?«

Sie schien zu zögern.

»Hab keine Angst«, sagte er. »Meine Kollegin und ich bleiben immer dicht bei dir. Es kann dir nichts passieren.«

Schließlich willigte sie ein, und sie betraten gemeinsam das Unterholz.

Etwa 20 Minuten später näherten sie sich dem Gebiet, in dem Trojan und Carlotta auf die Puppen gestoßen waren.

Der Trampelpfad, dem sie folgten, gabelte sich. Carlotta hielt an und warf dem Mädchen einen prüfenden Blick zu. »In welche Richtung sollen wir gehen? Links oder rechts?«

Lilly musste einige Zeit nachdenken. Sie wirkte bereits ziemlich erschöpft. Die Konfrontation mit dem Ort schien sie anzustrengen. Schließlich wies sie nach links. »Hier entlang.«

Es war tatsächlich der Weg, der zu der entsprechenden Stelle führte. War das nun Zufall?, fragte sich Trojan. Oder wurde Lilly mit der Gegend allmählich vertrauter? Erkannte sie die verschlungenen Pfade in diesem einsamen Wald wieder?

»Fallen dir vielleicht irgendwelche Details ein?«, fragte er.

Sie schüttelte den Kopf.

»Denk intensiv an den frühen Morgen von vor zwei Wochen«, sagte Carlotta. »Was ist geschehen? Tauchen weitere Erinnerungen auf?«

»Nein. Ich weiß nur, dass ich sehr schnell gelaufen bin.«

»Hattest du Angst?«

»Ja.«

»Wovor?«

Sie gab keine Antwort.

»Wurdest du verfolgt?«, fragte Trojan.

Lillys Atem beschleunigte sich.

»War jemand hinter dir?«

Sie reagierte nicht.

»Gab es zuvor einen Kampf? Musstest du dich gegen jemanden wehren?«

Sie verkniff den Mund.

Carlotta und Nils sahen sich an. Sie mussten vorsichtig sein. Es war ziemlich offensichtlich, wie stark Lilly noch immer traumatisiert war.

Ihre Schritte verlangsamten sich. »Ich brauche eine Pause«, sagte sie.

»Nicht weit von hier befindet sich eine Lichtung«, erwiderte Carlotta. »Schaffst du es noch bis dahin?«

»Ist das der Ort mit den Puppen?«

»Ja.«

Abrupt blieb sie stehen. »Ich will da nicht hin.«

»Lilly. Es ist wichtig, dass du dich der Vergangenheit stellst. Nur so können wir herausfinden, was wirklich passiert ist.«

War sie anfänglich noch einigermaßen mutig und kraftvoll gewesen, schien sie sich nun dagegen zu sträuben, Licht in das Dunkel zu lassen.

»Keine Sorge, die Puppen hängen dort nicht mehr«, versuchte es Nils behutsam. »Unsere Forensiker haben sie mitgenommen. Wir wollen lediglich überprüfen, welchen Weg du gegangen bist.«

Eine Weile mussten sie ihr gut zureden. Schließlich

stemmte sich Lilly widerstrebend auf ihre Krücken und humpelte weiter. Hier im Unterholz kam sie weitaus schlechter voran. Manchmal blieb sie mit den Gehhilfen im aufgeweichten Boden stecken, und Carlotta musste ihr den Arm reichen.

Je weiter sie in den Wald vordrangen, desto mehr verfinsterte sich ihre Miene. Was hatte das Mädchen nur durchgemacht? Trojan sah ihr die Furcht an.

Wieder einmal war er erstaunt darüber, welchen Schaden die Angst doch anrichten konnte. Sie lähmte. Verdunkelte. Hatte sogar die Macht, Erinnerungen aus dem Gedächtnis zu löschen. Sie raubte Lebenskraft. War wie ein Geschwür. Wenn sie sich erst einmal in einem festgesetzt hatte, nagte sie so lange an einem, bis man innerlich völlig ausgehöhlt war.

Atmen und gehen, dachte er. Nur atmen und gehen. Auch Lilly sollte diesen Rat befolgen. Aber er verstand nur zu gut, wie schwierig es war, sich aus dem Sog der Angst zu befreien.

Endlich hatten sie die Lichtung erreicht. Da waren die sieben Bäume, die annähernd in einem Kreis zusammenstanden.

»Hier war es«, murmelte Lilly. Sie deutete auf die uralten Buchen. »Ich hielt die Puppen für echt. Hab mich furchtbar vor ihnen erschrocken.«

»Das ist verständlich«, sagte Carlotta. »Auch wir fanden sie sehr unheimlich.«

»Von wo bist du gekommen?«, fragte Nils.

Lilly ließ ihre Blicke schweifen. Nach einiger Überlegung wies sie in östliche Richtung. »Von dort, glaube ich.«

Diesmal war Trojan besser vorbereitet. Er hatte sich das Kartenmaterial zuvor aufs Handy geladen, sodass er es auch im Funkloch zurate ziehen konnte.

Er überprüfte das Display. »Wie sicher bist du dir?«

Sie wiegte den Kopf. »Es war noch recht finster. Begann gerade erst zu dämmern. Von daher war es schwierig, sich zu orientieren. Und auch jetzt ist es nicht gerade leicht.«

»Könntest du womöglich aus der anderen Richtung gekommen sein?«

Westlich von ihrem Standpunkt befand sich der Bunker, in dem er von Reinhold Holzhauser überwältigt worden war. Sollte er vielleicht doch etwas mit Lillys Verschwinden zu tun haben?

»Tut mir leid«, erwiderte sie, »ich kann es nicht mit Bestimmtheit sagen.«

»Okay. Probieren wir es einfach aus. Gehen wir zunächst nach Osten.«

Schweigend setzten sie ihren Weg fort. Trojan war recht froh, dass sie sich von dem Bunker entfernten. Gleichzeitig stellte er mit einiger Erleichterung fest, wie wohltuend es war, sich aus dem Klammergriff seiner eigenen Angst zu lösen. Es war gut, wieder dabei zu sein. Und er hatte die Hoffnung, dass sie durch die Ortsbegehung bei den Ermittlungen endlich einen Schritt weiterkamen.

Einige Zeit später erreichten sie erneut eine Lichtung.

»Können wir jetzt eine Pause einlegen?«, fragte Lilly erschöpft.

Trojan schaute Carlotta an. Sie nickte ihm zu.

»In Ordnung«, sagte er.

Gerade wollte das Mädchen ihre Krücken ablegen und sich auf einem Baumstumpf niederlassen, als sie mit einem Mal innehielt.

»Hören Sie das?« Sie wies mit dem Finger in die Luft.

Es war ein entferntes Krächzen zu vernehmen.

Sie lauschten. Allmählich wurde das Geräusch stärker. Und

plötzlich sahen sie große schwarze Vögel am Himmel. Sie kreisten über ihnen und stießen aufgeregte Laute aus.

Kroaah. Kroaah.

»Sind das Krähen?«, fragte Carlotta.

»Nein, es sind Raben«, entgegnete Lilly.

Der Schwarm wurde größer. Immer mehr Vögel kamen hinzu. Sie versammelten sich in der Höhe. Kreiselten. Rotierten.

Auf einmal wirkte Lilly wie elektrisiert. »Achten Sie auf ihre Rufe. Dieses *Kroaah-Kroaah*. Das sind typische Rabenlaute.«

Trojan musterte sie. Wie gebannt sah sie den Vögeln zu.

»Erinnern sie dich an etwas?«

Sie gab keine Antwort.

Suchend schaute er sich um. Und dann ahnte er, weshalb die Raben in großer Aufruhr waren. Sie hatten etwas gewittert.

»Da«, rief er.

Er eilte los. Am Rande der Lichtung lag etwas. Die Raben schossen im Sturzflug darauf zu. Was war das nur? Schon flatterten sie um das leblose Wesen am Fuße eines Baums herum.

Trojan näherte sich atemlos.

Abrupt blieb er stehen. Und dann verstand er.

Am Boden befand sich ein verendetes Reh. Die Raben landeten davor und bildeten einen Pulk. Sie schrien lauter und wilder. Die ersten begannen ihre Schnäbel in den Tierkadaver zu hauen. Hektisch bearbeiteten sie eine offene Wunde. Schon zerrten sie an einzelnen Fleischstücken und rissen dem toten Reh die Innereien heraus.

Auch Carlotta trat näher heran. Entsetzt schaute sie dem Spektakel zu.

Kroaah, kroaah, schrien die Raben.

Als Letzte kam Lilly hinzu. Sie war auf einmal leichenblass. Fassungslos starrte sie auf den Kadaver.

»All das Blut«, stammelte sie. Ein Zittern durchlief ihren Körper. Für einen Moment fürchtete Trojan, sie würde in Ohnmacht fallen.

»Ist alles in Ordnung?«, fragte Carlotta und griff nach ihrem Arm.

Sie reagierte nicht. Schien nicht die Augen von dem toten Tier lassen zu können.

»Es ist bloß ein Reh«, sprach Carlotta beruhigend auf sie ein.

»Blut. So viel Blut.«

»Du musst nicht hinsehen.«

»Blut«, wiederholte sie. »Entsetzlich viel Blut.«

Urplötzlich ließ sie ihre Krücken fallen und schwankte hin und her. Carlotta fing sie auf.

»Ganz ruhig«, sagte sie.

Lilly aber schaute entgeistert den Raben zu, wie sie Stücke aus dem toten Tier herausrissen und gierig verschlangen.

Und dann stieß sie einen so gellenden Schrei aus, dass die Vögel von dem Kadaver aufflogen, aufgebracht umherflatterten, bis sie sich schließlich wieder auf ihre Beute stürzten.

»Lilly«, sagte Carlotta eindringlich. »Erinnert dich diese Szene an etwas?«

Das Mädchen atmete schwer.

»Du sprachst eben von Blut. Wer hat geblutet? Was siehst du vor dir?«

Lilly gab keine Antwort.

»Meinst du deinen Entführer?«

Nichts.

»Hast du dich gegen ihn gewehrt?«

Sie keuchte.

»War er verletzt?«

Sie zitterte am ganzen Körper.

»Lilly?«

Sie verdrehte die Augen. Wieder hatte es den Anschein, als sei sie kurz davor, das Bewusstsein zu verlieren.

»Fahren Sie mich nach Hause«, stammelte sie wie in größter Not. »Bitte. Ich muss hier weg.«

Nils und Carlotta schauten sie irritiert an.

Schließlich hob er ihre Krücken auf und sagte leise: »Schon gut. Genug für heute. Wir bringen dich heim.«

Langsam entfernten sie sich von den Raben. Doch als sie längst außer Sichtweite waren, hörten sie noch immer ihre eigentümlichen Schreie: *Kroaah. Kroaah.*

Was war dem Mädchen widerfahren?, fragte sich Trojan erschüttert. An wessen Blut hatte sie sich erinnert? Wann würden sie endlich die Wahrheit erfahren?

EINUNDZWANZIG

Spätabends wälzte sich Lilly in ihrem Bett hin und her. Sie kam nicht zur Ruhe. Immer wieder sah sie vor sich, wie die Raben über die Lichtung in der Schorfheide kreisten. Sie hörte ihre Rufe, ahnte, dass die Vögel ihr etwas mitteilen wollten.

So verrückt es auch schien, es waren Lockrufe, und sie galten ihr. Die Raben waren ihre Verbündeten. Ihre Beschützer. Sie mühten sich ab, damit Lilly sie endlich verstand.

Und plötzlich meinte sie sich zu erinnern, dass es ihr früher viel leichter gefallen war, auf die Sprache dieser wunderschönen, geheimnisvollen Vögel zu achten. Es gab in ihrer Kommunikation eine Vielzahl von Variationen. Nicht nur das *Kroaah-Kroaah*. Manchmal stießen sie auch ein hohl klingendes *Karks* aus. Dann wieder ein *Quork-Quork* in rascher Folge. *Uh-Uh*-Töne wechselten sich mit leisen oder nasalen Schreien ab. Zudem gab es besonders eindringliche *Rap-Rap-Rap*-Rufe.

Nicht umsonst zählten Raben zu den Singvögeln. Sie konnten trillern, gurgeln und glucksen, mal schrill und laut, mal beinahe zärtlich. Manche ihrer Laute hatten Gesangscharakter, andere waren bloß ein tiefes Krächzen.

Und was war das nun, was sie ihr mit ihren eigentümlichen Zurufen vermitteln wollten?

Die sonderbarsten Tonfolgen drangen in der Erinnerung an ihre Ohren. War sie etwa dabei, den Verstand zu verlieren? Auf die Sprache der Vögel zu lauschen, war doch wohl eher ein Zeichen von Wahnsinn. Drehte sie langsam durch?

Wieder und wieder flatterten die Vögel in ihrer Vorstellung um sie herum. Und plötzlich hörte sie ihre Stimmen ganz deutlich und glaubte, den kehligen Gesang der Raben übersetzen zu können. Kein Zweifel, sie riefen ihr zu: *Komm, Lilly. Komm. Komm mit uns.*

So war es auch auf dieser Lichtung gewesen. Die Raben hatten sie entdeckt. Wirbelten herum, vollführten ihre Kunststücke in der Luft. Und ihr Singsang war eindeutig: *Komm. Komm, Lilly. Folge uns.*

Dann aber wechselte die Szenerie vor ihrem inneren Auge. Die Raben stürzten sich auf den Kadaver und rissen ihm die Eingeweide raus.

Und Lilly erinnerte sich an Blut. An Ströme von Blut.

Ein Mann lag vor ihr. Er war tot.

Auf einmal schlug ihr Herz so heftig und schnell, dass ihr kurzzeitig die Luft wegblieb.

Sie hatte Angst. Unruhig stand sie auf und verließ das Zimmer. Sie schlich durch den Flur. Vor der Tür ihres Bruders blieb sie stehen. Zögerte einen Augenblick, dann drückte sie die Klinke.

»Daniel?«, fragte sie kaum hörbar.

Es kam ein gedämpftes Brummen zur Antwort.

»Bist du wach?«

Im Habdunkeln sah sie, wie er sich aufrichtete. »Was ist denn los?«

»Darf ich zu dir?«

»Na klar.«

Sie näherte sich seinem Bett und schlüpfte zu ihm unter die warme Decke. Schon atmete sie auf. »Danke.«

»Kannst du nicht schlafen?«

»Nein.«

»Liegt es an der Ortsbegehung?«

»Ja. Der Tag hat mich ziemlich aufgewühlt.«

»Hat es denn was gebracht?«

»Vielleicht.« Sie rückte näher an ihn heran. »Ist das so in Ordnung für dich?«

»Natürlich.«

Sie horchte auf seine gleichmäßigen Atemzüge. »Das haben wir als Kinder auch gemacht. Weißt du noch?«

»Ja.«

»Wenn wir nachts keine Ruhe fanden, haben wir uns unter der Bettdecke aneinandergekuschelt.«

»Hmm.« Nach einer Pause sagte er leise: »Ich bin froh, dass du wieder zu Hause bist, Lilly.«

Sie schwieg.

»Freust du dich wenigstens auch ein bisschen darüber?«

»Ich weiß nicht. Alle sind so merkwürdig zu mir. Mama. Papa. Die Psychologin. Dieser Kommissar. Sie versuchen, mich zu durchleuchten. Fragen mich ständig, was passiert ist.« Sie drehte den Kopf zu ihm. »Nur du nimmst Rücksicht auf mich. Übst keinen Druck aus.«

»Du brauchst Zeit.«

»Das stimmt.«

»Musst dich erst langsam eingewöhnen.«

»Bei dir fühle ich mich sicher.«

»Ich glaube zu verstehen, was mit dir los ist. Weil wir Zwillinge sind. Du hast Angst, nicht wahr?«

»Hmm.«

»Und deine Angst spüre ich mit dir. Du hast wahrscheinlich etwas Schlimmes erlebt. Und darum fällt es dir schwer, dich zu erinnern.«

Abermals schwieg sie.

»Wenn du darüber reden willst ... Falls doch ein paar Erinnerungen zurückgekehrt sind ... Ich höre dir zu.«

Sie dachte an die Raben. Sah erneut vor sich, wie sie sich auf ihre Beute stürzten. Nach einer Weile sagte sie: »Heute sind ein paar Bruchstücke in meinem Gedächtnis aufgetaucht.«

»Als du in der Schorfheide warst?«

Sie nickte. »Aber ich denke, ich sollte nicht darüber reden.«

»Wieso nicht?«

»Ich habe Sorge, dass du mich für verrückt hältst.«

»Warum sollte ich das tun?«

»Wenn ich es dir verrate, versprichst du mir, dass ...« Sie brach ab.

»Was?«

»Du könntest meinen, es sei völlig abwegig.«

»Ich halte dich nicht für verrückt. Du bist sehr klug, Lilly. Was immer es ist, du kannst es mir anvertrauen.«

»Manchmal fürchte ich, darüber tatsächlich den Verstand zu verlieren.«

»Dann solltest du es erst recht mit mir teilen.«

Sie schluckte. »Ich glaube, ich weiß jetzt, wo ich so lange war.«

»Wo?«

Es kostete sie einige Überwindung, es auszusprechen. »Bei den Raben«, flüsterte sie schließlich.

Daniel rührte sich nicht. Sie spürte, dass er sich innerlich verkrampfte. »Bei den Raben?«

»Ja.«

»Das musst du mir genauer erklären.«

»Ich war diesen Vögeln sehr nahe. Ich konnte auf einmal ihre Sprache verstehen. Und mehr noch. Sie wollten, dass ich zu ihnen gehöre. Sie hatten vor, mir das Fliegen beizubringen.«

Wieder vernahm sie die Rufe der großen, schwarzen Vögel: *Komm. Komm, Lilly, komm. Begleite uns. Schwing dich auf. Flieg mit uns. Es ist ganz leicht. Du musst es nur versuchen.*

Ihr Bruder starrte sie an.

»Nun hältst du mich doch für verrückt.«

»Nein. Es ist nur so … Ich fürchte, ich begreife nicht.«

»Ich habe lange Zeit unter Raben gelebt. Und ich möchte zu ihnen zurück.«

Er setzte sich auf und knipste die Nachttischlampe an. Lilly war für einen Moment geblendet.

»Entschuldige, aber ich kann dir nicht ganz folgen.«

»Ich war bei den Raben. Und ich muss wieder zu ihnen. Diesmal für immer. Das ist kein Wahnsinn, Daniel. Es ist nicht verrückt.«

Er runzelte die Stirn. »Sie sprechen zu dir?«

»Ja.«

»Was sagen sie?«

»Sie wollen, dass ich fliege.«

»Wohin?«

»Weg. Weg von hier.«

»Aber ist das denn möglich?«

Auch sie setzte sich nun auf. »Du glaubst mir nicht?«

»Ich versuche es.«

Sie sahen sich eine Zeit lang wortlos an. Dann fragte er: »Wo ist das passiert? Wo hast du mit ihnen gesprochen? In der Schorfheide?«

»Nicht nur dort. Auch woanders.«

»Wo?«

»Weiter weg.«

»Wo genau?«

Sie antwortete nicht.

»War jemand bei dir?«

Sie atmete schwer.

»Lilly. Was ist passiert?«

Wieder sah sie das Blut vor sich. Einen blutüberströmten Mann. Er lag leblos am Boden.

Fahrig griff sie nach der Hand ihres Bruders. »Hilf mir. Bitte lass mich nicht im Stich. Du bist der Einzige, dem ich vertrauen kann.«

»Erzähl weiter. Ich muss mehr darüber wissen.«

»Es ist alles noch sehr verschwommen. Aber ich ahne nun, dass meine lange Abwesenheit mit den Raben zu tun hat.«

»Es sind Vögel, Lilly. Nichts weiter als Vögel.«

»Diese Tiere sind etwas Besonderes. Ich spüre eine Verbindung zu ihnen.«

»Es tut mir leid, aber … das ist für mich nicht so leicht nachzuvollziehen. Du musst es mir erklären.«

»Ich will es versuchen. Aber nicht heute Nacht. Es regt mich zu sehr auf.«

»Bitte, Lilly.«

»Morgen, ja? Morgen reden wir weiter. Und versprich mir, dass du nicht an mir zweifelst.«

»Niemals. Du bist meine Schwester.«

»Danke, Daniel.«

Sie stand auf und ging hinaus in den Flur. Zurück in ihrem Zimmer zog sie die Bettdecke über den Kopf.

Nun war sie also wieder allein mit den Fetzen ihrer erschreckenden Erinnerung. Was sollte ihr Bruder bloß von ihr denken?

Panik machte sich in ihr breit. Niemand würde sie verstehen. Und vielleicht wäre es doch besser zu schweigen.

ZWEIUNDZWANZIG

Es brauchte lange, bis Daniel wieder eingeschlafen war. Doch es war ein dünner, unruhiger Schlaf. Er träumte wirr von einem Raben, der sich draußen im Garten niedergelassen hatte, und hörte seine wilden Schreie.

Auf einmal schreckte er hoch. Die kehligen Laute drangen so deutlich an sein Ohr, dass er plötzlich den Eindruck hatte, es sei überhaupt kein Traum gewesen.

Und schlimmer noch, der Vogel schien mitten im Haus zu sein.

Kroaah. Kroaah.

Er lauschte.

Das Krächzen war ganz in seiner Nähe. Es kam hinter der Wand hervor. Wie unheimlich. Hatte sich etwa ein Rabe ins Zimmer seiner Schwester verirrt?

Kroaah. Kroaah.

Doch kurz darauf war es still.

Er atmete auf. Also hatte er wohl doch nur geträumt. Wahrscheinlich waren seine Nerven von den verstörenden Bemerkungen seiner Schwester überreizt.

Ich war bei den Raben. Und ich muss wieder zu ihnen. Diesmal für immer. Das ist kein Wahnsinn, Daniel. Es ist nicht verrückt.

Er hatte versucht, möglichst gelassen darauf zu reagieren. Aber in Wahrheit hielt er es für ziemlich übergeschnappt. Was war nur mit Lilly los? Verlor sie den Verstand?

Ich war diesen Vögeln sehr nahe. Ich konnte auf einmal ihre

Sprache verstehen. Und mehr noch. Sie wollten, dass ich zu ihnen gehöre. Sie hatten vor, mir das Fliegen beizubringen.

Nüchtern betrachtet hieß das nichts anderes, als dass seine Schwester unter Wahnvorstellungen litt. Wusste diese Kriminalpsychologin eigentlich davon? Oder hielt es Lilly vor ihr geheim?

Nun hatte sie ihn ins Vertrauen gezogen. Durfte er überhaupt mit anderen über ihr merkwürdiges Geständnis sprechen? Nein, er musste es für sich behalten.

Vielleicht beruhigte sie sich ja wieder. Er hoffte es inständig. Was sie ihm heute Nacht erzählt hatte, war einfach zu beängstigend.

Jäh zuckte er zusammen.

Da waren sie wieder, diese seltsamen Schreie.

Kroaah. Kroaah.

Ein Rabe bei Lilly? Mitten in der Nacht? Was für seltsame Dinge geschahen denn noch?

Er sprang auf und stürmte in den Flur.

Er näherte sich dem Zimmer seiner Schwester. Die Rufe wurden lauter.

Kroaah. Kroaah.

Was war da nur los?

Er riss die Tür auf.

Daniel traute seinen Augen nicht.

Seine Schwester stand im Nachthemd auf dem Bett, das Gesicht zu einer grässlichen Fratze verzerrt, und fuchtelte mit ihren ausgestreckten Armen herum. Dabei gab sie diese krächzenden Laute von sich.

Kroaah. Kroaah.

Er betätigte den Schalter an der Wand, und das Deckenlicht flammte auf.

»Lilly«, brachte er entsetzt hervor.

Sie wirkte so irr und entrückt auf ihn, dass ihm ein Schauer über den Rücken lief.

»Hast du schlecht geträumt?«

Sie antwortete nicht.

Er fasste sich ein Herz und ging langsam auf sie zu.

Sie starrte ihn an. In ihren Augen war ein Flackern.

Zögernd streckte er die Hand nach ihr aus.

»Ganz ruhig«, murmelte er. »Ich bin es. Daniel. Erkennst du mich denn nicht?«

»*Kroaah, kroaah*«, machte sie, und er wich instinktiv vor ihr zurück.

Mit einem Mal standen auch seine Eltern in der Tür. Beide schlaftrunken, von den seltsamen Geräuschen aufgeschreckt.

»Was hat sie denn?«, fragte seine Mutter.

»Ich weiß nicht«, erwiderte Daniel. »Vielleicht ist sie aus einem Albtraum aufgewacht.«

»Sie ist ja völlig außer sich«, murmelte sein Vater. Energisch näherte er sich ihr. »Lilly«, sagte er streng und griff nach ihrem Arm.

Da stieß sie so wilde Schreie hervor, dass alle drei zusammenfuhren.

Ihr Haar war zerzaust. Ihre Stirn zerfurcht. Wie ein aufgescheuchter Vogel stakste sie über das Bett und machte Bewegungen mit den Armen, als schlüge sie mit Flügeln.

»*Kroaah. Kroaah.*«

Als ihr Vater erneut nach ihr griff, schrie sie noch lauter.

Plötzlich entriegelte sie vom Bett aus das Fenster und riss es auf.

Daniel und sein Vater versuchten, sie davon abzuhalten, sie

aber kletterte aufs Fensterbrett und war im Begriff, sich hinauszustürzen.

»Lilly, nein!«, rief ihre Mutter.

»*Kroaah, kroaah*«, kam es krächzend zur Antwort.

Daniel packte sie an den Schultern, als sie um sich zu schlagen begann.

»Sie braucht ihr Beruhigungsmittel«, sagte ihr Vater.

Aufgeregt nahm die Mutter den Tablettenblister vom Nachttisch, drückte zwei der Pillen auf ihre Hand, griff nach dem Wasserglas und reichte es ihrer Tochter.

Diese aber stieß das Glas weg. Splitternd zerbarst es am Boden.

»Lilly, verdammt noch mal«, zischte ihr Vater.

Aufbrausend packte er sie an den Hüften und warf sie mit aller Gewalt zurück aufs Bett.

Lilly schrie.

Als die Mutter ihr die Tabletten in den Mund schieben wollte, wehrte sie sich heftig.

»Sie hat einen Nervenzusammenbruch«, sagte ihr Vater.

Entsetzt sah Daniel zu, wie seine Eltern mit vereinten Kräften Lilly aufs Bett pressten.

»Ruf den Notarzt«, befahl die Mutter.

Daniel starrte sie an.

»Nun mach schon! Hilf deiner Schwester!«

DREIUNDZWANZIG

Das Handy läutete und riss Trojan aus dem Tiefschlaf. Er brauchte einen Moment, bis er sich orientiert hatte. Er war zu Hause, doch sein Traum von dem dichten Wald in der Schorfheide war so deutlich gewesen, dass er sich kurzzeitig auf der Lichtung wähnte, wo sie den Tierkadaver entdeckt hatten.

Benommen fingerte er nach dem Mobiltelefon auf dem Nachttisch und nahm den Anruf entgegen. Er räusperte sich. »Hallo?«

»Nils?«

»Ja?«

»Hier ist Carlotta.«

»Was gibt es?«

Er hörte, wie sie am anderen Ende tief Luft holte. »Es geht um Lilly.«

»Was ist passiert?«

»Sie hatte einen Nervenzusammenbruch. Der Notarzt wurde alarmiert.«

Sofort war er hellwach. »Und wo ist sie jetzt?«

»In der psychiatrischen Abteilung der Charité.«

Er setzte sich auf. »Ist es so schlimm?«

»Leider ja.«

»Wie kam es zu dem Zusammenbruch?«

»Sie wollte sich heute Nacht aus dem Fenster stürzen. Sie hat wie am Spieß geschrien, und die Ärzte mussten sie ruhigstellen.«

»Bist du bei ihr?«

»Ja, ihre Eltern haben mich sofort informiert. Aber ich kann hier nichts mehr ausrichten. Sie ist völlig sediert.«

»Verdammt. Konntest du mit ihr reden?«

»Nein. Sie ist nicht mehr ansprechbar. Das Ehepaar Steiner macht mir große Vorwürfe. Sie sagen, die Ortsbegehung hätte ihre Tochter überfordert.«

Trojan rieb sich über die Augen. »Dabei hatte ich gestern das Gefühl, dass ... sich bei ihr etwas tut. Mir war, als würden ihre Erinnerungen allmählich zurückkehren.«

»Den Eindruck hatte ich auch.«

»War der Ausflug in die Schorfheide doch zu viel für sie?«

»Das befürchte ich. Und ich mache mir große Vorwürfe deswegen. Als Psychologin hätte ich ihr mehr Zeit lassen müssen, als Ermittlerin aber war mir klar, dass wir schnell handeln und dafür sorgen müssen, ihren Erinnerungen auf die Sprünge zu helfen.«

»Bitte mach dich nicht verrückt deswegen. So eine Ortsbegehung ist ein übliches Prozedere.«

»Aber es hat sie überfordert. Wir hätten sie noch damit verschonen müssen.« Sie seufzte. »Ihre Eltern hatten recht. Es kam zu früh für sie.«

Er fuhr sich mit der Hand durchs Haar. »Und was machen wir jetzt?«

»Wir müssen abwarten, bis sich Lilly einigermaßen erholt hat. Aber das kann dauern. Ich habe gerade mit den Ärzten gesprochen. Sie ist in keinem guten Zustand.«

Trojan sah zur Uhr. Es war drei Uhr nachts. »Soll ich zu dir kommen?«, fragte er.

»Vor morgen früh hat das wenig Sinn, denke ich.«

»Wollen wir uns um acht in der Charité treffen?«

»In Ordnung.«

Sie legten auf.

Bis zum Morgengrauen lag Trojan wach. Dieser Fall war so vertrackt, dass er Sorge hatte, er könnte ihm völlig entgleiten.

Lillys Verhalten war mehr als rätselhaft. Wann würde endlich Licht in das Dunkel kommen?

Um sieben stand Nils auf und trank einen starken Kaffee. Danach machte er sich auf den Weg in die Klinik.

VIERUNDZWANZIG

Ihre Glieder fühlten sich an, als seien sie aus Blei. Durch ihren Kopf schienen Nebelschwaden zu ziehen. Wenn jemand in ihr Blickfeld trat, bekam sie es nur verschwommen mit. Sie versuchte zu blinzeln, damit sie schärfer sah. Aber es gelang ihr nicht.

Oft glitt sie in einen merkwürdigen Dämmerzustand, in eine Grauzone zwischen Wachen und Schlafen. Dann wieder drangen Stimmen an ihr Ohr. Sie hörte, wie ihre Mutter zu ihr sprach, gehetzt, gestresst, voll Sorge. Auch ihr Vater war in der Nähe. Einmal griff jemand nach ihrer Hand.

Sie spürte ihr Gesicht nicht mehr. Es schien völlig taub zu sein. Manchmal hatte sie das Gefühl, ihr würde Speichel aus dem Mund laufen, und das war ihr unangenehm. Eine Zeit lang kämpfte sie gegen einen starken Schwindel an. Ihr war, als würde sie aus dem Bett rutschen und fallen, tiefer und tiefer. Sie wollte die Arme ausstrecken, um den drohenden Aufprall abzufedern, doch es gelang ihr nicht. Sie stürzte ins Bodenlose.

Einige Zeit später beugte sich eine Frau in einem weißen Kittel über sie. Während sie ihren Puls maß, sprach sie zu ihr. Lilly wollte antworten, doch ihre Zunge war so schwer, als hätte sie einen Alkoholrausch. Sie brachte nur lallende Laute hervor.

»Schon gut«, sagte die Frau, schob die Hand in ihren Nacken und setzte einen Trinkbecher an ihre Lippen.

Da erst merkte Lilly, wie durstig sie war.

Als sie den Becher leer getrunken hatte, wollte sie fragen, was eigentlich mit ihr passiert war, doch die Weißgekleidete, vermutlich eine Krankenschwester, schien ihr Gestammel nicht zu verstehen.

»Ruhe dich aus«, sagte sie mit einem Lächeln zu ihr.

Wieder war Zeit vergangen, als sie die Augen öffnete und mit einem Mal Daniel erkannte. Aufgeregt sperrte Lilly den Mund auf. Sie musste ihm dringend etwas mitteilen. Brauchte seine Hilfe. Er sollte dafür sorgen, dass sie wieder klar denken konnte. Wahrscheinlich hatte man ihr ein starkes Mittel verabreicht, das sie außer Gefecht setzte. Aber das war nicht nötig. Im Gegenteil. Sie brauchte nun all ihre Kraft.

»Hallo«, sagte er zu ihr.

Ihr Mund schnappte auf und zu, ohne dass ihr ein einziger Satz gelang.

»Wie geht es dir?«, fragte er.

Verzweifelt suchte Lilly nach einer Antwort, doch ihr Kiefer war wie gelähmt, die Zunge ein Fremdkörper in ihr.

Undeutlich sah sie, wie er vor Mitleid das Gesicht verzog.

Er drückte ihre Hand. »Alles wird gut«, murmelte er.

Abermals versuchte sie zu sprechen. Jedoch vergeblich.

Wo war sie eigentlich? Offenbar hatte man sie erneut in ein Krankenhaus gebracht. War es dasselbe wie zuvor? Oder ein anderes? Nein, dachte sie, nein. Das war verkehrt. Sie wollte nicht wieder in einer Klinik liegen, hilflos und ausgeliefert. Nicht jetzt. Sie ahnte, dass alles nur noch schlimmer werden würde, wenn sie nicht schleunigst hier herauskam.

Daniel verschwand vor ihren Augen. Sie wollte ihm etwas nachrufen, als er das Zimmer verließ, doch sie war zu schwach. Es machte ihr Angst, dass ihr Bruder nicht mehr bei ihr war.

Schließlich erkannte sie das Gesicht der Kriminalpsychologin. Sie sprach mit ihr. Ihre Sätze klangen verzerrt. Auch der Kommissar wandte sich ihr zu und redete länger mit ihr. Doch während Lilly ihn anschaute, hatte sie den Eindruck, ein undeutlicher Film würde vor ihr ablaufen. Die Tonspur war fehlerhaft. Jedes Wort hatte einen unheimlichen Widerhall.

Erschöpft schloss sie die Augen. Sie sah einen Schwarm Raben am Himmel. Sie turnten dort oben herum, schienen sich an ihrer Luftakrobatik zu erfreuen, kippten zur Seite, glitten in den Sturzflug. Sie schnellten ihr entgegen und riefen ihr etwas zu. Und plötzlich verstand Lilly, welche Bedeutung ihre krächzenden Laute hatten.

Erinnere dich, Lilly, riefen sie. *Bitte, du musst dich erinnern. Aber beeil dich. Mach schnell, bevor es zu spät ist.*

Sie versuchte, sich aufzubäumen. Denn die Raben hatten ja recht. Ihr blieb nicht mehr viel Zeit. Angst keimte in ihr auf. Doch ihre Kräfte schwanden. Und abermals dämmerte sie weg.

Als sie wieder zu sich kam, erkannte sie etwas mehr von ihrer Umgebung. Sie befand sich tatsächlich in einem Krankenzimmer. Durch das Fenster sah sie einen Ausschnitt vom Himmel. Es war Abend geworden.

An ihrem Bett saß ihre Mutter. Auch Daniel war da. Nur ihr Vater nicht.

Als die Mutter bemerkte, dass sie wach war, lächelte sie sie an. »Lilly, mein Kind, wie geht es dir?«

»Besser«, murmelte sie. Das Sprechen fiel ihr ein wenig leichter. Doch sie war noch immer benommen. Die Wände um sie herum schienen aus Watte zu sein. Die Konturen waren unscharf.

»Wir haben uns große Sorgen gemacht. Du hattest einen Zusammenbruch. Erinnerst du dich daran?«

»Nein.«

»Es war ganz furchtbar. Aber hier wirst du gut versorgt. Du bekommst Injektionen.«

»Injektionen?«

»Ja. Ziemlich starke sogar. Aber glaub mir, das hilft. Die Ärzte wirken sehr kompetent.«

Die Mutter setzte zu einem längeren Redeschwall an. Nach einer Weile konnte Lilly ihr nicht mehr folgen. Stattdessen warf sie ihrem Bruder stumme Blicke zu. Am liebsten wollte sie mit ihm allein sein. Denn ihre Mutter wirkte völlig überdreht, und das strengte sie an.

In diesem Moment kam eine Krankenschwester herein und brachte das Abendessen auf einem Tablett. Lilly hatte keinen Hunger, die Schwester aber bestand darauf, dass sie etwas aß. Also richtete sie sich auf und löffelte ein wenig von der fad schmeckenden Suppe.

Die Schwester nickte ihr zu und verließ das Zimmer.

Kaum war sie weg, sprach die Mutter weiter auf sie ein.

Angewidert schob Lilly den Teller auf dem ausgeklappten Nachttisch von sich weg. »Bitte, Mama, ich bin noch sehr müde. Und es fällt mir schwer, dir zuzuhören. Ich brauche meine Ruhe, verstehst du das?«

»Aber natürlich, Kind.«

»Willst du nicht nach Hause fahren?«

»Auf gar keinen Fall. Ich werde nicht mehr von deiner Seite weichen.«

»Du kannst doch morgen wiederkommen.«

»Nein, Kind, ich werde die Nacht hier verbringen.«

»Ist das denn erlaubt?«

»Ich spreche mit den Ärzten darüber.«

Lilly sank auf ihr Kissen zurück und schloss die Augen. Sie dachte an die Raben. Und daran, was sie ihr zugerufen hatten.

Erinnere dich. Und mach schnell. Du hast nicht mehr viel Zeit.

Die verschlossene Tür aufstoßen, dachte sie. Eine Tür mitten im Wald. Ja, davon hatte sie geträumt.

Was hatte die Kriminalpsychologin zu ihr gesagt?

Du musst dich deiner Vergangenheit stellen.

Und wenn sie es nun wagte? Einfach die Klinke drücken und einen Spalt öffnen. Allen Mut zusammennehmen und hindurchschauen. Egal, was sich dahinter befand.

In Gedanken wanderte sie zurück. Über die Landstraße, den Forstweg und dann über den Trampelpfad ins Unterholz. Tief in den dunklen Wald.

Da waren die Raben. Sie kreisten über der Lichtung. Sie krächzten. Flogen zu ihr herab.

Die Raben waren ihre Beschützer.

Erinnere dich!

Auf einmal klopfte ihr Herz wie wild.

Plötzlich schien sich die geheimnisvolle Tür im Wald zu öffnen, und Lilly erschrak.

Ihr Puls beschleunigte sich.

Sie sah erst Daniel, dann ihre Mutter an. Versuchte, sich ihre Unruhe nicht anmerken zu lassen. Aber sie war so aufgeregt, dass sich Schweiß auf ihren Handflächen bildete. Fahrig zupfte sie an ihrer Bettdecke herum.

Die Erinnerung war zurück. Schlagartig und völlig überraschend.

Lilly stockte der Atem. Ihre Blicke irrten umher. War sie hier eigentlich in der Psychiatrie? Was für ein Zusammenbruch war das gewesen, von der die Mutter gesprochen hatte? Lag es an den Nerven? Welches Mittel hatte man ihr gespritzt?

Lilly stöhnte leise auf. Nach wie vor konnte sie nicht klar denken. Alles schien verlangsamt abzulaufen. Sie geriet in Panik, wenn sie nur daran dachte, dass man ihr erneut eine Spritze geben würde. Damit verlor sie jegliche Kontrolle. Und sie war nicht mehr sie selbst.

Sie musste wach bleiben. Durfte nicht zulassen, dass man sie betäubte.

Keine Frage, sie musste hier raus. Und zwar schleunigst.

»Mama?«, fragte sie zögernd.

»Ja?«

»Wann werde ich wieder entlassen?«

»Aus der Klinik?«

Sie nickte.

»Man hat dich doch gerade erst eingeliefert.«

»Ich will aber nicht hierbleiben.«

»So einfach ist das leider nicht.« Die Mutter erhob sich. »Aber keine Angst, ich lasse dich nicht allein. Ich werde mit den Ärzten klären, ob ich über Nacht bei dir bleiben darf.« Mit einer energischen Geste strich sie Lilly das Haar aus der Stirn. »Hab keine Sorge, mein Kind. Ich werde von nun an noch besser auf dich achtgeben.«

Sie beugte sich zu ihr herunter und drückte ihr einen Kuss auf die Stirn. Danach ging sie hinaus.

Lilly schaute ihren Bruder an.

»Daniel«, sagte sie ängstlich.

»Alles gut. Ich bin bei dir.«

»Glaub mir, ich muss hier weg.«

»Nein, Lilly.«

»Was für Spritzen hat man mir gegeben?«

»Das weiß ich nicht genau.«

»Was ist das für ein Zeug?«

»Irgendwas zur Beruhigung, denke ich.«

»Ich will das aber nicht.«

»Du bist total ausgeflippt.«

»Hör mir zu ...«

Er fiel ihr ins Wort. »Als der Notarzt kam, gestern Nacht, hast du herumgetobt. Um dich geschlagen. Und du ... Du wolltest aus dem Fenster springen.«

»Davon weiß ich überhaupt nichts.«

»Das ist ja das Schlimme. Du warst völlig verändert. Fremd. Wie ferngesteuert. Verdammt, du hast uns einen Riesenschrecken eingejagt.«

Sie hob die Hand. »Bitte, sei mal für einen Augenblick still. Ich muss dir etwas Wichtiges sagen.«

»Was denn?«

»Pass auf ...« Sie atmete durch, versuchte, sich zu sammeln. Auf einmal fiel ihr das Sprechen wieder entsetzlich schwer. »... das ist jetzt sehr, sehr wichtig ...«

Daniel schaute sie irritiert an. Die Worte waren ihr durcheinandergeraten. Sie hatte Mühe, sich zu konzentrieren.

Schließlich brachte sie es mit aller Kraft hervor: »Ich kann mich plötzlich wieder erinnern. An alles.«

Ihr Bruder schien kaum überrascht zu sein. »Lass mal, Lilly. Diese Geschichte von den Raben, die hast du mir schon erzählt. Ich glaube, es ist besser, wenn du dich erst einmal erholst. Auch wenn es dir unangenehm ist, du bist hier in guten Händen. Die Ärzte kümmern sich um dich.«

Sie schüttelte den Kopf. »Nein, Daniel, lass mich ausreden. Ich flehe dich an, du musst mir helfen.«

»Helfen? Wobei?«

Sie senkte die Stimme. »Hol mich hier raus.«

»Lilly …«

»Im Ernst. Ich muss dringend von hier weg.«

Er machte eine zweifelnde Geste. »Ich verstehe dich kaum, du sprichst so undeutlich.«

Sie merkte selbst, dass sie nuschelte. Ihre Zunge und die Lippen wollten ihr nicht gehorchen.

Verzweifelt setzte sie erneut an: »Hilf mir, Daniel. Denn ich weiß jetzt, was passiert ist.«

»Was denn?«

Sie holte Luft. Das Sprechen strengte sie an.

»Sag es mir.«

Wieder lief ihr Speichel aus dem Mund. Auf ihrem Körper schienen Bleigewichte zu liegen.

»Es ist so«, stammelte sie, »ich … Ich habe …«

In diesem Moment wurde die Tür geöffnet, und die Krankenschwester trat ein. Entsetzt blickte Lilly auf die Spritze in ihrer Hand.

»Zeit für dein Medikament«, sagte sie mit aufgesetzter Munterkeit.

Lilly warf sich herum. »Nein«, schrie sie.

»Komm schon. Das wird dir helfen.«

»Nein«, schrie sie erneut.

Doch schon setzte ihr die Schwester eine Injektion.

Lillys Augen weiteten sich. »Hilf mir, Daniel«, raunte sie ihrem Bruder zu.

Ihre Lider flackerten. Die Krankenschwester drückte sie aufs Bett. Lilly wollte protestieren. Doch dann gab sie jeglichen Widerstand auf.

Die Umrisse des Zimmers verschwammen, und sie sank in einen tiefen Schlaf.

FÜNFUNDZWANZIG

Daniel betrachtete seine betäubt daliegende Schwester. Wie blass sie war. Die Wangen eingefallen. Fahl die Lippen. Glanzlos ihr Haar. Es erschütterte ihn, wie heftig sie sich gegen die Injektion gewehrt hatte. Noch immer hallten ihre Schreie in ihm nach. Hätte er vielleicht gegen das Vorgehen der Krankenschwester protestieren sollen?

Auf einmal verspürte er eine große Unruhe.

Ich kann mich plötzlich wieder erinnern. An alles.

Sollte sich ihre Amnesie tatsächlich aufgelöst haben? Oder war sie bloß im Begriff gewesen, ein weiteres Hirngespinst zu erzählen? Wieder etwas in der Art, dass sie die Sprache der Raben verstand? Dass die Vögel ihr das Fliegen beibringen wollten?

Er griff nach ihrer Hand.

»Bitte, Lilly«, murmelte er, »halte durch, du darfst nicht den Verstand verlieren.«

Er liebte seine Schwester. Sie waren unzertrennlich. Und als Zwillinge bildeten sie eine Einheit. Sollte sie an dem zerbrechen, was ihr widerfahren war, würde es auch ihn zerstören.

Seine Mutter kehrte ins Zimmer zurück und riss ihn aus seinen Gedanken.

»Schläft sie?«, fragte sie.

»Ja.«

Sie zog sich einen Stuhl heran und setzte sich. »Gut so. Sie muss sich ausruhen.«

Nach einer Weile begann Daniel zögerlich. »Mama …?«

»Was?«

Er schluckte. »Sie kann sich wieder erinnern. An alles.«

Seine Mutter starrte ihn an. »Was hat sie dir erzählt?«

»Nichts. Sie kam leider nicht mehr dazu. Die Krankenschwester hat ihr in dem Moment eine Spritze gegeben. Lilly wollte das nicht. Sie hat sich gewehrt, aber nun … Schau sie dir nur an. Sie ist völlig weggetreten.«

Auf ihrer Stirn bildete sich eine tiefe Furche. »Sie konnte dir nicht sagen, was passiert ist?«

»Nein.«

»Aber sie weiß es wieder?«

Er nickte. »Ja. Das hat sie mir gesagt.«

Seine Mutter atmete durch. »Dann werde ich morgen früh mit ihr darüber sprechen.«

Daniel überlegte, ob er die seltsamen Andeutungen erwähnen sollte, die seine Schwester über die Raben gemacht hatte. Aber er verkniff es sich. Es klang zu verrückt.

»Meinst du, sie wurde entführt?«, fragte er.

»Das kann schon sein.«

»Aber warum?«

»Das weiß ich nicht.«

»Und nun hat sie … Wie nennt man das … ein Trauma?«

»Wahrscheinlich.«

»Wird sie sich jemals davon erholen?«

»Das hoffe ich doch.«

»Mama?«

»Ja?«

Er hatte Sorge, vor ihr in Tränen auszubrechen. »Ist Lilly von ihrem Entführer … missbraucht worden?«

»Mach dir nicht so viele Gedanken.«

»Aber irgendwas muss das Trauma doch verursacht haben.«

Seine Mutter seufzte. »Wenn sie sich wirklich wieder erinnern kann, wissen wir morgen mehr darüber.«

Bald darauf schaute sie zur Uhr. »Dein Vater wird gleich hier sein. Er wollte uns ja abholen. Aber ich bleibe bei Lilly.«

»Ich will auch hierbleiben.«

»Nein. Das würden die Ärzte nicht erlauben. Ich hatte ohnehin schon Schwierigkeiten, sie zu überzeugen, dass ich bei ihr sein kann.«

»Ich möchte Lilly jetzt nicht allein lassen.«

»Mach dir keine Sorgen. Ich passe auf sie auf. Geh runter zum Eingang und warte dort auf deinen Vater.«

Es war ihm nicht recht. Er wollte die ganze Nacht an ihrem Bett verbringen. Lillys Verzweiflung war auch seine. Er musste sie beschützen.

»Geh schon.«

»Ich will aber …«

Sie unterbrach ihn schroff. »Tu, was ich dir sage.«

Widerstrebend erhob er sich.

»Gute Nacht«, sagte seine Mutter.

»Gute Nacht.« Er sah Lilly an. »Bis morgen«, sprach er leise zu ihr.

Danach wandte er sich zum Gehen. Vor der Zimmertür war ein Wachpolizist stationiert. Daniel nickte ihm schweigend zu. Mit hängenden Schultern verließ er die psychiatrische Abteilung.

Noch im Treppenhaus hatte er den Impuls umzukehren. Lilly tat ihm leid. Er durfte sie nicht im Stich lassen. Er beschloss, am nächsten Tag die Schule zu schwänzen und gleich am Morgen zu ihr zurückzukehren.

Er verließ das Gebäude der Charité und trat in die Novemberkälte hinaus. Kurz darauf näherte sich das Auto seines Vaters.

Daniel stieg ein.

»Wo ist deine Mutter?«

»Sie verbringt die Nacht auf der Station.«

»Und wie geht es Lilly?«

Er zuckte mit den Schultern.

Sein Vater setzte den Blinker und fädelte sich in den Verkehr ein. Daniel bemerkte, wie er sich um ein Lächeln bemühte. »Das wird schon wieder.«

Den Rest der Fahrt schwiegen sie.

Als sie in Weißensee in die Einfahrt einbogen, begann Daniel unvermittelt zu zittern.

»Was ist mit dir?«

»Nichts.«

»Frierst du?«

»Kann sein.«

»Kopf hoch, Junge. In der Charité wird deine Schwester gut versorgt.«

Er nickte schwach. Sie gingen ins Haus. In seinem Zimmer warf sich Daniel aufs Bett.

Die diffuse Unruhe, die sich in ihm breitgemacht hatte, wurde immer stärker. An ihm nagte das Gefühl, seine Schwester sei in großer Not.

Nur ein paar Stunden, dachte er, dann bin ich wieder bei ihr.

SECHSUNDZWANZIG

Miriam Steiner harrte am Bett ihrer Tochter aus. Es war still im Zimmer. Nur die gleichmäßigen Atemgeräusche der Schlafenden waren zu vernehmen. Ein Nachtlicht war eingeschaltet und warf einen matten Schimmer auf ihr Gesicht.

Nun war also endlich Frieden eingekehrt nach diesem aufregenden Tag. Sanft strich sie über Lillys Arm. Beinahe unbewusst begann sie die Melodie eines Schlaflieds zu summen. »Weißt du, wie viel Sternlein stehen.« Das hatte sie ihr früher immer vorgesungen.

Nach einiger Zeit verstummte sie.

Gedankenbilder zogen an ihr vorüber. Lilly als Kind. Wie sie mit dem Puppenhaus spielte, das ihr Vater für sie gebaut hatte. Lilly in einem aufwendigen Kleid, das extra bei einer Schneiderin in Auftrag gegeben worden war. Miriam selbst hatte die Entwürfe dafür gezeichnet. Nächtelang hatte sie daran gearbeitet. Ihre Tochter mit einer Krone im Haar, bei einem Faschingsfest, zu dem sie als Prinzessin verkleidet war.

Sie seufzte. Später, als Lilly größer wurde, machte sie sich nicht mehr viel aus Kleidern. Stattdessen trug sie lieber Hosen. Wie oft es deshalb Streit gegeben hatte. Sie war nicht davon zu überzeugen, dass es vorteilhafter wäre, sich wie ein Mädchen zu verhalten. Und dann der Ärger wegen ihrer Frisur. Es kam die Zeit, da sich Lilly von ihren wunderschönen langen Haaren trennen wollte.

»Willst du denn aussehen wie ein Junge?«, hatte sie ihre Tochter gefragt.

»Mir doch egal«, kam es patzig zur Antwort.

Damals war sie 14 oder 15 Jahre alt und drohte damit, eigenmächtig mit einer Schere an sich herumzuschnippeln.

Sie begann auf Bäume zu klettern und sich draußen schmutzig zu machen. Wurde störrisch und aufmüpfig. Kaum ein Tag verging, da sie nicht mit aufgeschürften Knien heimkam. Miriam wusste sich nicht anders zu helfen, als ihr einen langen Hausarrest aufzuerlegen. Daraufhin verweigerte Lilly das Essen, magerte ab, nur um ihre Mutter abzustrafen.

Miriam presste die Lippen aufeinander. Kämpfte gegen eine starke Gefühlsregung an.

Mit Daniel hatte sie es leichter gehabt. Der Junge war letztlich mit einem viel ausgeglicheneren Charakter gesegnet. Lilly war das Sorgenkind.

»Weißt du«, sagte sie leise zu ihr, »ich habe es immer nur gut mit dir gemeint. Das solltest du mir glauben.«

Natürlich antwortete sie nicht. Die Wirkung der Injektion war beachtlich. Nur gut, dass die Ärzte den Ernst der Lage erkannt hatten.

Kurzzeitig musste sie an die vergangene Nacht denken. Die spitzen Schreie ihrer Tochter. Das offene Fenster. Die verzweifelten Versuche, sie von dem Sprung abzuhalten.

Lilly war ja nicht mehr wiederzuerkennen.

Was für ein Jammer, wie schnell aus Kindern Erwachsene wurden. Nun waren ihre Zwillinge schon volljährig. Sehnsuchtsvoll dachte sie an die Zeit zurück, da die beiden noch auf ihre Mutter angewiesen waren. Zwei niedliche Kinder mit großen Augen. Ihre entzückenden Grübchen, wenn sie lächelten. Stets war sie auf ihr Wohl bedacht gewesen. Die beiden waren nun mal ihr Ein und Alles. Und vielleicht gerade weil sie mit Lilly so viel Schwierigkeiten hatte, war ihre Liebe für sie umso stärker.

Und nun? Was würde der nächste Tag bringen?

»Du kannst dich also endlich wieder erinnern, was passiert ist, ja?«, sprach sie laut zu ihr.

Lillys Augenlider flackerten.

»Mein armes Kind«, murmelte sie, »mein armes, kleines Kind. Ich wünsche mir doch nichts weiter als Frieden für dich.«

Sie rückte mit ihrem Stuhl näher an das Bett heran. »Dir soll niemals wieder ein Unheil geschehen«, flüsterte sie.

Nach einer Weile stand sie auf und schaute betrübt auf ihre Tochter herab.

»Es tut mir so leid, Lilly. Ich weiß ja, du hast Schlimmes durchgemacht. Ich sehe dir deinen Kummer an. Aber es lässt sich nicht mehr rückgängig machen, oder? Dort in diesem finsteren Wald ist etwas geschehen, das auf uns alle einen tiefen Schatten wirft.«

Miriam fühlte sich elend. Sie hatte das dringende Bedürfnis, die Waschräume auf der Station aufzusuchen. Doch sie konnte sich einfach nicht von dem Anblick ihres schlafenden Kindes losreißen.

Schließlich aber gab sie sich einen Ruck und griff nach ihrer Handtasche.

SIEBENUNDZWANZIG

Der Rabe kam im Sturzflug herab und landete auf seiner Brust. Er setzte zu einem kehligen Schrei an. Dann stieß er zu.

Er bohrte ihm den Schnabel in die Brust. Stach tiefer und tiefer hinein. Blut spritzte. Ein heftiger Schmerz. Reglos musste Daniel mitansehen, wie ihm der Rabe blutig-schleimige Stücke aus der Brusthöhle riss. Er wird mir das Herz durchstoßen, dachte er. Entsetzt versuchte er, sich zu wehren, den großen, schwarzen Vogel fortzujagen, doch er konnte sich nicht rühren. Seine Glieder waren bleischwer.

Mit einem Mal flogen weitere Raben heran, ein ganzer Schwarm näherte sich ihm. Wild schreiend ließen sie sich auf seinem Körper nieder. Sie malträtierten ihn mit ihren scharfen, krummen Schnäbeln, und das Blut schoss aus ihm heraus.

Sie fraßen von ihm, schlangen seine Eingeweide herunter. Hilflos sah er ihnen dabei zu. Bald war von ihm nichts mehr übrig außer einem abgenagten Gerippe. Sein Kopf aber blieb bis zum Schluss unversehrt. Entgeistert starrte er die schrecklichen Vögel an, bis ihm einer von ihnen den Schnabel ins Gesicht rammte. Es gab ein ploppend-schmatzendes Geräusch, als seine Augäpfel aufplatzten, erst der linke, dann der rechte.

In diesem Moment schreckte er hoch. Er war schweißgebadet. Sein Herz raste. Er setzte sich auf und schaltete die Lampe auf seinem Nachttisch ein.

Nur ein Traum, sprach er in Gedanken zu sich selbst. Doch er konnte sich nicht beruhigen.

Er dachte an seine Schwester. Lilly auf der psychiatrischen Station. Lilly, die mit Spritzen betäubt wurde. Er spürte, dass sie in Gefahr war. So deutlich, als stünde sein eigenes Leben auf dem Spiel.

Ruhig, dachte er. Langsam. Erst einmal zu Atem kommen.

Auf unsicheren Beinen erhob er sich, verließ sein Zimmer und tappte im Halbdunklen die Treppe hinunter. In der Küche öffnete er den Kühlschrank. Frostige Luft strömte heraus und trocknete den Schweiß auf seiner Stirn. Er griff nach dem Behälter mit der Milch, nahm ein Glas aus dem Regal und schenkte sich ein. Danach setzte er sich an den Tisch und trank.

Plötzlich zuckte er zusammen. Sein Vater stand in der Küche, auch er im Pyjama.

»Daniel?«

»Verdammt. Du hast mich erschreckt.«

»Entschuldige. Was ist denn los?«

»Ich kann nicht schlafen.«

Er setzte sich zu ihm. »Ist es wegen Lilly?«

»Ja. Ich habe das Gefühl, dass heute Nacht etwas Schreckliches mit ihr geschehen wird.«

»Aber nicht doch.«

»Es ist wie eine dunkle Vorahnung.«

Er machte eine beschwichtigende Geste. »Deine Mutter ist bei ihr. Sie passt auf sie auf.«

»Lilly hat heute erwähnt, dass sie sich wieder erinnern kann. Ich glaube, sie weiß jetzt, von wem sie entführt wurde.«

Sein Vater hob die Augenbrauen. »Tatsächlich? Was genau hat sie gesagt?«

»Wir wurden leider von der Krankenschwester unterbrochen. Gerade, als mir Lilly alles erzählen wollte, bekam sie eine Spritze. Und danach war sie nicht mehr in der Lage, ein einziges Wort hervorzubringen.«

Er legte die Stirn in Falten. »Ihre Nerven sind sehr schwach.«

»Aber sie wollte diese Spritze nicht.«

»Sie ist eine Gefahr für sich selbst. Du warst ja dabei. Sie war kurz davor, sich aus dem Fenster zu stürzen.«

Daniel nahm einen Schluck von seiner Milch.

»Wovor hast du denn am meisten Angst?«

»Dass der Entführer zurückkommt und sie holt.«

»Das ist sehr unwahrscheinlich. Ihr Krankenzimmer wird bewacht. Ein Polizist ist vor Ort. Die ganze Nacht. Lilly ist in Sicherheit.«

Daniel senkte die Stimme. »Ich fürchte, es wird alles noch viel schlimmer.«

»Du darfst jetzt nicht den Mut verlieren. Es war für jeden von uns ein hartes Jahr. Aber ich gebe die Hoffnung nicht auf, dass wir bald wieder unseren Frieden haben.«

»Das haben wir uns schon so oft gesagt. Aber mal ehrlich, machen wir uns nicht etwas vor?«

»So negativ solltest du nicht denken.«

Daniel musterte seinen Vater. Wie alt und grau er geworden war. Und seine Mutter war ein einziges Nervenbündel. Wenn sie sich nicht zusammenriss, wäre sie bald selbst ein Fall für die Psychiatrie.

Was war nur über diese Familie gekommen? Woche um Woche hatten sie einander gut zugeredet. Tapfer hatten sie sich durch die quälend lange Zeit seit Lillys Verschwinden gekämpft. Nun war sie zurück, doch allmählich fürchtete er, das eigentliche Unheil würde ihnen noch bevorstehen.

Sein Vater stand auf. »Morgen ist ein neuer Tag. Lass uns schlafen gehen.«

Daniel trank den Rest der Milch aus, stellte das Glas in die Spüle und ging mit ihm nach oben.

Als er wieder in seinem Bett lag, musste er an seinen Traum von den Raben denken.

Seine Unruhe war so stark, dass er nicht mehr einschlafen konnte.

ACHTUNDZWANZIG

Miriam Steiner wusch sich lange Zeit die Hände. Sie hatte das Bedürfnis, sich den Schmutz dieses aufreibenden Tages von den Fingern zu schrubben. Grimmig bearbeitete sie ihre Haut mit Seifenschaum, bis sie wund war.

Schließlich drehte sie den Hahn ab und betrachtete sich im Spiegel. Sie sah furchtbar aus. Ringe unter den Augen, das Gesicht bleich und schmal.

Wann würde sie endlich wieder ein ruhiges und normales Leben führen können? Sie hatte es doch immer nur gut gemeint mit ihren Kindern und wünschte sich nichts weiter, als dass sie eine glückliche Familie wären.

Sie holte tief Luft und straffte die Schultern. »Du musst stark sein«, sagte sie zu ihrem Spiegelbild. »Also reiß dich zusammen.«

Sie gab sich einen Ruck und verließ den Waschraum.

Auf der Station war es beklemmend still. Offenbar hatten alle Patienten ihre Beruhigungsmittel erhalten. Wenn sie doch auch nur wieder schlafen könnte. Ihr kam es vor, als habe sie seit Lillys Verschwinden in keiner einzigen Minute zur Ruhe gefunden.

Es ist unmenschlich, dachte sie. Niemand kann diese nervliche Belastung auf Dauer ertragen.

Schon von Weitem sah sie den Wachpolizisten auf seinem Stuhl vor der Tür. Seine Haltung war eigenartig. Das Kinn war ihm auf die Brust gesunken, als sei er eingeschlafen.

Miriam versuchte, ihren Atem zu kontrollieren. Der Geruch in der Klinik, fad, leicht säuerlich, nach Desinfektionsmitteln und Bohnerwachs, bereitete ihr Übelkeit. Und da war noch eine Ausdünstung, die ihr in die Nase stieg. Etwas Kupfriges, das sie mit Unheil und stechenden Schmerzen verband.

Sie verlangsamte ihre Schritte. Nur noch wenige Meter trennten sie von dem Polizisten.

Schon erkannte sie die klaffenden Wunden an seinem Hals. Blutspritzer auf seiner Uniform. Ein jäher Schwindel packte sie. Unsicher streckte sie beide Arme aus.

Langsam trat sie näher. Das Gesicht des Mannes war zu einer unheimlichen Fratze verzerrt. Blut auf dem Linoleumboden und an der Wand.

Er war tot.

Miriam Steiner riss die Tür auf und stürmte ins Zimmer ihrer Tochter.

Sie keuchte.

Das Bettzeug war blutdurchtränkt. Die Decke zur Seite geworfen. Das Nachthemd ihrer Tochter voller Blut. Lillys Augen waren weit aufgerissen. Ihr Mund stand offen.

Für einen Moment war Miriam wie gelähmt.

Dann schrie sie auf und rannte aus dem Zimmer. Sie eilte über den Flur. Ihre Schreie waren gellend.

»Hilfe!«

Da flog eine Tür auf, und eine Nachtschwester kam ihr entgegen.

»Hilfe«, rief sie erneut.

»Was ist denn los?«, fragte die Schwester.

Miriam Steiner rang nach Luft.

»Meine Tochter wurde ermordet.«

Dann brach sie wimmernd zusammen.

DRITTER TEIL

NEUNUNDZWANZIG

Als Trojan in der Nacht den Tatort in der Charité erreichte, war Carlotta bereits dort. Sie eilte ihm entgegen.

»Nils, da bist du ja.«

Er war völlig außer Atem. »Ich kann das noch gar nicht glauben. Lilly Steiner ist tot?«

Sie nickte. »Ja. Und der wachhabende Polizist auch.«

Fassungslos sah er sie an. »Beide wurden ermordet? Hier auf der Station?«

»So ist es.«

»Wer hat die Toten entdeckt?«

»Ausgerechnet Lillys Mutter.«

»Sie war in der Nacht hier?«

»Ja. Sie hat darauf bestanden, bei ihrer Tochter zu bleiben. Und nun ist sie völlig geschockt.«

»Hat sie den Täter gesehen?«

»Nein. Sie war in einem der Waschräume, als es geschah.«

Nils atmete tief durch. »Gibt es Videoüberwachung auf der Station?«

»Leider nicht. Nur unten im Eingangsbereich. Auf der Station selbst ist das aus datenschutzrechtlichen Gründen verboten. Lediglich in geschlossenen psychiatrischen Einrichtungen dürfen die Patienten mit Kameras überwacht werden.«

»Okay, aber wir können zumindest die Aufnahmen am Eingang checken.«

»Ich habe bereits angeordnet, dass man uns die entsprechenden Speichermedien aushändigt.«

»Gut.«

Sie blickten sich einen Moment schweigend an. Dann sagte er: »Wir müssen davon ausgehen, dass es ihr Entführer war.«

Abermals nickte Carlotta. »Das sehe ich auch so.«

»Er hat Lilly Steiner zum Schweigen gebracht.«

»Dabei ist er äußerst kaltblütig vorgegangen. Lillys Mutter saß die ganze Zeit an ihrem Bett, während sie schlief. Gegen Mitternacht aber ging sie auf die Toilette. Währenddessen ist es passiert. Als sie zurückkam, war der Wachpolizist tot. Und ihre Tochter auch.«

»Keine weiteren Zeugen?«, fragte Trojan.

»Nein.«

»Tatwaffe?«

»Unser Rechtsmediziner geht von einem Küchenmesser aus. Mehrere Stiche in den Hals.«

Trojan warf Carlotta einen besorgten Blick zu. »Müssen wir uns Vorwürfe machen?«

»Ganz sicher nicht. Sie wurde rund um die Uhr bewacht. Mehr konnten wir nicht tun.« Sie berührte ihn am Arm. »Komm mit«, sagte sie.

Sie führte ihn durch die abgesperrte Station. Vor Lillys Zimmer machten sie Halt. Der ermordete Wachpolizist kauerte zusammengesunken auf einem Stuhl.

»So wurde er also gefunden?«, fragte Nils.

»Ja.«

»Er saß auf dem Stuhl?«

»Genau.«

Trojan schaute sich um. »Wenn hier nachts jemand hereinkam, der nicht zur Station gehörte, müsste er doch wohl aufgestanden sein, um denjenigen zur Rede zu stellen. Das war schließlich seine Aufgabe.«

»Es gibt zwei Möglichkeiten«, erwiderte Carlotta nachdenklich. »Entweder er ist im Dienst eingeschlafen, oder der Täter hat sich als Mitarbeiter der Klinik getarnt.«

Trojan runzelte die Stirn. »Er hat ihn also überrascht. Der Polizist leistete keine Gegenwehr. Zuvor muss der Täter die Station genau beobachtet haben.«

Carlotta deutete auf die Glastür am Ende des Flurs. »Vermutlich lauerte er dort. Im Verborgenen bei den Fahrstühlen.«

Trojan stimmte ihr zu. »Er wartete den Moment ab, da Miriam Steiner die Toilette aufsuchte. Und dann handelte er blitzschnell.«

»Ihm war klar, dass sich Lilly früher oder später an ihn erinnern würde.«

»Möglicherweise wusste er nicht einmal von ihrer Amnesie.«

»Sie war ihm höchstgefährlich.«

»Er hatte sie die ganze Zeit im Auge. Und so fand er auch heraus, dass sie hier eingeliefert wurde.«

»Und da ist noch etwas«, sagte Carlotta. »Es betrifft Lillys Gedächtnislücken. Ich habe bereits mit Miriam Steiner gesprochen. Sie sagte mir, Lilly habe gestern Abend ihrem Bruder gegenüber Andeutungen gemacht, sie könne sich plötzlich wieder an alles erinnern.«

Trojan war erstaunt. »Und was sagte sie im Einzelnen? Gab sie irgendwelche konkreten Hinweise?«

»Leider nicht. Das Pflegepersonal hatte strikte Anweisungen, sie weiterhin ruhigzustellen. Eine der Schwestern verabreichte ihr eine Spritze, gerade als sie sich ihrem Bruder anvertrauen wollte. Und danach war sie nicht mehr ansprechbar.«

»Aber das war in dem Fall doch absolut verkehrt. So wurde sie an ihrer Aussage gehindert.«

»Ich schätze, das war einfach nur Pech. Ein kurzer lichter Moment, und sie fiel zurück in ihren Dämmerzustand.«

»Verdammt.«

Carlotta schaute ihn an. »Bist du bereit?«

Er bejahte.

Gemeinsam betraten sie das Krankenzimmer.

Dr. Semmler, der Rechtsmediziner, und Landsberg begrüßten Nils mit einem Kopfnicken. Trojan schaute entsetzt auf den blutüberströmten Leichnam von Lilly und musterte die zahlreichen Stichwunden an ihrem Hals.

Landsberg räusperte sich. »Nils. Wie konnte es nur so weit kommen? Warum zum Teufel war es nicht möglich, den Entführer von Lilly Steiner rechtzeitig zu schnappen?«

Trojans Herzschlag beschleunigte sich. Es war ein überraschender Frontalangriff des Chefs, den er umgehend zu kontern versuchte. »Das Mädchen konnte uns keinerlei Hinweise geben. Wir haben alles versucht, Hilmar. Sie sagte uns jedoch nur, sie könne sich an nichts erinnern. Und nun ist es leider zu spät.«

»Was ist mit diesem Roland Holzhauser? Dem Mann aus dem Bunker?«

»Er war es nicht. Zumindest das konnte Lilly ausschließen.«

»Zwei grausame Morde in einer Nacht. Das Mädchen stand unter Polizeischutz. Und dennoch ist es dem Täter gelungen, hier einzudringen.« Landsberg trat einen Schritt auf ihn zu. »Was ist nur los? Droht dir diese Ermittlung zu entgleiten?«

»Durchaus nicht, Chef. Ich gebe wie immer mein Bestes. Und ich werde den Mörder finden.«

»Wie soll ich den Vorfall nur der Presse erklären?«

»Der Täter ging äußerst perfide vor, das lässt sich nun mal nicht beschönigen.«

Hilmar kam noch näher an ihn heran und senkte die Stimme. »Du wirktest in letzter Zeit etwas angeschlagen. Und zwar seit diesem Vorfall in dem Bunker. Soll ich lieber Carlotta die Leitung der Ermittlung übergeben?«

Trojan war empört, dass sich Landsberg ihm gegenüber so abwertend verhielt. Und das auch noch im Beisein seiner Kollegin.

»Keine Sorge, ich werde dich nicht enttäuschen und meinem Ruf als dein bester Mann gerecht werden«, erwiderte er scharf. »Lilly Steiner litt unter einer schweren Amnesie. Ein Gedächtnisverlust von diesem Ausmaß lässt sich nicht einfach wegzaubern. Und ich bedaure zutiefst, dass sich der wachhabende Polizist so einfach hat überwältigen lassen. Aber das war nicht mein Fehler.« Er hob das Kinn. »Nun entschuldige mich bitte. Ich habe zu arbeiten.«

Er ließ sich von dem Rechtsmediziner erste Eindrücke erläutern. Fragte nach Tatzeit, der mutmaßlichen Waffe und Details der tödlichen Verletzungen.

Danach wandte er sich an Carlotta. »Wo ist Miriam Steiner? Ich muss dringend mit ihr sprechen.«

»Sie befindet sich auf der Nachbarstation«, entgegnete sie.

Er nickte ihr zu, und sie gingen, ohne Landsberg eines weiteren Blickes zu würdigen.

»Das war unterirdisch von ihm«, murmelte sie auf dem Flur.

»Du kennst ihn ja inzwischen ganz gut«, erwiderte Trojan.

»Wenn er unter Stress steht, lässt er es gerne an seinen Mitarbeitern aus. Besonders an mir.«

Die Mutter der Ermordeten saß in einem Aufenthaltsraum ein Stockwerk tiefer. Eine Krankenschwester war bei ihr. Trojan trat mit Carlotta ein und bat die Schwester, sie einen Augenblick allein zu lassen, worauf diese das Zimmer verließ.

Sie zogen sich Stühle heran und setzten sich.

Miriam Steiner hockte mit gekrümmtem Rücken vor ihnen. Sie hatte beide Hände zu Fäusten geballt und hielt sie übereinandergelegt im Schoss. Unablässig nagte sie an ihrer Unterlippe. Sie schien unter Schock zu stehen.

»Frau Steiner«, begann Nils behutsam, »es tut mir unendlich leid, was heute Nacht passiert ist.«

Sie blickte auf. Ihre Augen waren rot unterlaufen. »Warum konnten Sie mein Kind nicht besser beschützen, Herr Trojan?«

»Wir sind darüber erschüttert, dass selbst die Bewachung durch einen Polizisten …«

Miriam Steiner unterbrach ihn schroff. »Dieser Polizist ist tot. Er konnte nichts ausrichten.«

»Es ist uns ein Rätsel, wie …«

Abermals fiel sie ihm ins Wort. »Sie haben auf ganzer Linie versagt. Ich gebe Ihnen die Schuld am Tod meiner Tochter. Ihnen und Frau Weiss.«

Carlotta straffte sich. »Erlauben Sie mal …«

»Was haben Sie denn bisher zustande gebracht? Gar nichts.«

Nils spürte, wie ihm die Zornesröte ins Gesicht stieg. Erst die Vorwürfe von Landsberg und nun das.

»Ich verstehe gut, dass Sie durch die schrecklichen Ereignisse aufgewühlt sind«, sagte er, um einen ruhigen Tonfall bemüht. »Aber bitte bleiben Sie fair. Wir haben alles getan, um Lilly dabei zu helfen, ihre Amnesie aufzulösen.«

»Die Ortsbegehung hat ihr den Rest gegeben. Mein armes Kind. Sie haben sie völlig überfordert.«

Frau Steiner holte zu einer verzweifelten Geste aus. »Ich habe Lilly über alles geliebt. Über meine Familie ist großes Unglück gekommen. Ich weiß nicht, wie ich das alles durchstehen soll.«

Sie griff nach einem Papiertaschentuch und schnäuzte sich.

Trojan ließ einige Zeit verstreichen, bis er meinte, dass sie sich halbwegs gesammelt hatte. Schließlich sagte er: »Sie haben ja mit meiner Kollegin bereits gesprochen. Dennoch möchte ich Sie bitten, uns noch einmal genau zu schildern, wie Sie die beiden Toten entdeckt haben. Fühlen Sie sich dazu in der Lage?«

Sie nickte schwach.

»Gut. Es war also gegen Mitternacht, ja?«

»Richtig.«

»Was geschah?«

»Ich musste auf die Toilette.«

»Ihre Tochter schlief zu dieser Zeit?«

»Ja. Ich stand auf und ging hinaus in den Flur. Der Polizist saß vor der Tür. Aber als ich zurückkam … war da überall Blut.«

»Haben Sie etwas gehört, als Sie im Waschraum waren?«

»Nein.«

»Keine Schreie von draußen?«

»Nichts.«

»Nicht einmal Schritte?«

Sie schüttelte den Kopf.

»Als Sie auf dem Weg zur Toilette waren, muss der Täter Sie gesehen haben. Er hat wohl exakt den Moment abgewartet, da Sie Ihre Tochter allein ließen. Wahrscheinlich befand er sich hinter der Glastür am Eingang der Station. Ist Ihnen dort etwas aufgefallen?«

»Nein.«

»Denken Sie bitte genau nach. Der Täter hat sich vermutlich als Pfleger oder Arzt getarnt. Stand in der Nähe der Aufzüge jemand, den Sie für einen Mitarbeiter der Klinik hielten?«

»Ich habe niemanden bemerkt.«

»Wie lange waren Sie denn im Waschraum?«, fragte Carlotta.

»Zehn Minuten vielleicht.«

»Das ist recht lange.«

»Dann waren es vielleicht fünf. Ich weiß es nicht mehr.«

»Ein äußerst knappes Zeitfenster für den Täter«, murmelte Trojan.

»Ich habe wirklich nichts gehört oder gesehen.«

»Sie kamen also zurück auf den Flur«, sagte er.

»Ja.«

»Und da war niemand?«

»Nein. Ich sah nur den wachhabenden Polizisten. Aber ich wunderte mich. Denn seine Haltung war eigenartig. Ich dachte, er wäre eventuell eingeschlafen, aber …« Miriam Steiner brach ab. Nach einer Weile fuhr sie mit brüchiger Stimme fort: »Dann erkannte ich das Blut.«

»War die Tür zum Krankenzimmer geschlossen?«, fragte Carlotta.

»Ja. Ich eilte hinein und …«, sie schlug die Augen nieder, »… sah meine Tochter. Blutüberströmt.«

Trojan lehnte sich vor. »Sie sagten bei dem ersten Gespräch mit meiner Kollegin, Lilly habe gestern Abend Andeutungen gemacht, sie könne sich wieder erinnern?«

»Das erwähnte sie meinem Sohn gegenüber. Ich war zu der Zeit nicht im Zimmer. Als ich wieder bei ihr war, hatte sie bereits ihre Spritze bekommen und schlief. Daniel erzählte mir dann davon.«

»Machte Lilly denn vorher irgendwelche Bemerkungen? Hatten Sie den Eindruck, sie wolle Ihnen etwas Wichtiges über ihren Entführer mitteilen?«

»Nein.« Die Mutter der Ermordeten verzog das Gesicht. Sie rieb sich mit dem Handrücken eine Träne von der Wange. »Könnten Sie mich jetzt in Ruhe lassen? Ich habe keine Kraft mehr, auf Ihre Fragen zu antworten.«

Trojan und Carlotta schauten sich schweigend an. Schließlich standen sie auf.

Zum Abschied sagte Nils: »Bitte glauben Sie mir. Wir werden alles tun, um dieses furchtbare Verbrechen aufzuklären.«

DREISSIG

Lange Zeit waren Trojan, Carlotta und das gesamte Team der fünften Mordkommission damit beschäftigt, das Personal zu befragen, das in der Tatnacht Dienst hatte. Leider ergaben sich daraus keinerlei verwertbare Hinweise. Niemand hatte etwas Verdächtiges gesehen oder gehört. Auch die Nachtschwester, die die Schreie von Miriam Steiner vernommen hatte und zu ihr auf den Flur geeilt war, konnte nichts Wesentliches zu den Ermittlungen beitragen. Sie hatte zuvor nichts Ungewöhnliches bemerkt. Sie gab zu Protokoll, dass ihre Schicht auf der psychiatrischen Station bis zur Entdeckung der beiden Leichen erstaunlich ruhig verlaufen war.

Mit aller Vorsicht wurden zudem die Patienten aus den umliegenden Zimmern vernommen. Sie hatten jedoch allesamt nichts mitbekommen, was wegen der starken Beruhigungsmittel, die man ihnen verabreicht hatte, nicht weiter verwunderlich war.

Umso intensiver beschäftigten sich Carlotta und Nils mit den Aufnahmen der Überwachungskameras. Aber auch hier kamen sie einfach nicht weiter. Zum Zeitpunkt vor und nach der Ermordung von Lilly Steiner und dem wachhabenden Polizisten – einem Roger Braun, 44 Jahre alt, der eine Frau und eine zehnjährige Tochter hinterließ – gab es keine Auffälligkeiten auf den Videos. Der Eingang lag zwischen 23 und ein Uhr so gut wie verlassen da. Nur gelegentlich tauchten eine Pflegerin oder ein Pfleger vor der Tür auf, um zu rauchen.

Darum nahmen sich Trojan und Carlotta die Aufnahmen von ein Uhr bis zum frühen Morgen vor. Sie berücksichtigten die Überlegung, dass sich der Täter als Pfleger, Arzt oder Reinigungskraft getarnt hatte, um so die Klinik zu einem günstigen Zeitpunkt nach den beiden Morden unbemerkt zu verlassen.

Hoch konzentriert sahen sich Nils und Carlotta die Aufnahmen an und versuchten, jede einzelne Person im Eingangsbereich zu identifizieren. Dazu benutzten sie eine Liste mit Namen und Fotos der Angestellten, welche sie von der Klinikleitung bekommen hatten.

Sie weiteten die Suche auch auf sämtliche Nebenausgänge aus, die ebenfalls mit Kameras versehen waren, jedoch ohne Erfolg. Das Gebäude war letztlich zu groß, die Videoüberwachung nicht ausgeklügelt genug. In vielen Bereichen durfte aufgrund vorangegangener Beschwerden von Patienten und Personal überhaupt nicht gefilmt werden.

Nils brannten bereits die Augen, lange hatte er auf den Monitor gestarrt, über den die Kamerabilder flimmerten. Er spulte vor und zurück, stoppte, zoomte heran und verglich die Aufnahmen mit den Aussageprotokollen der Mitarbeiter, auf denen er sich die genauen Uhrzeiten notiert hatte, zu denen sie die Charité betreten beziehungsweise wieder verlassen hatten.

Schließlich blickte er von seiner Arbeit auf und wandte sich an Carlotta, die neben ihm an einem zweiten Monitor saß und sich ihrerseits bemühte, eine auffällige Person auf den Videos zu sichten.

»Es ist nicht sehr hilfreich, dass es nur vom Eingangsbereich Aufnahmen gibt«, sagte er. »Wäre es von daher nicht möglich, dass sich das der Mörder zunutze gemacht hat?«

Sie sah ihn an. »Was meinst du damit?«

»Na ja, er könnte sich perfiderweise noch immer im Gebäude aufhalten. Und zwar überall dort, wo es keine Kameras gibt.«

Sie hob die Augenbrauen. »Du glaubst, er hat vor, die Klinik erst zu verlassen, wenn sich die Aufregung hier gelegt hat?«

»Wäre doch denkbar.«

Sie wiegte den Kopf. »Wie sollte er das anstellen, ohne verdächtig zu wirken? Hier ist im Moment überall Polizei.«

»Vielleicht versteckt er sich in irgendeinem Abstellraum, zu dem er sich Zugang verschafft hat.«

»Dann sollten wir das gesamte Krankenhaus absuchen lassen.«

Trojan griff zu seinem Handy und telefonierte. Er gab die entsprechenden Anweisungen durch und forderte Verstärkung an.

Nachdem er aufgelegt hatte, schaute ihn Carlotta nachdenklich an. »Es gibt allerdings noch eine andere Möglichkeit.«

»Und die wäre?«

»Wenn es der Täter geschickt angestellt hat, könnte er sich frühmorgens, als viele Mitarbeiter das Klinikgebäude zu ihrer Frühschicht betraten, ungesehen davongeschlichen haben. Mir sind mehrere Videosequenzen aufgefallen, bei denen die Szenerie an den Ein- und Ausgängen eher unübersichtlich ist. Es könnte sein, dass ihm in diesem Gedränge die Flucht gelang.«

»Landsberg hätte das gesamte Gebäude sofort absperren lassen sollen.«

»Das sehe ich auch so.«

»Es nützt nichts, im Nachhinein darüber zu debattieren.«

»Du hast recht. Selbst wenn es der Mörder inzwischen irgendwie herausgeschafft hat, stellt sich weiterhin die Frage, wie er unbemerkt hereinkam.«

»Vielleicht tat er es schon am früheren Abend.«

»Dann müssten wir also noch mehr Videos sichten. Und zwar die von vor 20 Uhr.«

Sie schüttelte den Kopf. »Nein. Damit verschwenden wir nur unsere Zeit.«

»Was schlägst du stattdessen vor?«

»Während hier alles abgesucht wird, sollen sich andere aus dem Team mit den Videos beschäftigen. Und wir sprechen derweil mit Daniel.«

»Über Lillys Andeutungen vom Vorabend?«

»Genau. Offenbar war sie kurz davor, ihm entscheidende Hinweise über ihr monatelanges Verschwinden zu geben.«

Trojan nickte. »Und das ausgerechnet wenige Stunden vor ihrer Ermordung.«

»Der Zeitpunkt ist schon ziemlich erstaunlich. Als habe ihr mutmaßlicher Entführer geahnt, dass er nicht länger zögern dürfte.«

»Es stand für ihn zu befürchten, dass ihn Lilly irgendwann verraten würde.«

»Seit ihrem Wiederauftauchen hat er etwas mehr als zwei Wochen verstreichen lassen.«

»Und dann erst schlägt er eiskalt zu.«

»Ausgerechnet jetzt. Da sich ihre Amnesie offenkundig aufzulösen begann.«

Trojan stand auf und griff nach seiner Jacke und dem Waffenholster. »Also los. Fahren wir zu Lillys Bruder.«

EINUNDDREISSIG

Es war bereits später Abend, als ihnen Robert Steiner die Tür zu dem Einfamilienhaus in Weißensee öffnete. Er sah bleich und ausgezehrt aus.

Trojan und Carlotta begrüßten ihn. Er nickte bloß stumm, ließ sie herein und führte sie ins Wohnzimmer. Er blieb vor einem ausladenden Sofa vor einem Panoramafenster stehen. Zwei Sessel, ein gläserner Couchtisch, darauf ein bronzener Kerzenständer. Hinter dem Fenster erstreckte sich im Dunkeln der Garten des Hauses. Steiner rührte sich eine Weile nicht, als habe er ganz vergessen, dass er Besuch bekommen hatte. Auf Trojan wirkte er beinahe wie paralysiert. Offenbar stand er wie seine Frau unter Schock.

Schließlich drehte er sich zu ihnen um und fragte zerstreut: »Gibt es Neuigkeiten?«

»Bisher bedauerlicherweise nicht«, erwiderte Nils.

»Wie konnte das alles nur passieren? Lilly hatte doch Polizeischutz.«

Trojan holte Luft. »Der Täter ist äußerst perfide vorgegangen.«

»So ein Krankenhaus hat doch Videoüberwachung.«

»Leider nicht direkt auf der Station.«

»Sie haben also nicht den geringsten Anhaltspunkt?«

»Es tut mir sehr leid.«

»Meine Frau ist mit den Nerven am Ende. Es ist unfassbar, dass sie Lilly so finden musste.«

»Wo ist Ihre Frau jetzt?«, fragte Carlotta.

Er wies vage zum Obergeschoss. »Im Schlafzimmer. Ich kann nur hoffen, dass sie inzwischen zur Ruhe gekommen ist. Sie musste ein paar Tabletten einnehmen.«

»Wir hätten da noch ein paar Fragen an Ihren Sohn«, sagte Nils.

»Weshalb?«

»Lilly hat ihm wohl gestern Abend anvertraut, dass sie sich wieder erinnern kann.«

»Ja. Das hat er mir erzählt.«

»Wir würden gern mit ihm darüber sprechen«, sagte Carlotta.

»Er ist auf seinem Zimmer. Soll ich ihn holen?«

»Nicht nötig«, entgegnete Nils. »Wir gehen zu ihm.«

»Die Treppe hinauf und dann rechts. Die letzte Tür. Aber bitte seien Sie leise, damit Sie meine Frau nicht stören.«

Carlotta und Trojan gingen zurück in die Diele und stiegen von dort die knarrenden Holzstufen ins Obergeschoss hinauf. Sie durchquerten den Flur bis zum Ende, wo Trojan verhalten an die Tür klopfte.

Es kam keine Reaktion.

Schließlich klinkte er sie auf.

Daniel lag auf seinem Bett. Er trug Kopfhörer und schien laute Musik zu hören. Leicht erschrocken blickte er zu ihnen. Er nahm die Hörer ab und setzte sich auf.

»Hallo, Daniel«, sagte Nils.

Der 18-Jährige räusperte sich.

»Du weißt, wer wir sind?«

»Von der Kripo, oder?«

»Richtig. Ich bin Nils Trojan. Das ist meine Kollegin Carlotta Weiss. Können wir mit dir reden?«

Er machte eine flüchtige Handbewegung, die sie als Einwilligung deuteten.

Sie traten ein. Trojan schloss die Tür hinter sich. Carlotta zog sich einen Schreibtischstuhl heran. Er lehnte sich gegen die Tischplatte und wartete ab. Auf der Herfahrt hatten sie sich darauf geeinigt, dass es wohl sinnvoll wäre, wenn sie das Gespräch führte.

»Kommst du einigermaßen klar?«, fragte Carlotta.

Daniel zuckte mit den Schultern.

»Ich wage mir kaum auszumalen, was für ein großer Schock das für dich und deine Eltern ist.«

Er verschränkte die Arme vor der Brust.

»In letzter Zeit habe ich oft mit deiner Schwester gesprochen. Wir hatten verschiedene Sitzungen, und ich habe versucht, mir ein Bild davon zu machen, was eigentlich mit ihr passiert ist.«

»Ich weiß. Sie sind die Kriminalpsychologin.«

»Das stimmt. Und Lilly war auf einem guten Weg. Es ging zwar nur langsam voran, aber ich hatte Hoffnung, dass sich ihre Amnesie bald auflösen würde. Doch was heute Nacht geschehen ist, kam völlig überraschend. Wir haben alles getan, um sie zu schützen. Und es tut uns unendlich leid, dass es zum Schlimmsten gekommen ist. Bitte glaub mir, wir tun unser Bestes, um diese Tat aufzuklären.«

Daniel presste die Lippen aufeinander. Nach einer Weile setzte er zögernd an: »Ich hab … In der Nacht hab ich …«, seine Stimme wurde brüchig, »… geahnt, dass etwas nicht in Ordnung ist. Ich wollte zu ihr. Am liebsten wäre ich sofort in die Klinik gefahren, um ihr zu helfen.«

»Was glaubst du denn, woher diese Ahnung kam?«

»Das war mehr … wie ein Instinkt. Ich habe gespürt, dass

sie in Gefahr ist. Lillys Probleme waren schon immer auch meine Probleme. Und wenn sie Schmerzen hatte, ging es mir selbst mies. War sie niedergeschlagen, fühlte ich mich ebenso deprimiert.«

»Das tritt bei Zwillingen ziemlich häufig auf.«

»Und nun ist sie tot. Damit ist auch ein Teil von mir gestorben.«

»Ich verstehe.«

Daniel schaute erst Carlotta und dann Trojan mit Tränen in den Augen an. »Es war ihr Entführer, oder? Er hat sie umgebracht, damit sie nicht reden kann.«

»Das ist jedenfalls unsere Vermutung«, sagte Nils.

Behutsam fragte Carlotta: »Ist es richtig, dass deine Schwester gestern Abend erwähnte, ihre Erinnerungen seien zurück?«

»Ja.«

»Was waren ihre genauen Worte?«

»Sie sagte: Ich kann mich plötzlich wieder erinnern. An alles.«

»Und dann?«

»Die Krankenschwester kam in diesem Moment rein und verabreichte ihr eine Spritze. Lilly hat sich dagegen gewehrt. Aber es war zwecklos. Das Mittel hat sofort gewirkt, und sie konnte nicht mehr sprechen. Ich war furchtbar wütend deswegen. Und bin es noch immer.«

»Lilly gab vorher keine Einzelheiten preis?«

»Nein.«

»Was war denn der Anlass ihrer Bemerkung?«

»Es kam sehr plötzlich für mich. Aber vielleicht hatte es ja auch was mit ihrem Nervenzusammenbruch zu tun.«

»Wie meinst du das?«

»Na ja, vielleicht ist sie ja vorher ausgerastet, weil …« Er brach ab.

»Weil was?«

»Als seien auf einmal die Erinnerungen über sie gekommen. So heftig und beängstigend, dass sie durchgedreht ist. Und dann liefert man sie dort ein und pumpt sie mit Medikamenten voll. Es war ja nicht einfach für sie, überhaupt mit mir zu sprechen. Ständig wurde sie überwacht.«

Carlotta ließ eine Pause verstreichen. Danach sagte sie leise und eindringlich: »Daniel. So wie ich das einschätze, hat dir deine Schwester mehr vertraut als deinen Eltern. Ist das richtig?«

»Ja.«

»Als Zwillinge hattet ihr eine sehr starke Verbindung zueinander.«

»Genau.«

»Hat sie dir, noch bevor sie in die Charité eingeliefert wurde, mal irgendetwas erzählt, das mit ihrem Verschwinden zu tun hatte? Machte sie vielleicht irgendeine Andeutung? Und sei es noch so beiläufig gewesen?«

Daniel schwieg.

»Denk bitte nach. Es könnte immens wichtig sein.«

Er schien zu zögern.

»Mein Kollege und ich hatten den Eindruck, dass sich Lillys Erinnerungsvermögen bei einer Ortsbegehung in der Schorfheide zu bessern begann. Nur war sie wohl noch nicht bereit, mit uns darüber zu sprechen.«

Auf einmal murmelte Daniel: »Sie sagte neulich tatsächlich etwas sehr Merkwürdiges zu mir.«

»Was?«

»Es klang völlig absurd.«

»Ganz egal, was es ist, es könnte für die Aufklärung des Mordes von großer Bedeutung sein.«

Daniel druckste herum. Dann platzte es aus ihm heraus. »Lilly erwähnte, sie sei bei den Raben gewesen.«

»Bei den Raben?«

»Ja.«

»Was meinte sie damit?«

»Ich bin mir nicht ganz sicher. Es klang einigermaßen wirr. Sie behauptete, die Raben verstehen zu können. Ihre Sprache. Sie war wohl überzeugt, dass ihr die Vögel etwas mitteilen wollten. Angeblich wollten sie ihr das Fliegen beibringen.«

Trojan und Carlotta tauschten Blicke.

»Das ist doch ziemlich irre, oder?«

»Erzähl weiter«, forderte ihn Carlotta auf.

»Ich habe sie gefragt, ob das in der Schorfheide passiert sei. Und sie sagte, nicht nur dort. Auch weiter weg.«

»Weiter weg?«

»Das waren ihre Worte. Sie hatte Angst, dass ich sie für verrückt erkläre. Und um ehrlich zu sein, habe ich tatsächlich an ihrem Verstand gezweifelt. Das sind doch Wahnvorstellungen, nicht wahr? Zu glauben, die Sprache der Vögel zu verstehen? Der Meinung zu sein, fliegen zu können?«

»Es ist in der Tat merkwürdig.«

»Und sie machte mir dieses Geständnis ausgerechnet in der Nacht, in der sie später ihren Nervenzusammenbruch bekam. Sie wollte sich aus dem Fenster stürzen. Und sie gab eigenartige Laute von sich, machte Bewegungen mit ihren Armen, als seien es Flügel. Sie verhielt sich beinahe so, als sei sie selbst ein Vogel. Ein verschreckter, krächzender Rabe.«

»Das können tatsächlich Anzeichen eines psychotischen Schubs gewesen sein. Es fragt sich nur, was der Auslöser dafür war. Hat sie sich denn eigentlich schon früher für diese Vögel interessiert?«

Daniel dachte nach. Schließlich sagte er: »In diesem Zusammenhang fällt mir etwas ein. Kurz vor ihrem Verschwinden hat sie öfter ein Buch mit sich herumgetragen. Das war eine wissenschaftliche Abhandlung über Raben, glaube ich.«

»Wo ist dieses Buch jetzt?«, fragte Trojan.

»Ich weiß es nicht.«

»Erinnerst du dich noch an den Namen des Verfassers?«

»Nein.«

»Wenigstens an den Titel?«

»Keine Ahnung. Aber Lilly erwähnte mal, sie würde dem Autor gerne einen Brief schreiben. Sie hatte offenbar ernsthaft vor, ihn persönlich kennenzulernen.«

»Warum?«

»Ich nehme an, sie wollte von ihm alles über das Verhalten von Raben erfahren. Noch mehr, als in diesem Buch stand. Sie war tatsächlich eine Zeit lang wie besessen von dem Thema. Es hat mich gewundert, aber ... diese Vögel hatten wohl eine besondere Bedeutung für sie.«

Trojan begann, auf seinem Smartphone zu googeln. Er gab den Suchbegriff »Buch über Raben« ein und scrollte sich durch die Einträge.

Kurz darauf hielt er inne. Er war auf eine interessante Veröffentlichung gestoßen und überflog die Zeilen.

Auf einmal war er wie elektrisiert.

Er zeigte Daniel die Abbildung des entsprechenden Buchs. Es hieß *Das Leben der Raben*.

»War es vielleicht das hier?«

Daniel besah sich das Cover auf dem Display. »Ja. Das ist es. Sie hat damals ständig darin gelesen.«

Trojan warf Carlotta einen bedeutsamen Blick zu.

Plötzlich hatte er es sehr eilig. Er stand auf. »Danke, Daniel. Du hast uns sehr geholfen.«

Auch Carlotta erhob sich. Sie reichte dem 18-Jährigen ihre Visitenkarte. »Falls dir noch etwas einfällt. Egal was. Ruf mich bitte an.«

»In Ordnung.«

Sie verabschiedeten sich von ihm und verließen das Zimmer.

Noch auf der Treppe ins Erdgeschoss raunte Trojan Carlotta zu: »Dieses Buch hat ein Ornithologe namens Frieder Keim geschrieben. Und im Internet steht auch, wo er lebt.«

»Wo?«

»Du wirst es nicht glauben.«

»Sag schon.«

»In der Schorfheide.«

ZWEIUNDDREISSIG

Über das Melderegister ermittelten sie die Adresse von Frieder Keim. Er wohnte in Templin. Carlotta bestand darauf, in ihrem VW-Bus hinzufahren, denn es war schon recht spät, und sie hatte vor, eventuell in ihrem Camper zu übernachten. Trojan hingegen nahm seinen Dienstwagen, und nach etwa einer Stunde Fahrzeit trafen sie sich vor Ort.

Es war bereits kurz nach Mitternacht, als sie vor das dreistöckige Mietshaus mit grauer Fassade traten. Es befand sich am östlichen Rand der Stadt in der Schorfheide. Keim war im dritten Stockwerk gemeldet. Alle Fenster waren dunkel.

Sie läuteten mehrmals bei ihm, doch niemand öffnete. Also versuchten sie es bei den Nachbarn.

Kurz darauf schnarrte die Sprechanlage.

»Wer ist da?«, fragte eine verschlafene weibliche Stimme.

»Kriminalpolizei«, sagte Trojan. »Würden Sie bitte aufmachen?«

Der Summer ertönte. Carlotta und Nils gingen hinein und stiegen die Treppe hinauf.

Eine Frau in den 60ern empfing sie in einem geblümten Morgenmantel an der Wohnungstür.

Nils zeigte ihr seinen Dienstausweis. »Ich bin Hauptkommissar Nils Trojan vom LKA Berlin. Das ist meine Kollegin Carlotta Weiss, Hauptkommissarin und Kriminalpsychologin. Wir sind auf der Suche nach Frieder Keim. Er wohnt doch gegenüber von Ihnen?«

»Ja. Aber ich habe ihn schon lange nicht mehr gesehen.«

»Wie lange?«

»Bestimmt drei Monate.«

»Haben Sie eine Ahnung, wo er sich aufhalten könnte?«, fragte Carlotta.

»Wahrscheinlich ist er wieder im Wald.«

»Im Wald?«

»Ja. Er hat dort eine Hütte.«

»Wissen Sie, wo genau?«, fragte Trojan.

»Er hat es mal erwähnt. Irgendwo in der Nähe von einem Ort namens Kurtschlag.«

»Kurtschlag.« Trojan nahm sein Smartphone zur Hand, öffnete Google Maps und gab den Namen ins Suchfeld ein. Daraufhin hielt er der Nachbarin die Karte auf dem Display hin. »Können Sie mir hierauf zeigen, wo diese Hütte zu finden ist?«

»Eher nicht. Die liegt ziemlich versteckt.«

»Woher wissen Sie das?«

»Er hat es mir mal gesagt.« Sie sah ihn stirnrunzelnd an. »Weshalb suchen Sie denn nach ihm?«

»Reine Routineangelegenheit«, murmelte Trojan ausweichend.

»Kennen Sie ihn gut?«, fragte Carlotta.

»Nicht besonders. Mal eine Plauderei unter Nachbarn, mehr nicht.«

»Wie schätzen Sie ihn ein? Als Mensch, meine ich.«

»Er ist wohl ein bisschen verschroben. Ein komischer Kauz.«

»Was macht er denn in seiner Hütte, wissen Sie das?«

»Keine Ahnung. Ich denke, er liebt die Einsamkeit.«

»Es ist also nicht ungewöhnlich, dass er sich für einen längeren Zeitraum dort aufhält?«

»Durchaus nicht.«

Trojan und Carlotta bedankten sich bei ihr.

Zurück auf der Straße setzten sie sich in den VW-Bus, um sich zu beratschlagen.

»Ein Kauz, der die Einsamkeit in der Schorfheide liebt«, murmelte Trojan.

»Und Lilly wollte Kontakt zu ihm aufnehmen«, ergänzte Carlotta.

Er besah sich noch einmal die Karte. »Der Ort Kurtschlag ist ein paar Kilometer von der Stelle entfernt, an der sie angefahren wurde.«

»Wenn wir davon ausgehen, dass sie lange Zeit durch den Wald gelaufen ist, könnte sie möglicherweise von dort gekommen sein.«

»Wir müssen diese Hütte finden.«

»Unbedingt.«

Er blickte zur Uhr. »Vielleicht sollten wir lieber morgen früh mit der Suche starten.«

»Du hast recht. Im Dunkeln hat es wenig Sinn.«

»Fahren wir zurück nach Berlin?«

»Wir sparen Zeit, wenn wir die Nacht hier verbringen.«

Er seufzte. »Ich habe keine Lust, noch einmal in meinem Dienstwagen zu schlafen. Deshalb nehme ich lieber die Rückfahrt in Kauf.«

Sie sah ihn mit einem Lächeln an. »Du kannst gerne hier schlafen.«

»In deinem Camper?«

»Ja, warum nicht? Ist doch recht komfortabel. Und ich hab noch einen zweiten Schlafsack.«

Er dachte darüber nach.

Ihr Lächeln wurde breiter. »Komm schon. Man kann die Rückbank ausklappen. Und ich schlafe oben unter dem Aufstelldach.«

Er zögerte noch.

Sie aber startete bereits den Motor. »Wir suchen uns eine schöne Stelle am Waldrand. Morgen holen wir dann deinen Wagen ab.«

»Na gut«, sagte er und grinste. »Das ist dann ein bisschen wie im Ferienlager.«

»Ganz genau«, sagte sie verschmitzt und fuhr los. »Eine kleine Auszeit in der Natur.«

Zwei Stunden später war Nils noch immer wach. Er lag in dem einen Schlafsack auf der Rückbank, Carlotta in dem anderen in der Koje über ihm.

Um sie herum war es stockfinster. Carlotta hatte den VW-Bus auf einem Forstweg geparkt. Es war still draußen. Nur manchmal strich leise der Wind durch das Geäst der Bäume. Gelegentlich rief in der Ferne ein Nachtvogel. Klagend, vor Hunger oder vor Einsamkeit, so erschien es Trojan zumindest.

Er kam einfach nicht zur Ruhe. Zu aufreibend war dieser Tag gewesen. Über die Ermordung von Lilly Steiner und dem Wachpolizisten Roger Braun war er noch immer zutiefst erschüttert.

Er sah zu den kleinen sternenförmigen Aufklebern an der Decke hinauf. Sie schimmerten im Dunkeln. Offenbar hatte Carlotta sie dort angebracht, damit sie nachts in ihrem Camper ein leuchtendes Sternenmeer über sich hatte. Überhaupt war der Bulli so eingerichtet, dass man sich auf Anhieb in ihm wohlfühlte.

Nils wusste, dass er für Carlotta ein wichtiger Rückzugsort war, beinahe ein mobiles Zuhause. Für gewöhnlich zog sie es vor, in ihrem Bus allein zu sein. Nur bei ihm machte sie eine Ausnahme. Hatte sie nicht erst neulich betont, dass sie doch Freunde seien? Offenbar war ihr viel daran gelegen, obwohl sie von ihrem Naturell her eher eine Einzelgängerin war. Es freute ihn, dass sie so empfand, denn auch er schätzte ihre Nähe.

Er fröstelte. In dieser Novembernacht war es recht kühl hier drinnen, selbst der Daunenschlafsack hielt ihn nicht gerade warm. Er seufzte leise. Wahrscheinlich würde er überhaupt nicht einschlafen können.

»Bist du noch wach?«, fragte Carlotta in diesem Moment.

»Ja.«

»Mir geht auch noch einiges durch den Kopf. Es war recht dramatisch heute, nicht?«

»Kann man wohl sagen. Wenn ich mir vorstelle, dass wir erst letzte Nacht erfuhren, dass Lilly … dass sie …« Er brach ab.

»Sie war noch so jung. Und letztlich wissen wir kaum etwas über sie.«

»Es ist ein Jammer, dass wir sie nicht schützen konnten.«

»Wäre es nicht besser gewesen, zwei Wachpolizisten statt nur einem für sie abzustellen?«

»Also machst du dir auch Vorwürfe?«

Sie schwieg.

»Wir hätten das bei dem Personalmangel niemals durchsetzen können. Ein einzelner Bewacher ist die Regel. Mehr ist einfach nicht drin.«

»Du hast recht.«

»Ich hoffe nur, dass wir jetzt eine Spur haben. Zumindest einen Ansatzpunkt.«

»Ja.«

Ihr Schlafsack raschelte. »Dieser Frieder Keim …«

»Hmm.«

»… vielleicht bringt er uns weiter.«

»Das wäre gut.«

»Seine einsame Hütte im Wald. Erscheint mir recht verdächtig.«

»Und in diesem Zusammenhang ein Mädchen, das sich für sein Buch über Raben interessiert und überlegt, Kontakt zu ihm aufzunehmen.«

»Möglicherweise war Lilly bei ihm.«

»Dann hätten wir endlich etwas Brauchbares, dem wir nachgehen können.«

»Ja.«

»Sie scheint nahezu besessen von den Raben gewesen zu sein.«

»Und dann sagte sie auch noch, sie könne ihre Sprache verstehen.«

»Das ist mehr als merkwürdig.«

»Magst du Raben?«, fragte Carlotta.

»Kann ich eigentlich nicht behaupten.«

»Es sind faszinierende Vögel. Sie sind hochintelligent.«

»Aber auch unheimlich, findest du nicht? Wie sie über dieses tote Reh hergefallen sind. Abscheulich.«

»Zumindest scheint das bei Lilly eine Erinnerung ausgelöst zu haben.«

»Das denke ich auch.«

»Morgen wissen wir mehr. Eventuell stehen wir kurz vor einem Durchbruch bei den Ermittlungen.«

»Wird auch höchste Zeit.«

Es entstand eine Pause.

Schließlich fragte sie verhalten in die Dunkelheit hinein: »Wie geht es dir eigentlich, Nils? Hast du noch immer Beklemmungen wegen der Sache im Bunker?«

»Zum Glück nicht. Es tut gut, wieder zu arbeiten. Dein Ratschlag war richtig. Wieder aufs Pferd aufzusteigen.«

»Hast du dich mal gefragt, was die Ursachen deiner Panikattacken sein könnten?«

»Ständig frage ich mich das.«

»Und?«

»Zu viel Druck, denke ich. Und ich habe Angst, dem Job nicht gewachsen zu sein.«

»Vielleicht stellst du zu hohe Ansprüche an dich.«

»Kann sein.«

»Hast du das Gefühl, irgendjemandem beweisen zu müssen, wie überlegen und fähig du bist?«

Meinem Vater, dachte er grimmig. Der gar nicht mehr am Leben war. Aber sich immer abschätzig über ihn geäußert hatte. Wie oft hatte er von ihm den verletzenden Satz gehört: *Du bist viel zu sensibel für die Polizei.*

»Nils?«

»Ja?«

»Du bist doch ein hervorragender Ermittler. Du musst es niemandem mehr beweisen.«

»Mag ja sein. Aber der Fall Lilly Steiner ist so vertrackt und mysteriös, dass es beinahe zum Verzweifeln ist.«

»Wir schaffen das«, murmelte sie.

Stille.

»Und wie geht es *dir* privat?«, fragte er nach einer Weile. »Kommst du klar?«

Sie seufzte. »Manchmal frage ich mich, ob ich überhaupt ein Privatleben habe. Es dreht sich letztlich alles nur um die Arbeit.«

»Was ist mit Marissa? Deiner Nichte? Hast du regelmäßig Kontakt zu ihr?«

»Viel zu selten.«

»Lebt sie noch im Heim?«

»Ja.«

Trojan dachte mit Schaudern an die Mordserie von damals zurück. Während dieser Ermittlungen hatte Carlotta überhaupt erst erfahren, dass sie eine Nichte hatte.

»Und wenn sie zu dir zieht?«, fragte er.

»Das habe ich sogar mal überlegt.«

»Aber?«

»Ich bin ja kaum zu Hause.«

Ihm lag die nächste Frage auf der Zunge. Allerdings wollte er ihr nicht zu nahe treten. Dennoch überwog seine Neugier. Und so versuchte er es in einem möglichst lockeren Tonfall: »Und was ist mit Männern?«

Sie schwieg.

Auf einmal tauchte ihre Hand am Rand der Koje auf. Sie streckte sie zu ihm aus. »Du stellst viele persönliche Fragen, Nils.«

»Du hast damit angefangen.«

»Stimmt.«

Er nahm ihre Hand und drückte sie. Sie war recht kalt. »Frierst du?«

»Ein bisschen. Das Aufstelldach ist nicht besonders dicht.«

Für einen Moment verspürte er den Impuls, zu ihr nach oben zu klettern, den Arm um sie zu legen und sie aufzuwärmen. Und plötzlich war ihm, als wartete sie nur darauf.

Dann aber ließ er ihre Hand los. Schon einmal hatte er den Fehler gemacht, sich auf eine Kollegin einzulassen. Und es war schiefgelaufen.

»Wir sollten jetzt schlafen«, murmelte er.

Abrupt verschwand ihre Hand. »Na klar. Gute Nacht.«

»Gute Nacht.«

DREIUNDDREISSIG

Am nächsten Morgen überraschte Carlotta ihn mit einem Frühstück aus Haferflocken, Rosinen, Chiasamen, Sojamilch und einem hervorragenden Hochlandkaffee. Sogar eine zweite Zahnbürste hatte sie für ihn parat. Er machte darüber eine scherzhafte Bemerkung: »Hast du etwa geahnt, dass du Übernachtungsbesuch in deinem Camper bekommst?«

Sie antwortete mit einem geheimnisvollen Lächeln, das er nicht ganz deuten konnte.

Gegen halb acht fuhren sie zurück nach Templin, wo Trojan in seinen Wagen stieg. Danach machten sie sich auf den Weg nach Kurtschlag. Es war ein verschlafenes Dorf am Rande des Biosphärenreservats Schorfheide-Chorin. Eine schmale Straße mit Kopfsteinpflaster führte an alten Bauernhäusern vorbei. Nils registrierte einen kleinen Bachlauf, eine Backsteinkirche und daneben eine Gaststätte, die den kuriosen Namen »Zum Mittelpunkt der Erde« trug. Es brauchte einen Moment, bis ihm einfiel, dass dies der Titel eines Abenteuerromans von Jules Verne war, den er in seiner frühen Jugend einmal gelesen hatte. Schon seltsam, danach eine Kneipe zu benennen, dachte er.

Er passierte ein Kriegerdenkmal, weitere gedrungen wirkende Häuser, einstöckig, mit von Moos überzogenen Dächern, bis er kurz vorm Ortsausgangsschild den Blinker setzte und auf einen ungepflasterten Parkplatz einbog. Carlotta folgte ihm in ihrem VW-Bus.

Sie stiegen aus. Das Wetter war kalt und ungemütlich. Trojan schlug seinen Jackenkragen hoch und sah sich um. In der Mitte des Platzes befand sich eine altertümliche Gaslaterne. Der Boden war aufgeweicht und von zahlreichen Reifenspuren durchkreuzt. Einige Meter weiter war ein Weg zu erkennen, der in den Wald führte.

»Wollen wir?«, fragte er.

Carlotta nickte.

Sie marschierten los, hielten sich in südöstlicher Richtung. Von der Karte her wussten sie, dass sie so auf den Unfallort zusteuerten, an dem Lilly vom Auto angefahren worden war. Allerdings war die Stelle noch etliche Kilometer von ihnen entfernt.

Schweigend drangen sie tiefer und tiefer in das einsame Waldgebiet vor. Trojan versuchte sich auszumalen, wie Lilly womöglich hier umhergeirrt war. Verzweifelt. Entkräftet. Und offenbar außer sich vor Angst.

Was hatte sich nur in der Zeit ihres Verschwindens abgespielt? Und war es tatsächlich der Vogelkundler Frieder Keim, der damit etwas zu tun hatte?

Gelegentlich checkten Carlotta und er die Satellitenbilder auf ihren Smartphones. Sie konnten darauf keine Hütte erkennen.

»Vermutlich liegt sie unter dem Blätterwerk der Bäume versteckt«, sagte Trojan. »Die Aufnahmen stammen aus dem letzten Sommer. Da war der Wald noch dicht belaubt.«

»Ja, das kann sein«, erwiderte sie.

»Wir müssen uns also auf unseren Spürsinn verlassen.«

Nach ein paar Kilometern gerieten sie erneut in ein Funkloch. Sie folgten einem Pfad, der sich vorbei an Rotbuchen, Eichen und Kiefern schlängelte.

Auf einmal vernahmen sie die typischen Rufe von Raben.

Kroaah. Kroaah.

Sie blieben stehen und schauten zum Himmel hinauf. Anfangs kreisten vier schwarze Vögel über ihnen, dann wurden es immer mehr. Schließlich hatte sich ein ganzer Schwarm versammelt. Bald darauf zog die wild krächzende Meute in östlicher Richtung weiter.

»Wir sollten ihnen folgen«, sagte Carlotta. »Wenn Frieder Keim in dieser Gegend ihr Verhalten studiert, bringen sie uns vielleicht auf die richtige Spur.«

»In Ordnung.«

Sie setzten ihren Weg durchs Unterholz fort. Zuweilen blieben sie stehen, um zu lauschen. Die Schreie der Raben wurden immer dringlicher, als hätten sie in der Nähe etwas entdeckt.

»Da«, rief Trojan, als sie auf eine kleine Lichtung stießen. Die schwarzen Vögel stürmten im Sturzflug heran, ließen sich auf dem Waldboden nieder und umringten dort ein lebloses Wesen.

Nils und Carlotta traten vorsichtig näher.

Plötzlich hielt er inne.

»Nicht schon wieder«, entfuhr es ihm.

Er verspürte eine leichte Übelkeit, als er den Kadaver erkannte. Es war ein junger Hirsch. Er war bereits bis aufs Gerippe abgenagt. Nur noch ein paar zerfledderte Fleischreste hingen daran. Einer der Raben begann, sich darüber herzumachen. Er zerrte ein Stück mit seinem Schnabel ab, flatterte damit davon, worauf sich ein nächster der Beute näherte.

Trojan sah zu, wie sich der Schwarm im Folgenden verhielt. Offenbar gab es eine klare Rangordnung. Die Anführer durften zuerst fressen. Ihre Artgenossen mussten sich derweil zurückhalten und mussten schließlich mit dem vorliebnehmen, was übrig blieb.

»Schau mal dort«, sagte Carlotta. Sie wies auf das Dickicht am Ende der Lichtung, wo es ein sorgsam zusammengetragenes Gebilde von Ästen und Zweigen gab, das an eine Art Unterschlupf erinnerte.

Gemeinsam inspizierten sie es genauer. Im Innern befand sich eine Kuhle, groß genug, dass eine Person darin kauern konnte.

»Ich denke, hier hat sich jemand einen Beobachtungsposten gebaut«, murmelte sie.

»Ja, sieht aus wie von Menschenhand geschaffen.«

»Ich schätze, das war Frieder Keim.«

Trojan hob die Augenbrauen. »Wie kommst du darauf?«

»Ich habe heute Morgen, als du noch geschlafen hast, ein paar Recherchen über ihn im Netz angestellt. Keim ist Zoologe. Er hat lange Zeit an der Uni Potsdam gelehrt. Bis er dort den Dienst quittierte, um sich ganz der Erforschung von Raben zu widmen. Das Buch, das er über die Vögel geschrieben hat, gilt mittlerweile als ein Standardwerk. Ich fand ein paar Auszüge daraus im Internet. Unter anderem beschreibt er darin, wie er in der Schorfheide Tierkadaver ausgelegt hat, um die Raben anzulocken. Dort hat er sich dann Verstecke gebaut, um sie zu beobachten. Ihr Fressverhalten, die Rangordnung unter den Tieren und Ähnliches.«

»So ein Versteck wie dieses also, ja?«

»Richtig. In Fachkreisen hat er sich einen gewissen Ruf als Rabenforscher erworben, gilt aber gemeinhin als Sonderling. Er ist wohl recht menschenscheu und ziemlich verschroben. Ich habe ein Foto von ihm abgespeichert. Sieh mal.«

Sie zeigt es ihm auf ihrem Handy. Keim hatte ein sehr

schmales Gesicht, eine auffallend gekrümmte Nase und stechende Augen.

»Das ist ja gespenstisch«, sagte Trojan. »Er sieht beinahe selbst aus wie ein Vogel.«

Carlotta nickte. »Ja, als hätte er sich seiner Spezies angeglichen.«

Der Rabenmann, dachte Nils mit einem Schaudern und starrte auf das Display. Schließlich blickte er auf. »Keine Ahnung, ob das nur eine Projektion ist. Aber irgendwas erscheint mir an dem Kerl unheimlich.«

»Offenbar ist er jemand, der ganz in seiner Forschung aufgeht. Er versucht sogar, Raben zu zähmen. Vor seiner Hütte soll es eine große Voliere geben. Darin hält er sich ein paar von ihnen. So wurde es zumindest im Artikel einer Fachzeitschrift erwähnt.«

»Wird darin auch vermerkt, wo genau sich diese Hütte befindet?«

»Leider nicht.« Sie deutete auf das Getümmel der Raben vor dem Hirschkadaver. »Ich vermute aber, dass wir nicht mehr allzu weit davon entfernt sind.«

»Dann lass uns weitergehen.«

Sie setzten ihren Fußmarsch fort. Dann und wann checkte Trojan sein Handy. Einmal hatte er schwachen Empfang, danach waren sie abermals in einem Funkloch. Das machte ihn unruhig. In einer Gefahrensituation hätten sie keine Möglichkeit, Verstärkung zu rufen. Prompt musste er an den Morgen zurückdenken, als er in dem gottverlassenen Bunker in die Hände eines Verrückten geraten war. Was er dort erlebt hatte, sollte sich keinesfalls wiederholen.

Die Erinnerungen daran trafen ihn mit Wucht. Ihm war, als würde ihm erneut der kalte Lauf einer Waffe in den Mund gerammt werden. Kurzzeitig blieb ihm die Luft weg. Sein Herzschlag beschleunigte sich, und er fühlte Panik in sich aufsteigen.

Rasch wandte er die Methode an, die ihm Carlotta gezeigt hatte. Er bemühte sich, lediglich auf seinen Atem und seine Schritte zu achten. Einatmen, ausatmen. Langsam, Schritt für Schritt. Nur atmen und gehen.

Erstaunlicherweise funktionierte es. Allmählich beruhigte er sich.

Sie kamen zu einer Stelle, an der einige Bäume umgeknickt waren, vermutlich bei einem Sturm. Sie stiegen über das umherliegende Totholz, als plötzlich eine weitere Schar schwarzer Vögel aus einem Gebüsch aufstob.

Kroaah, kroaah, krächzten die Raben und flatterten wild um sie herum. Sie wirkten aufgebracht, einige von ihnen stürzten so dicht auf ihre Köpfe zu, als wollten sie sie angreifen.

Carlotta und Trojan blieben stehen.

»Hier muss irgendetwas sein«, sagte sie und schaute sich um. »Mir scheint, als wollten die Vögel ihr Revier verteidigen.«

»Vielleicht sind wir zu nahe an ihren Nestern?«

»Du meinst, sie wollen ihre Brut beschützen?«

»Das wäre eigenartig, oder? Meines Wissens nisten Raben nicht im November.«

»Du hast recht. Doch dieser Ort scheint für sie irgendwie von Bedeutung zu sein. Offenbar haben wir sie aufgescheucht.«

Kroaah, kroaah, wüteten die Raben und taumelten flügelschlagend durch die Luft.

In diesem Augenblick bemerkte Trojan, wie ein paar von ihnen aus einer Öffnung im Unterholz hervorflatterten. Es sah aus, als befände sich dort eine Art Hohlweg, der tiefer ins Gestrüpp hineinführte.

»Da ist etwas«, sagte er und wies in die entsprechende Richtung.

Langsam näherten sie sich dem Dickicht. Sie schoben Zweige auseinander und erkannten einen schmalen Pfad.

Und dann entdeckten sie die Hütte.

»Wir sind am Ziel«, murmelte sie.

»Verdammt gutes Versteck.«

Die Holzhütte war halb verborgen unter dem Geäst einer mächtigen Tanne.

Wortlos zückten sie ihre Waffen und schlichen darauf zu. Unter dem Vordach befand sich eine Veranda. Zwei Fenster, dahinter zugezogene Vorhänge. In der Mitte die Eingangstür.

Lautlos betraten sie die Veranda und positionierten sich neben der Tür, ihre Waffen im Anschlag.

Ein kurzer Blickwechsel mit Carlotta, schon streckte Trojan die Hand aus und drückte die Klinke.

Verschlossen.

Sie schoben sich an der Wand entlang, verließen die Veranda und schlichen links an der Hütte vorbei. Über ihnen schrien ununterbrochen die Raben, während sie sich Schritt für Schritt vorarbeiteten, bis sie an der Rückseite der Hütte angelangt waren.

Noch ein Fenster, ebenfalls verhangen.

Und eine weitere Tür.

Nun sahen sie auch die Voliere, die Frieder Keim für die Vögel errichtet hatte. Sie bestand aus einem Maschendrahtzaun, der ein Areal von ein paar Metern umfasste. Darüber war ein Netz gespannt.

Doch kein einziger Rabe befand sich im Innern der Voliere.

Carlotta deutete auf ein kleines Loch im Maschendraht.

Eine schwarze Feder hing daran und bewegte sich sacht im Wind. Die Öffnung war gerade breit genug, dass sich einer von den großen Vögeln hindurchzwängen konnte.

»Die Raben sind entkommen«, flüsterte sie.

Trojan spürte, wie sich seine Nackenhaare aufstellten. »Irgendetwas stimmt hier nicht«, raunte er.

»Ja«, erwiderte sie gedämpft. »Womöglich sind die Vögel deswegen so aufgebracht.«

Was war hier nur passiert?, fragte er sich. Ein Loch in der Voliere und dieses durchdringende Gekrächze der Vögel. Es waren ja hochintelligente Tiere. Ihre nervösen Rufe hatten ganz sicher eine tiefere Bedeutung.

Auf einmal musste er daran denken, was Daniel über seine Schwester gesagt hatte. *Sie behauptete, die Raben verstehen zu können. Ihre Sprache. Sie war wohl überzeugt, dass ihr die Vögel etwas mitteilen wollten.*

Er blickte Carlotta an.

Sie nickte ihm schweigend zu.

Gespannt straffte er die Schultern. Die Sig Sauer in der Rechten, drückte er mit links die Klinke.

Zu seinem Erstaunen ließ sich die Hintertür problemlos öffnen.

Kurz entschlossen wirbelte er hinein. Sicherte nach vorn, links und rechts.

Hier war niemand.

Er trat näher. Eine offene Küche, ein Bett an der Wand. Zwei weitere Türen. Offenbar führte eine davon zu einem Nebenzimmer, die andere in den Toilettenraum.

Carlotta atmete gepresst in seinem Rücken.

Gemeinsam näherten sie sich der ersten Tür. An der Wand gingen sie in Deckung.

Trojan zählte innerlich bis fünf, dann drückte er die Klinke und öffnete. Mit erhobener Waffe stürmte er hinein.

Sichern nach vorn, links und rechts.

Gehetzt blickte er sich um. Ein weiteres Bett, eine Kommode an der Wand.

Schließlich atmete er durch. Hier war niemand.

Sie gingen zurück. Die nächste Tür. Wieder nahmen sie ihre Position ein.

Fünf Sekunden später riss Trojan die Tür auf, wirbelte vor und sicherte in alle Richtungen.

Nichts.

Auch das winzige Badezimmer war leer.

»Der Vogel ist ausgeflogen«, murmelte Carlotta.

Sie schoben ihre Waffen zurück ins Holster, streiften sich Latexhandschuhe über und begannen, die Hütte zu durchsuchen. In der Küchenspüle stapelte sich schmutziges Geschirr. Sie fanden verdorbene Lebensmittel im Kühlschrank.

Das Bett in dem größeren Raum war ungemacht. Auf einem Bord befanden sich mehrere Fachbücher über Ornithologie.

Carlotta durchwühlte einen schmalen Kleiderschrank. Männerhosen und Hemden. Auf dem Boden daneben stand ein Paar Gummistiefel, die Sohlen waren dreckverkrustet.

Schließlich nahmen sie sich gemeinsam den zweiten Raum vor. Auch hier war das Bettzeug zerwühlt.

Sie schauten sich an.

»Es waren zwei Leute in der Hütte«, sagte er.

Carlotta nickte. Sie öffnete die Schubladen der Kommode. T-Shirts, ein Pulli.

Und dann stieß sie die Luft aus.

»Was ist?«, fragte Trojan.

Sie nahm ein paar BHs und Slips aus dem Fach. »Die zweite Person war offensichtlich eine Frau.«

»Eher eine Jugendliche, denke ich.«

»Lilly?«

»Womöglich.«

Trojan bückte sich und sah unter dem Bett nach. Da lag ein Rucksack. Er zog ihn hervor und stand auf.

»In der Vermisstenakte gibt es ein Foto von Lillys Schulrucksack. Den hatte sie am Tag ihres Verschwindens dabei. Es ist dieselbe Marke.«

Er öffnete ihn und besah sich den Inhalt. Es waren tatsächlich Schulbücher und Hefte darin. Mehrere davon waren mit einem Namen beschriftet.

»Volltreffer«, sagte er.

»Ist es ihrer?«

»Auf den Heften steht ihr Name.«

»Wir müssen ein Team der Spurensicherung anfordern und Frieder Keim zur Fahndung ausschreiben.«

»Ja. Vermutlich hat er Lilly an diesem Ort festgehalten und nach ihrer Flucht getötet.«

»Meinst du, sie kam freiwillig zu ihm? Wegen der Raben? Weil sie sich für diese Vögel interessiert hat?«

»Das kann schon sein. Doch ihre Neugier wurde ihr anscheinend zum Verhängnis.«

»Wir müssen sofort Landsberg informieren.«

Trojan zückte sein Handy und blickte auf das Display. »Verdammt, wir haben auch hier kein Netz.«

»Dann sollten wir zurückgehen, bis wir aus dem Funkloch raus sind.«

Als sie eilig die Hütte verließen, flatterten wild schreiend die Raben um sie herum.

In Trojans Kopf überschlugen sich die Gedanken. Was war nur passiert? Weshalb waren die Vögel aus der Voliere ausgebrochen? Waren sie am Verhungern gewesen, weil niemand sie versorgt hatte? Und wo war Frieder Keim? Hielt er sich noch immer in dieser gottverlassenen Gegend auf?

Kroaah, kroaah, riefen die Raben.

Nils lief ein Schauer über den Rücken. Auf einmal war ihm, als wollten ihn die Vögel warnen.

Ihn überkam das ungute Gefühl, dass weitere böse Überraschungen bevorstanden.

VIERUNDDREISSIG

Sobald sie wieder Empfang hatten, telefonierte Trojan mit dem Chef. Einige Zeit später traf Landsberg zusammen mit einem Teil des Teams der fünften Mordkommission vor Ort ein. Stefanie Dachs, Max Kolpert und Ronnie Gerber halfen bei der Beweissicherung in der Hütte, während Albert Krach und Olaf Maas angewiesen waren, die Wohnung von Frieder Keim in Templin zu durchsuchen.

Nach dem Ornithologen wurde gefahndet. Er galt nun als Hauptverdächtiger im Mordfall Lilly Steiner.

Am Nachmittag fuhren Trojan und Carlotta zurück nach Berlin. Sie hatten über das Melderegister die Adresse des Bruders von Frieder Keim ausfindig gemacht. Er wohnte im Bezirk Lichtenberg in einer schmucklosen Mietskaserne.

Nachdem sie sich ausgewiesen hatten, ließ er sie herein. Dietmar Keim war hager und hochgewachsen, hatte schütteres Haar und trübe, leicht entzündet wirkende Augen.

Er führte sie in ein Wohnzimmer mit einer groß gemusterten Strukturtapete. In einer Schrankwand waren verschiedene afrikanische Skulpturen und Masken aufgereiht. Mehrere vollgestopfte Bücherregale ragten bis zur niedrigen Decke auf. Keim war Erdkundelehrer von Beruf, wie sie bei ihren Ermittlungen herausgefunden hatten.

Er setzte sich auf ein Sofa, auf dem eine Zierdecke ausgebreitet war. Trojan und Carlotta nahmen in zwei Sesseln gegenüber Platz.

»Was kann ich für Sie tun?«, fragte Dietmar Keim.

»Wir sind auf der Suche nach Ihrem Bruder Frieder«, antwortete Nils.

»Ich habe schon länger keinen Kontakt mehr zu ihm.«

»Wissen Sie, wo er sich aufhält?«, fragte Carlotta.

»Ich nehme an, in seiner Hütte in der Schorfheide.«

»Dort ist er nicht«, sagte Trojan.

»Er hat noch eine Wohnung in Templin.«

»Auch da ist er nicht anzutreffen.«

»Eigentlich wundert mich das nicht. Frieder ist am liebsten draußen in der Natur. Weshalb suchen Sie denn nach ihm?«

»Wir ermitteln in einem Mordfall.«

Dietmar Keim hob die Augenbrauen. »Mord?«

Carlotta holte tief Luft. »Erzählen Sie uns bitte mehr von Ihrem Bruder.«

Er wiegte den Kopf. »Steckt Frieder etwa in Schwierigkeiten?«

Sie reagierte mit einer Gegenfrage: »Wirkte er in letzter Zeit irgendwie verändert?«

»Das schon.«

»Inwiefern?«

»Er hat sich sehr zurückgezogen. Seitdem er nicht mehr an der Uni unterrichtet, lebt er eigentlich nur noch für seine Raben. Er ist wie besessen von diesen Vögeln. Ich glaube, sie bedeuten ihm mittlerweile mehr als Menschen. Eigentlich hat mein Bruder überhaupt keine sozialen Kontakte mehr.«

»Wann haben Sie ihn das letzte Mal gesehen?«, fragte Trojan.

»Das war vor ungefähr drei Monaten. Ich habe ihn in seiner Hütte aufgesucht, um mal nach ihm zu schauen. Er machte einen ziemlich verwilderten Eindruck auf mich. Hat permanent mit seinen Raben gesprochen. Er ließ sie sogar in seine Hütte rein. Sie flatterten dort herum, setzten sich auf seine Schultern und seinen Kopf. Und Frieder war völlig verzückt von ihnen.«

Er schwieg eine Weile. Schließlich senkte er die Stimme. »Er sah erschreckend aus. Mir kam es beinahe vor, als sei er selbst zu einem Raben geworden. Sein Gesicht war schmaler, das Kinn länger. Und er bewegte sich wie seine Vögel. Ruckte merkwürdig mit dem Kopf. Auch seine Stimme klang rauer als sonst, nahezu krächzend. Es war unheimlich. Ehrlich gesagt, habe ich mich ein wenig vor ihm gefürchtet.«

»War noch jemand in der Hütte?«

»Nein.«

»Ganz sicher?«

»Wer sollte denn bei ihm gewesen sein? Ihm genügt die Gesellschaft der Raben. Anfangs war es bloß ein wissenschaftliches Interesse, dann wurde es zu einer Obsession. Bei meinem letzten Besuch erzählte er mir stolz, dass Raben 120 verschiedene Laute von sich geben können. Die hat er alle studiert. Wussten Sie, dass Raben als Singvögel gelten?«

Trojan verneinte.

»Frieder kann ihre Laute perfekt nachahmen. Als ich bei ihm war, sprach er auf diese Art mit seinen Vögeln. Und die haben auf ihn reagiert. Er hat mit ihnen herumgealbert, als wären sie seine besten Freunde. Manchmal hackten sie ihm wie zum Spaß in die Hand und ins Bein. Oder auch ins Gesicht. Er hatte überall kleine Wunden. Aber es schien ihm überhaupt nichts auszumachen. Mir war, als hätten die Vögel ihn irgendwie infiziert. Sie beißen ihn, und er wird selbst zu einem Raben. Ich war froh, als ich da wieder weg war.«

Trojan lehnte sich vor und zeigte ihm ein Foto von Lilly auf seinem Smartphone. »Kennen Sie dieses Mädchen?«

Dietmar Keim warf einen flüchtigen Blick darauf. »Nein.«

»Wirklich nicht?«

Er schüttelte den Kopf. »Nie gesehen.«

»Ihr Name war Lilly Steiner.«

»War?«

»Wir vermuten, dass Ihr Bruder dieses Mädchen knapp ein Jahr lang in seiner Hütte gefangen gehalten hat. Und nun ist sie tot. Ermordet.«

Er sah ihn fassungslos an. »Sie verdächtigen meinen Bruder des Mordes?«

Trojan schwieg.

Es entstand eine längere Pause.

»Denken Sie genau nach«, sagte Carlotta in die Stille hinein. »Gab es, als Sie bei ihm waren, irgendwelche Anzeichen, dass sich vielleicht doch eine weitere Person in der Hütte aufhielt? Möglicherweise irgendwo versteckt?«

Dietmar Keim legte die Stirn in Falten. »Die Tür zum Nebenraum war verschlossen. Und das die ganze Zeit über. Mir fällt gerade ein, dass ich gelegentlich ein irritierendes Flattern dahinter hörte.«

»Ein Flattern?«

»Ja. Wie von Vögeln. Ich sprach Frieder darauf an, und er sagte mir, er führe in dem Zimmer ein spezielles Experiment mit seinen Raben durch.«

Carlotta und Trojan schauten sich kurz an.

»Hat er sich näher zu diesem Experiment geäußert?«, fragte Nils.

»Nein.«

Erneutes Schweigen.

Danach fragte der Bruder leise: »Sie haben ihn also tatsächlich im Verdacht?«

»So ist es.«

»Mein Gott. Vielleicht ist er ja völlig wahnsinnig geworden. Da draußen im Wald. Allein mit seinen Raben. Ich habe mich ja selbst der Wissenschaft verschrieben.« Er wies auf die Skulpturen und Masken in der Schrankwand. »Neben meiner Tätigkeit als Lehrer forsche ich über den afrikanischen Kontinent. Zugegeben, Frieder und ich waren schon immer … na ja, eher Einzelgänger. Aber ich glaube, er hat es mit seinen Studien übertrieben. Ich hatte schon mehrmals den Eindruck, dass er den Kontakt zur Wirklichkeit verliert. Er hätte seinen Job an der Uni nicht aufgeben dürfen. Das hat ihn weltfremd gemacht.«

»Warum unterrichtet er denn nicht mehr?«

»Er war enttäuscht. Meinte, die Studenten würden ihn nicht ernst nehmen. Sie zeigten wohl nicht die gleiche Begeisterung für sein Fach wie er. Ich sagte damals zu ihm: ›Frieder, es ist eine gut bezahlte Lehrtätigkeit. Wovon willst du denn leben, wenn du alles hinschmeißt?‹ Und er antwortete, er brauche nicht viel. Seine einsame Hütte und die Raben sind ihm offenbar genug.«

Bis eine Jugendliche bei ihm auftauchte, dachte Trojan, die sich ebenfalls für diese Vögel begeistern konnte.

Er reichte Keim seine Visitenkarte. »Halten Sie sich bitte für weitere Befragungen bereit. Und kontaktieren Sie uns umgehend, sobald Sie etwas von Ihrem Bruder hören.«

»Natürlich.«

Sie standen auf und verabschiedeten sich von ihm.

FÜNFUNDDREISSIG

Am frühen Abend fuhr Carlotta zurück nach Kurtschlag. Sie parkte ihren VW-Bus auf dem Platz mit der alten Gaslaterne, stieg aus und ging zu Fuß weiter.

Sie hatte vor, sich die Hütte von Frieder Keim noch einmal genauer anzusehen. Unterwegs war sie tief in Gedanken versunken. Nur manchmal schaute sie auf, um sich zu orientieren. Sie hatte sich zahlreiche Stellen in dem dichten Waldgebiet gemerkt, um leicht wieder herzufinden. Auf diese Weise kam sie gut voran.

Ungefähr auf den letzten zwei Kilometern beschleunigte sie ihre Schritte. Sie wollte noch vor Einbruch der Dunkelheit vor Ort sein. Schließlich erreichte sie den Hohlweg, arbeitete sich durch das Gestrüpp vor und erreichte ihr Ziel.

Die Hütte lag verlassen da. Kein Laut war zu hören. Nur das leise Rauschen des Winds. Von den Raben keine Spur. Offenbar hatten sich die Vögel verzogen. Das Team war abgereist, die Durchsuchung beendet. Einzig das Flatterband, mit dem das Areal weiträumig abgesperrt war, zeugte noch von den polizeilichen Ermittlungen.

Carlotta wandte sich der Rückseite der Hütte zu und betrachtete eine Weile nachdenklich die leere Voliere mit dem Loch im Maschendraht. Wozu sollte es gut sein, wilde Raben zu zähmen?, fragte sie sich. Und was hatte die Vögel dazu gebracht, sich aus dem Gehege zu befreien? Was war hier eigentlich vorgefallen?

Sie musste daran denken, was Dietmar Keim über seinen Bruder gesagt hatte: *Er ist wie besessen von diesen Vögeln. Ich glaube, sie bedeuten ihm mittlerweile mehr als Menschen.*

Und wo war der Ornithologe jetzt? Noch immer hier in der Schorfheide? Kannte er weitere Verstecke in dieser einsamen Gegend?

Verstohlen blickte sie sich um. Auf einmal hatte sie das vage Gefühl, beobachtet zu werden. Ihr Herz schlug höher. War Keim etwa ganz in der Nähe?

Nein, dachte sie, ganz ruhig. So ein Gefühl konnte täuschen. Der Wald war ziemlich unheimlich, beinahe verwunschen. Kein Wunder, wenn ihr die Nerven einen Streich spielten, zumal sie diesmal ohne Begleitung gekommen war.

Sie löste das Polizeisiegel von der Hintertür, welches die Kollegen dort angebracht hatten, und betrat die Hütte. Sie wollte diesen Schauplatz noch einmal in Ruhe auf sich wirken lassen. Ohne das Team. Und frei von dem Druck, den der Chef auf seine Mitarbeiter ausübte. Landsberg forderte rasche Erfolge ein, doch Carlotta wusste nur zu gut, dass sie sich bei ihren sensiblen Ermittlungsmethoden nicht einengen lassen durfte. Trojan verstand das, und er ließ sie gewähren. Ihm war klar, dass sie von Zeit zu Zeit allein ermitteln musste.

Es war wichtig, dass sie Ordnung in das Chaos in ihrem Kopf brachte. Noch gab es zu viele offene Fragen, etliche Unstimmigkeiten. Dieser Fall war mehr als vertrackt.

Ihre Blicke schweiften durch die Holzhütte. Sie war nicht besonders aufwendig gebaut und nur mit dem Nötigsten eingerichtet.

Was für ein Mensch war das, der sich dieser Einsamkeit aussetzte? Und welche tiefere Bedeutung hatten die Raben für ihn? Was erhoffte er sich davon, mit ihnen zu kommunizieren? War das nur der Spleen eines Wissenschaftlers? Oder steckte mehr dahinter?

Zugegeben, Raben waren äußerst faszinierende und intelligente Vögel. In vielen Mythen und Märchen spielten sie eine besondere Rolle. Maler und Dichter hatten sich von ihnen inspirieren lassen.

Carlotta dachte an das berühmte Gedicht von Edgar Allan Poe. »Der Rabe«. Sie kannte sogar die erste Strophe auswendig.

Once upon a midnight dreary, while I pondered, weak and weary,
Over many a quaint and curious volume of forgotten lore –
While I nodded, nearly napping, suddenly there came a tapping,
As of some one gently rapping, rapping at my chamber door.
»'Tis some visitor«, I muttered, »tapping at my chamber door –
Only this and nothing more.«

Plötzlich schauderte sie. Hatte da tatsächlich jemand an die Tür geklopft?

Sie horchte.

Nein, war wohl nur der Wind. Und kein Rabe, der um die Hütte strich und Einlass begehrte.

Eine gottverlassene Gegend war das. Keine Menschenseele weit und breit. Wie viel innere Stärke brauchte es, um völlig allein in diesem finsteren Wald auszuharren? Was brachte jemanden dazu, Tierkadaver auszulegen, um Raben anzulocken? Die Nähe der Vögel zu suchen? Sich ganz auf sie einzulassen?

War Frieder Keim etwa hier draußen verrückt worden? Hatte er sich so sehr in das Studium seines Fachgebiets hineingesteigert, dass es zu einer fatalen Angleichung mit diesen schwarzen Vögeln gekommen war?

Sein Bruder hatte ja von einer unheimlichen Metamorphose gesprochen. *Mir kam es beinahe vor, als sei er selbst zu einem Raben geworden. Sein Gesicht war schmaler, das Kinn länger. Und er bewegte sich wie seine Vögel. Ruckte merkwürdig mit dem Kopf. Auch seine Stimme klang rauer als sonst, nahezu krächzend.*

Abermals schauderte sie.

Carlotta gab sich innerlich einen Ruck und ging in das kleine Nebenzimmer, wo Trojan Lillys Rucksack gefunden hatte.

War Lilly hier zusammen mit einem Raben eingesperrt gewesen, als Dietmar Keim überraschend in der Hütte aufgetaucht war, um nach dem Rechten zu sehen? Was war das für ein Experiment, das der Vogelkundler erwähnt hatte? *Bei meinem letzten Besuch erzählte er mir stolz, dass Raben 120 verschiedene Laute von sich geben können.*

Der Ornithologe unterhielt sich also mit seinen Raben. Als verstünde er ihre Sprache. Auch Lilly hatte Daniel gegenüber behauptet, sie habe begreifen können, was die Vögel zu ihr sagten. Hatte sie das von Frieder Keim gelernt? Aber warum sollte er sie in der Hütte gefangen gehalten haben? Was wollte der Vogelkundler von einer Teenagerin? Hatte er sich in der Wildnis doch zu einsam gefühlt und ein sexuelles Interesse an ihr entwickelt?

Und war er wirklich ein Mörder? Hatte er eiskalt den Wachpolizisten und dann Lilly selbst in der Charité umgebracht, nur um sie zum Schweigen zu bringen?

Noch erschien ihr das nicht ganz schlüssig. Sie hatte zu wenig Informationen über Keim. Und auch seine Beziehung zu Lilly war ihr noch unklar. Sie wusste ja nicht einmal, ob das Mädchen den Wissenschaftler freiwillig in seiner Hütte aufgesucht hatte oder von ihm hierher verschleppt worden war.

Nachdem Carlotta eine Zeit lang ihren Gedanken nachgehangen und die rätselhaften Schwingungen in der Hütte aufgefangen hatte, trat sie ins Freie hinaus und setzte sich auf die Veranda. Die Dämmerung war fortgeschritten, der Novemberabend kühl. Fröstelnd hob sie die Schultern.

Auf einmal hörte sie aus der Ferne ein ihr mittlerweile vertrautes Krächzen.

Kroaah. Kroaah.

Schon näherten sich die Raben. Sie kreisten über ihr und schrien.

Kroaah. Kroaah.

Plötzlich drehten sie ab und flogen in westlicher Richtung davon. Einem jähen Impuls folgend stand Carlotta auf und eilte ihnen nach. Sie war neugierig, wohin es den Schwarm trieb. Letztlich waren es ja die Raben gewesen, die Trojan und ihr dabei geholfen hatten, die versteckt gelegene Hütte zu finden. Wer weiß, was sie noch entdecken konnte, wenn sie sich diesen überaus schlauen Vögeln anschloss.

Sie schlug sich durch das Unterholz und hastete einen schmalen Trampelpfad entlang, der sie tiefer und tiefer ins Dickicht führte. Sie vernahm das Krächzen der Raben über ihr aus der Höhe. Die Vögel schienen in großer Aufregung zu sein.

Kroaah. Kroaah.

Carlotta meinte, dass ihre Rufe besonders dringlich klangen, als gäbe es in der Nähe etwas Besonderes, das ihre Aufmerksamkeit erregte. Immer wieder hob sie den Kopf, um durch die Wipfel der Bäume einen Blick auf die schwarzen

Vögel zu erhaschen. Es war eine große Schar, die über sie hinwegzog.

Nach einer Weile aber entfernten sich die Rufe. Carlotta kam kaum noch hinterher, so dicht war der Wald, verschlungen das Wurzelwerk, und der von Gestrüpp überwucherte Weg schien im Nirgendwo zu enden.

Es wurde immer dunkler, und zunehmend fiel Carlotta die Orientierung schwer. Hatte sie sich verirrt? Einmal blieb sie stehen und lauschte. Wo waren die Raben? Hatte sie den Schwarm verloren?

Doch dann hörte sie das Krächzen erneut, weit entfernt zwar, aber doch so, dass sie die Fährte wiederaufnehmen konnte. Sie eilte durch das Gesträuch, und ihr Atem flog.

Nach einiger Zeit lichtete sich die Umgebung. Carlotta erreichte eine Gruppe knorriger Eichen, die von Flechten behangen und mit Moos überwuchert waren.

Die Rufe wurden lauter.

Kroaah. Kroaah.

Und auf einmal sah sie die Raben. Sie hatte sie direkt vor sich.

Immer mehr von ihnen landeten auf dem Waldboden und stießen spitze Schreie aus.

Was lag dort unten? Was war das? Noch ein Kadaver, von dem die Vögel angelockt wurden?

Gepresst atmend setzte Carlotta einen Schritt vor den anderen. Vorsichtig näherte sie sich.

Schließlich aber zuckte sie zurück.

Nein, es war kein Tierkadaver.

Am Fuße einer mächtigen Eiche, deren Geäst hoch in den Himmel aufragte, machte Carlotta die Umrisse einer Gestalt aus. Sie war nur spärlich von Laub bedeckt.

Die Raben flatterten um sie herum.

Kroaah, kroaah, riefen sie.

Als sich Carlotta bis auf wenige Meter herangeschlichen hatte, stieben die schwarzen Vögel auf und schossen erbost auf sie zu. Entsetzt wich sie vor ihnen zurück. Da erwischte sie einer der Raben mit dem Schnabel am Kopf. Der Schmerz war heftig.

»Weg, weg«, keuchte sie und fuchtelte mit den Armen herum.

Die Raben schienen zwischen zwei Impulsen hin und her gerissen zu sein. Einerseits wollten sie Carlotta von ihrem Fressplatz fernhalten, zum anderen waren sie voller Gier auf die Beute, die sich vor ihnen unter einem Haufen Laub befand.

Endlich konnte sich Carlotta weiter heranwagen. Und ihre Augen weiteten sich vor Entsetzen.

Kroaah, kroaah, schrien die Raben und hackten. Sie stießen ihre Schnäbel in das Fleisch vor sich. Modrig roch es und verwest. Maden wimmelten darin.

Wieder und wieder hackten die Raben. Sie zerrten, gierten, zogen Fleischstücke ab und verschlangen sie.

Carlotta rang nach Luft.

Sie scheuchte die Raben auf, verjagte sie, indem sie wild mit den Händen um sich schlug.

In diesem Moment bereute sie, dass sie allein hergekommen war. Sie wünschte, Trojan wäre an ihrer Seite.

Sie trat nun so dicht an das Getümmel heran, dass sie der Verwesungsgeruch wie ein Faustschlag traf.

Kroaah, kroaah, wüteten die Raben und stießen abermals auf sie zu.

Carlotta riss die Arme hoch, um sich vor den wüsten Angriffen der Vögel zu schützen.

Dann trat sie noch einen Schritt vor. Was sie sah, raubte ihr den Atem.

Es war eine menschliche Leiche, über die sich die Raben hermachten.

Allerdings war nicht mehr allzu viel von ihr übrig.

Gegen einen Würgereiz ankämpfend, versuchte Carlotta das Gesicht des Leichnams auszumachen.

Und schließlich erkannte sie es.

SECHSUNDDREISSIG

Die Szenerie war hell ausgeleuchtet. Das grelle Licht ließ die knorrigen Eichen noch unheimlicher aussehen. Sie warfen lange Schatten. Die Forensiker hatten ihre Scheinwerfer aufgestellt. Die Stromgeneratoren ratterten. Das Team der fünften Mordkommission war aus Berlin zurückgekehrt. Dr. Carsten Semmler traf als Letzter am Tatort ein. Sofort begann er damit, den Leichnam zu untersuchen.

Carlotta bemühte sich, ruhiger zu atmen. Die Schreie der Raben hallten noch immer durch ihren Kopf. Dabei waren die Vögel längst verschwunden. Die Kriminaltechniker in ihren weißen Overalls hatten sie allesamt verscheucht.

Sie war völlig aufgewühlt. Nachdem sie die Leiche entdeckt hatte, war sie durch den Wald gerannt, bis sie auf ihrem Handy wieder Empfang hatte. Daraufhin hatte sie Trojan informiert.

Nach dem Telefonat hatte es quälend lange gedauert, bis er, der Chef und die übrigen Kollegen endlich vor Ort waren. Da es in der Nähe keinen befahrbaren Forstweg gab, hatten sie eine große Strecke zu Fuß zurücklegen müssen.

Mittlerweile war es später Abend geworden. Carlotta fuhr die Kälte in die Glieder. Die Temperaturen näherten sich dem Gefrierpunkt.

Trojan stand neben ihr, während der Rechtsmediziner vor dem Toten kniete. Direkt davor hatte sich Landsberg aufgebaut, breitbeinig, die Arme vor der Brust verschränkt, das Gesicht zu einer grüblerischen Grimasse verzogen.

Die Entdeckung der Leiche wirbelte die Ermittlungen durcheinander. Dieser Fall war mehr als mysteriös. Schon der Doppelmord in der Charité hatte sie alle eiskalt erwischt. Und nun wiederholte sich das Muster. Kaum hatten sie einen Anhaltspunkt gefunden, geschah etwas gänzlich Unvorhergesehenes, und sie mussten mit ihren Überlegungen von vorn beginnen.

Fassungslos schaute Carlotta auf den Leichnam herab. Der Verwesungsprozess war weit fortgeschritten. Und da die Raben von ihm gefressen hatten, war er grausam entstellt.

Dennoch gab es keinen Zweifel. Bei dem Toten handelte es sich um Frieder Keim.

Erneut versuchte Carlotta, ihre Gedanken zu sortieren. Welche Tragödie hatte sich in dieser Wildnis abgespielt? Wie passten die einzelnen Bruchstücke zusammen? War das Verschwinden von Lilly Steiner nun ganz anders einzuordnen? Was war letztlich der Auslöser für ihre Amnesie gewesen?

Noch kam sie auf keine Lösung. Es war überaus rätselhaft.

Schließlich richtete sich Semmler auf und blickte in die Runde.

»Er ist erstochen worden. Mehre Stiche in den Hals.«

»Also genauso wie bei Lilly Steiner«, sagte Trojan.

»Ja.«

»Könnte es sich um dieselbe Mordwaffe handeln?«, fragte Carlotta.

»Das will ich nicht ausschließen«, erwiderte der Rechtsmediziner.

Landsberg räusperte sich. »Das ist sonderbar, nicht wahr? In der Hütte, etwa zwei Kilometer von hier entfernt, befanden sich Lillys Rucksack und ihre Kleidungsstücke. Alles deutet daraufhin, dass sie sich längere Zeit bei Frieder Keim aufgehalten hat. Er könnte ihr Entführer gewesen sein. Aber entgegen unserer bisherigen Vermutung kann er sie nicht umgebracht haben.«

»Das ist richtig«, sagte Semmler. »Der Todeszeitpunkt liegt nach meiner ersten Einschätzung ungefähr zwei Wochen zurück.«

»Keim war also längst tot, als Lilly Steiner ermordet wurde«, sagte Nils.

»So ist es.«

Landsberg wiegte den Kopf. »Das wirft alles über den Haufen, was wir bisher angenommen haben.« Er sah Carlotta und Trojan an. »Was meint ihr dazu? Irgendeine Theorie, wer den Ornithologen getötet haben könnte?«

Carlotta schwieg.

Trojan holte tief Luft. »Ich halte Folgendes für denkbar. Lilly wurde tatsächlich von Frieder Keim in der Hütte gefangen gehalten. Möglicherweise hat sie ihn selbst aufgesucht, weil sie sich für seine Forschung über die Raben interessiert hat. Sie las sein Buch und recherchierte daraufhin über ihn im Internet. So stößt sie auf die Information, dass er in der Schorfheide eine Hütte besitzt, wo er oftmals anzutreffen ist. Sie sucht ihn also hier auf. Keine Ahnung, wie sie herausgefunden hat, wo genau sich die Hütte befindet, denn auch wir haben ja einige Zeit gebraucht, um sie zu entdecken. Möglich, dass ihr jemand in Kurtschlag einen Hinweis gab, irgendwer aus der Dorfbevölkerung. Jedenfalls kommt sie hierher.«

Der Chef hob das Kinn. »Okay. Und wie geht es weiter?«

»Keim lebt sehr zurückgezogen. Er hat seinen Job an der Uni Potsdam aufgegeben und ist mehr oder minder zu einem Einsiedler geworden. Dann aber taucht diese attraktive Teenagerin bei ihm auf. Sie ist fasziniert von den Raben. Beinahe so besessen von den Vögeln wie er. Sie will alles über ihr Verhalten lernen. Ich kann mir vorstellen, dass ihm das gefallen hat. Nach Aussage seines Bruders war er enttäuscht, dass seine Studenten so wenig Interesse für sein Fachgebiet zeigten. Dieses Mädchen aber sprudelt förmlich über vor Begeisterung.«

Landsberg nickte. »Klingt interessant. Und was geschah deiner Meinung nach dann?«

»Eigentlich lebte Keim nur für seine Forschung. So hat es auch sein Bruder geschildert. Doch Lilly Steiner löste etwas in ihm aus. Möglich, dass er sich in das Mädchen Hals über Kopf verliebt hat. Er bietet ihr an, in seiner Hütte zu bleiben. Eventuell hat sie das auch eine Weile freiwillig getan. Nehmen wir mal an, dass es vorher einen gewaltigen Streit mit ihren Eltern gab. Das ist ja bei Jugendlichen nichts Ungewöhnliches. So war es ihr recht, eine Zeit lang in der Schorfheide zu leben. Es könnte sogar sein, dass ihr der Wissenschaftler einigermaßen sympathisch war. Sie nimmt also sein Angebot an. Sie beobachtet die Raben, ist immer draußen in der Natur. Geht nicht mehr in die Schule und gewinnt Abstand zu ihrem Elternhaus. Alles läuft gut. Sie genießt ihre Freiheit und ihr wildes Leben als Ausreißerin. Doch dann macht ihr Frieder Keim plötzlich sexuelle Avancen. Sie ist entsetzt. Verstört. Und sie reagiert heftig.«

»Lilly war noch Jungfrau«, warf Carlotta ein. »Das haben die Untersuchungen in der Klinik ergeben.«

»Ich weiß. Wir sprachen ja bereits vor einiger Zeit darüber. Aber es ist auch nicht auszuschließen …«

»… dass Keim sie zu anderen sexuellen Handlungen gezwungen hat.«

»Richtig.«

Carlotta stimmte ihm zu. »Das wäre durchaus vorstellbar.«

»Lilly wehrt sich gegen den Ornithologen. Er aber sperrt

sie in das kleinere Zimmer in der Hütte ein. Nachts kommt er erneut zu ihr. Er buhlt um sie, nähert sich ihr sexuell. Es geschieht wieder und wieder. Sie ist verzweifelt. Sucht nach einem Ausweg. Und dann, eines Nachts …«, Trojan ließ den Atem ausströmen, »… kommt es zu einem Handgemenge. Ihr gelingt es, aus dem Zimmer zu fliehen. Keim rennt ihr nach. Geistesgegenwärtig greift sie sich in der Küche ein Messer. Sie stürzt aus der Hütte, stürmt durch den Wald. Er verfolgt sie. Sie schreit um Hilfe, doch niemand kann sie hören. Sie rennt um ihr Leben. Flieht bis zu dieser Stelle. Vielleicht stolpert sie. Keim holt sie ein. Er packt sie. Sie aber hat das Küchenmesser bei sich. Und sie sticht auf ihn ein. Mehrmals. Mit aller Kraft. Sie handelt im Schock. Das löst ungeahnte Energien in ihr aus. Keim bricht blutüberströmt zusammen. Er ist tot. Da zerreißt etwas in ihr. Sie will nicht wahrhaben, dass sie jemanden ermordet hat. Gerät in Panik. Bedeckt die Leiche notdürftig mit Laub, wie um die Tat ungeschehen zu machen. Durch die starke psychische Belastung erleidet sie ihre Amnesie. Die ganze Nacht lang irrt sie durch den Wald. Sie weiß kaum noch, wer sie ist, geschweige denn, was sie getan hat. Sie fantasiert von den Raben in dieser Gegend. Ist in einem Zustand geistiger Umnachtung. Verfroren, erschöpft, völlig am Ende findet sie schließlich an der L100 aus dem Waldgebiet heraus und wird prompt von einem Wagen angefahren. Sie wacht in der Klinik auf und erinnert sich an nichts mehr.«

»Ja, das ist plausibel.«

»Später, bei unserer Ortsbegehung, sieht sie die Raben wieder. Und das ist ein Flashback für sie. Daraufhin macht sie ihrem Bruder gegenüber Andeutungen, sie sei bei diesen Vögeln gewesen, habe sogar mit ihnen gesprochen. Möglicherweise hat sie nach ihrer schrecklichen Tat davon fantasiert, die Raben würden ihr in ihrer Not helfen. So kam es zu der merkwürdigen Äußerung, sie wollten ihr das Fliegen beibringen. Was Lilly aber nicht verrät, ist, dass sie bei einem Ornithologen namens Frieder Keim war, den sie aus Notwehr umgebracht hat.«

Es entstand eine längere Pause.

Dann sagte Trojan: »So weit zu meiner Theorie. Sie hat nur einen einzigen Haken. Denn eine wichtige Frage bleibt offen: Wer hat daraufhin Lilly Steiner und den Wachpolizisten in der Charité getötet? Und dies auch noch auf die gleiche Art, wie Frieder Keim ermordet wurde.«

Landsberg runzelte die Stirn. »Hast du darauf eine Antwort, Nils?«

»Leider nicht. Und das ist genau der Punkt, der mir Kopfzerbrechen bereitet.«

Abermals räusperte sich der Chef. »Hat jemand eine andere Idee?«

Sie schwiegen.

Schließlich aber murmelte Carlotta: »Vielleicht hatte Keim einen Komplizen.«

Alle schauten sie überrascht an.

»Möglicherweise lebte er hier draußen gar nicht so einsam. Was wäre, wenn ihn jemand öfter in seiner Hütte besucht hat? Jemand, der ähnlich veranlagt ist wie er. Keim erzählt demjenigen von der Teenagerin, die überraschend bei ihm aufgetaucht ist. Ein hübsches, zum damaligen Zeitpunkt 17-jähriges Mädchen, das sich für das Verhalten von Raben interessiert.«

»Du meinst, Keim und dieser Unbekannte hielten sie gemeinsam fest?«, fragte Trojan.

Carlotta nickte. »Sie beschließen, sich die Beute zu teilen. Wie Raben.«

»Interessant«, sagte er und griff ihre Überlegung auf. »Nach einiger Zeit wehrt sich Lilly gegen Frieder Keim, ersticht ihn und kann fliehen.«

»Genau so, wie du es eben erwähnt hast. Nur dass der Komplize zu diesem Zeitpunkt nicht da ist. Als er zurück zur Hütte kommt, ist Lilly weg. Er sucht die Gegend ab und findet schließlich Keims Leichnam.«

»Er ist außer sich. Und begreift, dass er keine andere Wahl hat, als Lilly zum Schweigen zu bringen. Die Medien berichteten darüber, dass das verschwundene Mädchen wiederaufgetaucht ist und in ein Krankenhaus eingeliefert wurde. Möglicherweise erfährt er auch irgendwie von ihrer Amnesie. Doch er ahnt, dass sich diese bald auflösen wird. Darum muss er unbedingt verhindern, dass ihn Lilly an die Polizei verrät.«

»Anfangs bietet sich keine Möglichkeit für ihn. Denn Lilly wird rund um die Uhr überwacht.«

»Dann aber setzt er alles auf eine Karte.«

»Er dringt in die psychiatrische Abteilung der Charité ein und tötet den Wachpolizisten. Daraufhin ersticht er Lilly, während sich ihre Mutter gerade in einem der Waschräume befindet.«

Trojan holte tief Luft. »Sehr gut, Carlotta. Vielleicht sollten wir uns noch einmal Keims Bruder vornehmen. Möglich, dass er uns nicht die ganze Wahrheit gesagt hat. Eventuell war er sehr viel öfter hier draußen, als er zugab.«

»Du glaubst, er könnte der Komplize sein?«, fragte Landsberg.

»Zumindest sollten wir ihm auf den Zahn fühlen.«

Der Chef schnalzte mit der Zunge. »In Ordnung. Ihr beide kümmert euch darum. Der Rest des Teams unterstützt die Arbeit vor Ort.«

SIEBENUNDDREISSIG

Es war gegen ein Uhr morgens, als sie vor der Wohnungstür von Dietmar Keim standen. Sie klingelten, aber es öffnete niemand. Trojan hämmerte mit der Faust gegen die Tür.

Nichts geschah.

Sie sahen sich an.

»Gehen wir vor, als bestehe Gefahr im Verzug?«, fragte Nils.

»Eigentlich gibt es dafür keinen konkreten Anlass«, wandte Carlotta ein.

Er überlegte. Wenn sich der Verdächtige aus dem Staub gemacht hatte, sollten sie dringend seine Wohnung durchsuchen. Doch bis sie dafür einen Gerichtsbeschluss besorgt hätten, würden sie kostbare Zeit verlieren. Darum sagte er: »Ich glaube, ich habe einen Schrei aus der Wohnung gehört. Also scheint tatsächlich jemand in Gefahr zu sein.«

Carlotta wirkte nicht ganz überzeugt. Er aber zückte bereits seine Waffe und zielte aufs Türschloss.

Da hob sie die Hand. »Warte mal …«

Sie lauschten.

Es war ein Geräusch zu vernehmen. Ein leises Poltern hinter der Tür, als sei jemand gegen ein Möbelstück gestoßen.

»Polizei«, rief Trojan ungeduldig. »Machen Sie auf!«

Stille.

Danach hörten sie ein keuchendes Husten.

»Aufmachen!«

Endlich wurde von innen geöffnet.

Dietmar Keim tauchte im Türspalt auf. Seine Augen waren blutunterlaufen. Das Gesicht fahl. Sein Pyjama schief geknöpft.

Seine Stimme klang schleppend. »Was wollen Sie von mir?«

Trojan schob seine Waffe zurück ins Holster. »Wir müssen dringend mit Ihnen reden.«

»Mitten in der Nacht?«

Eine abgestandene Alkoholfahne wehte ihm entgegen. »Es geht um Ihren Bruder.«

Keim machte eine unsichere Geste mit den Händen. »Ich weiß nicht, wo er steckt.«

»Lassen Sie uns rein?«

Er zögerte. Nach einer Weile trat er schwankend zurück.

Trojan und Carlotta folgten ihm in die Küche. Keim stellte sich an die Spüle, beugte sich vor, drehte den Wasserhahn auf und trank lange.

Schließlich stellte er das Wasser ab, richtete sich auf und wischte sich mit dem Handrücken über den Mund. Danach nahm er seufzend am Küchentisch Platz, auf dem sich eine halb leere Schnapsflasche und ein Glas befanden.

Nils straffte die Schultern. »Wir haben Ihren Bruder gefunden. Etwa zwei Kilometer von seiner Hütte entfernt.«

»Ist alles in Ordnung mit ihm?«

»Er ist tot.«

Keims Augen weiteten sich. »Wie bitte?«

»Er wurde ermordet«, sagte Carlotta.

»Nein.«

»Es ist leider wahr.«

Seine Lippen bebten. »Das kann ich nicht glauben.«

Keim starrte sie eine Zeit lang fassungslos an. Zittrig goss er sich von dem Schnaps ein. Er trank, setzte unbeholfen das Glas ab und schüttelte sich. »Den ganzen Abend über hatte ich schon so ein merkwürdiges Gefühl. Als hätte ich geahnt, dass irgendwas nicht stimmt.«

Trojan hob die Stimme. »Sie müssen uns die Wahrheit sagen. War Ihr Bruder tatsächlich allein, als Sie ihn das letzte Mal in seiner Hütte aufgesucht haben?«

Schweigen.

Carlotta trat einen Schritt auf ihn zu. »Sie kannten Lilly Steiner, habe ich recht?«

Dietmar Keim wich ihrem Blick aus. »Wie kommen Sie darauf?«

»Antworten Sie auf meine Frage!«

»Na ja, ich …« Er brach ab. Schob das Glas auf dem Tisch hin und her. Kaum hörbar fuhr er fort: »Sie war mir nicht direkt bekannt, aber … ich wusste, dass ein Mädchen bei Frieder war.«

»Und warum haben Sie uns das nicht gleich gesagt?«

»Ich wollte meinen Bruder nicht in Schwierigkeiten bringen.«

»Was denn für Schwierigkeiten?«, fragte Trojan.

»Nun, weil das Mädchen … Sie schien mir zu jung zu sein. Eigentlich noch minderjährig.«

»Was genau ist in der Hütte vorgefallen?«

Keine Antwort.

»Wollen wir das Gespräch auf dem Revier fortsetzen?«, fragte Trojan drohend.

Keim griff erneut nach der Flasche. Nils aber riss sie ihm weg und stellte sie krachend auf den Spültisch. »Reden Sie!«

Keim zog den Kopf ein. »Es war vor ungefähr drei Monaten, als ich bei ihm war. Ich erzählte Ihnen ja bereits von der verschlossenen Tür zum Nebenzimmer.«

»Und?«

»Ich fragte ihn, ob noch jemand in der Hütte sei. Er winkte ab. ›Niemand außer den Raben‹, entgegnete er. Dann aber hörte ich ein leises Gewisper hinter der Tür. Es klang merkwürdig. Ich vernahm ein Flügelschlagen. Krächzende Laute. Und wieder dieses Wispern. ›Frieder‹, sagte ich. ›Was geht hier vor?‹ Er versuchte, sich rauszureden. Es sei nur ein Experiment mit Raben, nichts weiter. Schließlich aber sprang ich auf und rüttelte an der Tür. Sie war verriegelt.«

»Und dann?«

»Ich zwang Frieder, sie zu öffnen. Daraufhin sah ich das Mädchen, ungefähr 17 Jahre alt. Sie saß auf dem Bett. Und da waren drei Raben, zwei von ihnen hockten auf ihren Schultern, einer auf ihrer ausgestreckten Hand. Sie unterhielt sich mit den Vögeln, ahmte mit gepresster Stimme ihre Laute nach. Dabei beachtete sie mich kaum. Die Raben schienen ihr aufmerksam zuzuhören. Sie legten die Köpfe schief, und zuweilen antworteten sie ihr. Das Mädchen machte einen ziemlich verwilderten Eindruck auf mich. Ihre Haare waren zerzaust, ihre Kleidung war schmutzig. Und sie hatte nur Augen für diese Raben. Sie war völlig verzückt von ihnen. Ich fragte Frieder, was das zu bedeuten habe. Und er sagte mir, dieses Mädchen würde ihn bei seinen Forschungen unterstützen. Sie habe eine erstaunliche Gabe, mit den Vögeln umzugehen. Danach versperrte er die Tür wieder und sagte, ich solle mit niemandem darüber sprechen. Ich war erschrocken, denn das Mädchen schien ja noch nicht einmal volljährig zu sein. Ich fragte ihn: ›Frieder, was hast du getan? Sie ist ja beinahe noch ein Kind. Ist sie auch wirklich freiwillig hier?‹«

»Was hat er darauf erwidert?«

»Er sagte, sie habe es gut bei ihm. Allerdings schärfte er mir ein, ich solle die Angelegenheit unbedingt für mich behalten.«

Trojan stieß empört die Luft aus. »Dieses Mädchen wurde seit längerer Zeit vermisst. Ihnen dürfte doch wohl klar gewesen sein, dass sich Ihr Bruder strafbar machte. Warum haben Sie nicht die Polizei alarmiert?«

»Ich gebe zu, ich habe darüber nachgedacht. Aber ich brachte es nicht fertig. Mein Bruder ... mein armer Frieder ... Er war schon immer ein eher trauriger Sonderling, aber damals ... wirkte er so fröhlich und ausgelassen auf mich. Ich hatte den Eindruck, dass dieses Mädchen einen positiven Einfluss auf ihn ausübte. Endlich schien er jemanden gefunden zu haben, der seine Leidenschaft für diese Vögel teilte.«

»Lilly Steiner war zu diesem Zeitpunkt tatsächlich noch minderjährig«, sagte Carlotta. »Ich will mir nicht ausmalen, was Ihr Bruder mit ihr angestellt hat.«

»Wie meinen Sie das?«

»Wir haben den Verdacht, dass er sie sexuell missbraucht hat. Anscheinend hat er ihr merkwürdig übersteigertes Interesse für Raben schamlos ausgenutzt und hielt sie aller Wahrscheinlichkeit nach in seiner Hütte gefangen.«

Dietmar Keim schüttelte den Kopf. »So etwas hätte mein Bruder niemals getan.«

»Wie können Sie sich da so sicher sein?«

»Ich kenne ihn ziemlich genau. Er war kein Kinderschänder.«

»Vielleicht waren Sie sogar selbst an Lillys auswegloser Situation beteiligt«, sagte Trojan.

»Ich verstehe nicht, worauf Sie hinauswollen.«

Nils trat dicht an ihn heran und stützte die Hände auf den Küchentisch. »Sie könnten ein Nutznießer gewesen sein. Waren Sie eventuell doch öfter in der Hütte Ihres Bruders, als Sie zugeben wollen? Nun, da Sie wussten, dass sich dort eine wehrlose Jugendliche aufhielt?«

Keim zog die Schultern hoch. »Das ist eine völlig haltlose Anschuldigung.«

Trojan aber setzte nach. »Waren Sie es, der ursprünglich den Leichnam Ihres Bruders entdeckt hat?«

»Wie kommen Sie nur darauf?«

»Mussten Sie deshalb Lilly zum Schweigen bringen, weil Sie festgestellt haben, dass sie aus der Hütte geflohen war?«

»Um Himmels willen, nein!«

»Wir vermuten, dass Lilly bei ihrer Flucht in Notwehr auf Ihren Bruder eingestochen hat. Leider konnte sie uns gegenüber keine klare Aussage machen. Sie war im Schock. Später erlitt sie einen Zusammenbruch und wurde in die psychiatrische Station einer Klinik gebracht. Dort wurde sie ermordet, zusammen mit einem Wachpolizisten.«

Keim starrte ihn entsetzt an. »Ich habe damit nichts zu tun«, brachte er mit erstickter Stimme hervor.

Trojan richtete sich vor ihm auf. »Wo waren Sie in der Nacht vom letzten Montag auf Dienstag?«

»Sie wollen mich doch nicht ernsthaft verdächtigen?«

»Antworten Sie!«

»Von Montag auf Dienstag?«

»Ja.«

»Ich muss nachdenken.«

»Na los.«

Nach einer Pause sagte er: »Ich war auf einer Veranstaltung. Außerhalb von Berlin.«

»Geht es auch etwas genauer?«

»Es war eine Tagung für Geografie.«

»Und wo fand die statt?«

»In Schwäbisch Gmünd. Ich habe dort in einem Hotel übernachtet.«

Trojan und Carlotta blickten sich schweigend an.

ACHTUNDDREISSIG

Es war halb drei in der Nacht. Völlig übermüdet saßen sie in Trojans Büro. Sie hatten die Bestätigung aus dem Hotel bekommen und zudem weitere Kongressteilnehmer am Telefon befragt, nachdem sie sie aus den Betten geklingelt hatten. Das Alibi von Dietmar Keim war wasserdicht. Es gab keinen Zweifel daran, dass er sich in der Mordnacht in Schwäbisch Gmünd aufgehalten hatte.

»Er kann Lilly unmöglich getötet haben«, sagte Trojan erschöpft.

Carlotta nickte. »Dieser Fall ist überaus kompliziert. Manchmal habe ich das Gefühl, dass wir etwas Wichtiges übersehen.«

»Und was könnte das sein?«

»Ich weiß nicht genau, aber es hat mit Lilly zu tun. Ihr Verhalten war so eigenartig. Und das lag nicht nur an ihrer Amnesie.«

»Sondern? Sprich es aus, Carlotta. Alles, was dir in den Sinn kommt. Wahrscheinlich müssen wir eine ganz andere Perspektive einnehmen, um die Lösung zu finden.«

»Ihr Benehmen in der Hütte irritiert mich. So wie es Dietmar Keim beschrieben hat. Was hat er gesagt? Sie sei von den Vögeln völlig verzückt gewesen. Sie sprach mit ihnen. Und angeblich handelte es sich dabei um ein Experiment seines Bruders.«

»Ja. Der Ornithologe scheint erkannt zu haben, dass Lilly eine besondere Beziehung zu diesen Vögeln hatte.«

»Richtig. Und ich frage mich weiterhin, ob sie nicht doch eher freiwillig bei ihm war. Mittlerweile möchte ich bezweifeln, dass er sie entführt hat.«

»Sie ist ihm zugeflogen. Wie ein Vogel.«

»Das beschreibt es ziemlich gut. Denken wir an das Buch, das er geschrieben hat. *Das Leben der Raben*. Es muss auf sie eine große Faszination ausgeübt haben. Darum beschloss sie, den Autor in der Schorfheide aufzusuchen.«

»Doch was danach passierte«, entgegnete Trojan, »liegt wie unter einem Schleier verborgen.«

Carlotta sah ihn an. Unter ihren Augen hatten sich dunkle Ringe gebildet. »Hat Lilly Frieder Keim wirklich umgebracht? War das Mädchen dazu in der Lage, mehrmals auf ihn einzustechen?«

»Ich halte das für denkbar. Vorausgesetzt, Keim hat sie über einen längeren Zeitraum sexuell missbraucht. Das könnte der Grund gewesen sein, warum sie sich schließlich heftig gegen ihn gewehrt hat.«

»Also gut. Gehen wir von einem Missbrauch aus. Nun bleibt nur die Frage, wer außer Keim noch daran beteiligt war. Wer ist der Komplize? Wer ist derjenige, der sie am Ende zum Schweigen gebracht hat?« Carlotta atmete scharf aus. »Offen gestanden ist mir der Doppelmord in der Charité ein Rätsel.«

Trojan stimmte ihr zu. »Es ist irritierend, dass sowohl der Polizist Roger Braun als auch Lilly auf dieselbe Art getötet wurden wie Frieder Keim. Nämlich durch mehrere Messerstiche in den Hals.«

»Ja, das ist sonderbar.«

Trojan verschränkte die Arme vor der Brust. »Und wenn es sich zuvor ganz anders abgespielt hat?«

»Wie meinst du das?«

»Mal angenommen, Lilly hatte überhaupt keinen Grund, gegen Keim Widerstand zu leisten.«

»Das würde also bedeuten, dass er aus einem anderen Motiv getötet wurde.«

»Richtig. Und möglicherweise nicht einmal von ihr.«

Carlotta schaute ihn überrascht an. »Willst du damit sagen, Frieder Keim, Roger Braun und Lilly Steiner könnten von ein und derselben Person ermordet worden sein?«

»Ja. Nur mal als Theorie. Um einen anderen Blickwinkel einzunehmen. Wie du anfangs gesagt hast.«

Sie nahm eine aufrechte Position auf ihrem Stuhl ein. Auf einmal wirkte sie hellwach. »Interessanter Gedanke, Nils. Doch was wäre nun das Motiv für diese Morde?«

»Vielleicht sollte in Wahrheit etwas anderes vertuscht werden. Irgendein Vorfall, von dem wir noch nichts wissen.«

»Und was hieße das in Bezug auf Lilly?«

»Möglicherweise hat sie sich bei dem Ornithologen einigermaßen wohlgefühlt.«

»Sie war also eine Ausreißerin?«

»Ja. Keim war zwar recht verschroben, aber er brachte ihr alles über das Verhalten von Raben bei. Und sie wiederum unterstützte ihn bei seinen Studien.«

»Und die verschlossene Tür in der Hütte? Warum wollte Frieder anfangs verhindern, dass sein Bruder etwas von Lillys Aufenthalt bei ihm erfährt?«

»Weil ihm klar war, dass nach ihr gesucht wurde. Lilly war damals noch minderjährig. So oder so hätte es ihn in Schwierigkeiten gebracht.«

»Das stimmt.«

Sie schwiegen einige Zeit.

Nachdenklich fuhr Trojan fort. »Irgendeine fremde Person drang plötzlich in die Hütte ein und hat Frieder Keim ermordet. Damit nahm das Unheil seinen Lauf. Keims Leiche wurde im Wald versteckt. Und Lilly hat sie gefunden. Daraufhin hat Keims Mörder auch sie umgebracht.«

»Aber warum?«

»Keine Ahnung, doch es scheint irgendein dunkles Geheimnis zu geben. Und ich habe den Verdacht, dass sich Lilly schon längere Zeit damit herumgeschleppt hat. Etwas Tiefschwarzes, Abgründiges trieb sie um.«

»Etwas Rabenschwarzes.«

»Buchstäblich, ja. Und es muss so schlimm gewesen sein, dass es ihr beinahe den Verstand geraubt hatte.«

»Wir wissen letztlich ziemlich wenig über sie, findest du nicht?«

»Ja. Sie war keine normale Jugendliche.«

»Ein ungewöhnliches Mädchen.«

»Sie umgab ein Mysterium.«

»Und das haben wir noch immer nicht durchdrungen.«

Abermals schwiegen sie.

»Die Raben«, murmelte Carlotta schließlich. »Wir müssen uns mehr auf diese Vögel konzentrieren.«

»Kannst du das genauer erläutern?«

»Lilly hat doch vor ihrem Zwillingsbruder behauptet, sie könnte mit den Raben sprechen. Und bei unserer Ortsbegehung in der Schorfheide, als plötzlich der Schwarm aufgetaucht ist, als die Vögel über uns kreisten und ihre krächzenden Rufe ausstießen, hatte ich für einen Moment den Eindruck, als würde Lilly sie wirklich verstehen. Sie lauschte gebannt auf die Sprache der Vögel. Und mir war, als wollten sie ihr etwas mitteilen.«

»Sie hatte wohl die erstaunliche Gabe, mit ihnen zu kommunizieren.«

»Ja. Und ich glaube, ihre obsessive Beschäftigung mit den Raben könnte der Schlüssel für die Lösung des Falls sein. Woher stammte diese Leidenschaft? Welche Bedeutung hatten die Vögel für sie? Ich denke, das ist der Punkt, dem wir bisher zu wenig Beachtung geschenkt haben.«

»Und wo sollen wir deiner Meinung nach konkret ansetzen?«

Carlotta blickte ihn an. »Wir müssen herausfinden, wer dieses Mädchen eigentlich war. Und welches Geheimnis sie mit den Raben verbindet.«

NEUNUNDDREISSIG

Am nächsten Morgen suchte Carlotta Lillys Vater in seinem Büro auf. Er arbeitete als leitender Angestellter in einer Firma, die sich mit der Entwicklung von künstlicher Intelligenz beschäftigte.

Nachdem sie sich begrüßt hatten, bot er ihr einen Kaffee an, den sie dankend ablehnte. Danach nahmen sie an seinem Schreibtisch Platz.

Sie musterte ihn. Er war von der Ermordung seiner Tochter gezeichnet. Seine Gesichtszüge wirkten wie erstarrt. Seine Augen waren trüb. Er sah aus, als hätte er in der Nacht nicht geschlafen.

Er verschränkte seine Hände auf dem Tisch. »Was kann ich für Sie tun?«

»Ich möchte mehr über Ihre Tochter herausfinden. Über ihre Charaktereigenschaften. Was sie für ein Mensch war. Wofür sie sich begeistern konnte.«

»Und Sie glauben, das hilft uns weiter?«

»Durchaus.«

»Haben Sie denn schon irgendwelche Hinweise? Irgendeinen Verdacht, wer sie umgebracht haben könnte?«

»Zumindest haben wir in Erfahrung bringen können, dass sie sich in der Zeit ihres Verschwindens länger in der Hütte eines Vogelkundlers in der Schorfheide aufgehalten hat. Sagt Ihnen der Namen Frieder Keim etwas?«

»Nein.«

»Er war ein Rabenforscher. Er hat auch ein Buch über sein Fachgebiet geschrieben. Es heißt *Das Leben der Raben*. Lilly besaß ein Exemplar davon. Wussten Sie das?«

»Nein.«

Stille.

»War dieser Mann für die Entführung meiner Tochter verantwortlich?«, fragte er schließlich.

»Das wissen wir nicht genau. Es könnte auch sein, dass sie freiwillig zu ihm gegangen ist.«

Er hob die Augenbrauen. »Freiwillig? Warum hätte sie das tun sollen?«

»Laut Aussage Ihres Sohns hat sich Lilly sehr für Raben interessiert. Das Buch, das ich erwähnte, hatte wohl eine große Bedeutung für sie. Möglicherweise besuchte sie den Forscher in der Schorfheide extra wegen dieser Publikation.«

Robert Steiner blickte sie zweifelnd an. »Sie wollen mir weismachen, dass Lilly wegen eines Buchs über Raben verschwunden ist?«

»Eventuell.«

»Das ist doch absurd.«

»Wussten Sie denn von Lillys Leidenschaft für diese Vögel?«

Er schüttelte den Kopf.

»Ganz sicher nicht?«

Er machte eine abwehrende Geste. »Das sind doch nur Aasfresser. Unheimliche Viecher.«

»Wissenschaftler sind davon überzeugt, dass es sich um hochintelligente Tiere handelt.«

Er rümpfte die Nase. »Wollen Sie sich ernsthaft mit mir über Vögel unterhalten? Sie sollen den Mörder meiner Tochter finden, *das* ist Ihre Aufgabe.«

Schon von Miriam Steiner war Carlotta diese feindselige Haltung bekannt. Offenkundig hatten die Eltern beschlossen, der Polizei die Schuld am Tod ihrer Tochter zu geben. War das ein Reflex, um von der eigentlichen Trauer abzulenken? Bei allem Verständnis für das Ausmaß der Tragödie und dem, was sie in letzter Zeit durchlitten hatten, fand sie es dennoch ziemlich ungerecht, wie sich die beiden verhielten.

Sie schluckte ihren Ärger darüber hinunter. Es entstand eine Pause.

Nach einer Weile hob Robert Steiner das Kinn. »Haben Sie diesen Forscher verhaftet?«

»Er ist tot.«

»Was?«

»Er wurde ebenfalls ermordet.«

»Wann ist das passiert?«

»Bei der Obduktion seiner Leiche wurde festgestellt, dass es wohl in der Nacht geschah, bevor Lilly wiederauftauchte. Darum hatten wir eine Weile Ihre Tochter im Verdacht.«

»Wie bitte?«

»Wir gingen von Notwehr aus.«

»Aber Sie sagten doch, sie sei freiwillig bei ihm gewesen.«

»Es war bloß eine Vermutung. Vieles ist noch im Unklaren. Offenbar ist die Situation in dieser Hütte eskaliert. Es scheint etwas vorgefallen zu sein, das letztlich zu Lillys Amnesie führte.«

Steiner nestelte an seinem Hemdkragen herum. »Ich muss Ihnen ehrlich sagen, dass es mich immer wieder aufs Neue überrascht, wie wenig Sie vorzuweisen haben. Schon nach Lillys Rückkehr lieferten Sie und Ihr Kollege nichts als Theorien. Nun ist mein armes Kind tot, und Sie haben noch immer keinen Anhaltspunkt. Meine Frau und ich sind sehr unzufrieden mit Ihrer Arbeit. Finden Sie endlich den Mörder meiner Tochter.«

»Deshalb bin ich ja hier. Und wie gesagt, ich versuche, mehr über Lilly herauszufinden.«

»Ach ja? Und dann kommen Sie mir mit einem Buch über Raben?«

»Sie verspürte wohl eine besondere Nähe zu diesen Vögeln.«

»Das ist doch Unsinn.«

»Daniel gegenüber machte sie eine seltsame Bemerkung. Sie vertraute ihm an, sie wissen nun endlich, wo sie gewesen sei.«

»Jetzt bin ich aber gespannt.«

»Sie sagte ihm, sie habe sich unter Raben aufgehalten. Aber nicht nur in der Schorfheide, sondern auch anderswo.«

»Anderswo?«

»Weiter weg. Genauere Angaben machte sie nicht. Allerdings erwähnte sie, es sei ihr sogar gelungen, die Sprache der Vögel zu verstehen. Diese hätten versucht, ihr das Fliegen beizubringen.«

»Erlauben Sie mal. Das sind doch nur Hirngespinste.«

»So hat sie es ihrem Zwillingsbruder berichtet.«

»Das ist völlig verrückt.«

»Ihre Äußerung mag zwar befremdlich erscheinen, jedoch bin ich davon überzeugt, dass irgendeine tiefere Bedeutung dahintersteckt. Darum meine Frage an Sie: Wie kam es eigentlich zu Lillys ausuferndem Interesse für diese Vögel? Ich nehme an, das war nicht nur eine vorübergehende Begeisterung. Wie sich mir das darstellt, grenzte es beinahe an eine Manie.«

»Ich weiß weder etwas von Raben noch davon, dass sich Lilly für sie interessiert hat.«

»Das ist sonderbar. Mir schien es, als würden wir von zwei verschiedenen Personen sprechen.«

»Wie meinen Sie das?«

»Die Lilly, die ich kennengelernt habe, war offenbar anders als die aus Ihrer Erinnerung.«

»Ich war schließlich Ihr Vater. Ich kannte sie besser.«

»Und wie würden Sie sie beschreiben?«

»Sie war mein kleines Mädchen. Ein stilles, freundliches Kind. Sie hatte so ein warmherziges Lächeln. Wenn ich von der Arbeit heimkam, hat sie mich angestrahlt. Sie warf ihre Arme um mich und rief: ›Papa, Papa!‹«

»Was Sie da schildern, ist eher das Verhalten einer Dreijährigen. Wie war Lilly denn als Jugendliche?«

Er wandte den Blick ab. »Ich habe mir gewünscht, dass ihr niemals ein Leid geschehen wird. Und jetzt ist uns dieses große Unglück widerfahren.«

»Antworten Sie bitte auf meine Frage.«

»Auch als sie älter wurde, war sie noch genauso sanftmütig.«

»Tatsächlich? Nicht aufmüpfig? Wild? Unbeherrscht? Wie Jugendliche eben sind?«

»So kam sie mir bloß vor, als sie ihren Nervenzusammenbruch hatte.«

»Was genau ist denn eigentlich in der betreffenden Nacht passiert?«

»Sie ist ausgerastet. Gab diese krächzenden Laute von sich. Sie stand auf dem Bett. Hat sich komisch bewegt. Und dann wollte sie sich aus dem Fenster stürzen. Es war gespenstisch. Sie benahm sich wie ein aufgescheuchter Vogel.«

»Wie ein Rabe?«

»Ja. Ein eingesperrter Rabe, der zum Fenster hinausflattern will. Es war furchtbar. Ich habe sie nicht wiedererkannt. Das war nicht meine Lilly.« Er rieb sich über die Augen. »Seitdem sie zu uns zurückgekehrt ist, war sie mir fremd. Manchmal habe ich mich gefragt, ob es sich nicht um eine furchtbare Verwechslung handelte. Vielleicht war das gar nicht meine Tochter.«

Stille.

Er schob einen Stapel Papiere auf dem Tisch hin und her. »Würden Sie mich jetzt bitte allein lassen? Ich habe mir für heute einiges vorgenommen. Meine Arbeit ist nämlich das Einzige, was mir noch ein wenig Halt gibt.«

Carlotta erhob sich. »Natürlich. Nur noch eine Frage: Hatte Lilly eigentlich einen Freund?«

»Nicht dass ich wüsste.«

»Eine beste Freundin?«

»Das schon.«

»Wie ist ihr Name?«

»Anna. Anna Voigt. Sie war eine Klassenkameradin von Lilly.«

VIERZIG

Das Käthe-Kollwitz-Gymnasium war ein altes Backsteingebäude in der Dunckerstraße im Bezirk Prenzlauer Berg. Carlotta blickte zu dem quadratischen Turm hinauf, auf dem sich ein achteckiges Uhrengeschoss befand. Es war kurz nach neun.

Sie meldete sich bei der Schulleiterin und ließ Anna Voigt aus dem Unterricht holen. Nachdem sie ihr mitgeteilt hatte, sie sei vom Landeskriminalamt, schlug sie vor, gemeinsam ein Stück über den Schulhof zu gehen.

Anna war eine nachdenklich wirkende Jugendliche mit brünettem Haar, das sie zu einem Pferdeschwanz gebunden hatte. Als sie ins Freie hinaustraten, zog sie sich eine dunkle Daunenjacke über, die ihr mindestens eine Nummer zu groß war.

»Ich habe ein paar Fragen an dich«, sagte Carlotta.

Anna schob die Hände in ihre Hosentaschen. »Ist es wegen Lilly?«

»Ja.«

»Es ist so furchtbar, was passiert ist.«

»Das stimmt.«

Sie schwiegen einen Moment. Der kalte Novemberwind rauschte in den Bäumen. Fröstelnd zog Anna die Schultern hoch.

»Kanntest du sie gut?«, fragte Carlotta.

»Ziemlich.«

»Ihr wart eng befreundet?«

»Hmm. Und ich vermisse sie sehr.«

»Es war ein Schock für dich, nicht wahr?«

Anna warf ihr einen Seitenblick zu. »Als ich hörte, dass sie wieder zurück ist, wollte ich gleich zu ihr. Doch ihre Eltern waren dagegen.«

»Gab es dafür einen Grund?«

»Ich weiß nicht. Ihre Mutter meinte nur am Telefon, Lilly brauche sehr viel Ruhe.« Plötzlich schien sie gegen Tränen anzukämpfen. »Ich wäre so gern bei ihr gewesen. Und zwei Wochen später war sie tot.«

»Wurdest du nach ihrem Verschwinden von der Polizei befragt?«

»Nein.«

»Die Kollegen von der Vermisstenstelle haben dich zu keinem Gespräch gebeten?«

»Es war niemand bei mir.«

Carlotta war darüber erstaunt. Sie hatte ohnehin den Eindruck, dass damals nicht gründlich genug ermittelt worden war. Die Akte, die sie sich durchgelesen hatte, war nicht besonders umfangreich.

»Hat Lilly mit dir über Dinge gesprochen, über die sie sich mit ihren Eltern normalerweise nicht unterhielt?«

»Vielleicht.«

»Hatte sie ein gutes Verhältnis zu ihren Eltern?«

»Ich glaube nicht. Besonders mit ihrer Mutter kam sie nicht klar.«

»Wieso nicht?«

»Ihre Mutter wollte eine brave, angepasste Tochter haben, immer niedlich, immer nett. Aber so war Lilly überhaupt nicht. Sie hatte ihren eigenen Willen. Manchmal war sie stundenlang draußen in der Natur und vergaß alles andere um sich herum. Dann gab es Ärger zu Hause. Schon als Kind hat sie lieber Hosen als Kleider getragen, das hat sie mir mal erzählt. Ihre Mutter dagegen wollte, dass sie sich nicht schmutzig macht und sich kleidet wie ein Püppchen.«

Ein Püppchen, dachte Carlotta. Wie interessant. Was hatte der Vater vorhin über sie gesagt? *Mein kleines Mädchen. Ein stilles, freundliches Kind.* Das passte einfach nicht zusammen. Und wieder erschien es ihr, als ginge es bei Lilly letztlich um zwei verschiedene Personen. Da gab es das Idealbild der Eltern und eine wilde Jugendliche, die sich in der Einsamkeit der Schorfheide aufgehalten hatte.

»Weißt du etwas über Lillys Interesse für Raben?«, fragte sie.

»Ja, natürlich. Sie war regelrecht verrückt nach diesen Vögeln.«

»Wie kam es dazu?«

»Der Anlass ist ziemlich merkwürdig. Lilly gestand mir einmal, dass sie einen häufig wiederkehrenden Traum hatte. Der verfolgte sie schon seit ihrer früheren Kindheit. Sie träumte sehr oft von einem Raben. Einem Raben mit einer einzigen weißen Feder. Er war ansonsten ganz schwarz wie seine Artgenossen. Nur an seinem linken Flügel war diese weiße Feder. Lilly war der festen Überzeugung, dass dieser Traum eine tiefere Bedeutung hätte. Darum begann sie schließlich damit, alles über Raben zu lesen. Unser Biologielehrer hat ihr einmal ein Buch geschenkt, das sie ganz besonders geliebt hat.«

Carlotta wurde hellhörig. »Was für ein Buch?«

»Es heißt *Das Leben der Raben*. Irgendein komischer Kauz hat es geschrieben. Der lebt angeblich in der Schorfheide. Lilly sagte mir, da müsse sie unbedingt mal hin. Dieser Mann ist wohl ein Experte auf dem Gebiet.«

Carlotta blieb überrascht stehen. »Wie heißt euer Biologielehrer?«

»Das ist der Herr Sawall. Die beiden haben viel über Raben gesprochen. Lilly hat ihn nahezu verehrt.«

»Verehrt?«

Anna Voigt druckste herum. »Na ja. Sie mochte ihn sehr. Ich glaube, sie war ein bisschen in ihn verknallt.«

Von der Schulleiterin erfuhr Carlotta, wo Andreas Sawall gerade unterrichtete. Sie wartete vor dem Klassenzimmer. Als es zur Pause läutete, strömten die Schüler hinaus. Kurz darauf verließ auch der Biologielehrer den Raum.

Es war ein Mann in den 40ern, recht gut aussehend. Dunkelblondes Haar, Stirnlocke, Kinngrübchen.

Carlotta trat ihm entgegen. »Herr Sawall?«

Er blieb stehen. »Ja?«

Sie zückte ihren Dienstausweis. »Carlotta Weiss, LKA Berlin. Ich habe ein paar Fragen an Sie.«

Er setzte eine ernste Miene auf. »Von der Kripo?«

Sie nickte.

»Es handelt sich um Lilly Steiner, habe ich recht?«

»So ist es.«

Er atmete aus. »Wir alle in der Schule sind im Schock. Es ist entsetzlich, was vorgefallen ist.«

»Sie haben Lilly in Biologie unterrichtet?«

»Ja.«

»War sie eine gute Schülerin?«

»Das Fach hat ihr gefallen. Sie war jedenfalls sehr aufmerksam im Unterricht.«

»Gab es ein spezielles Interessengebiet von ihr?«

»Wie meinen Sie das?«

»Ich weiß zum Beispiel, dass Sie ihr ein wissenschaftliches Buch geschenkt haben.«

»Ein Buch?«

»Ja.«

»Ich verschenke keine Bücher an meine Schüler. Möglicherweise habe ich es ihr geliehen.«

»Lillys Freundin Anna sagte mir, es sei ein Geschenk gewesen.«

Er schüttelte energisch den Kopf. »Da muss sie sich irren.«

»Haben Sie das Buch denn von Lilly zurückbekommen, wenn es nur geliehen war?«

»Ich bin mir nicht ganz sicher.«

»Wie lautet der Titel?«

»Daran erinnere ich mich nicht mehr.«

»Auch nicht an den Verfasser?«

Es zuckte um seine Augenwinkel. »Ich weiß nicht, worauf Sie hinauswollen.«

»Dann helfe ich Ihrer Erinnerung mal auf die Sprünge. Das Buch stammt von einem gewissen Frieder Keim. Kennen Sie ihn?«

Er schien nachzudenken. »Keim? Nie gehört.«

»Er forscht auf einem Gebiet, das Lilly sehr interessiert hat.«

»Frieder Keim, ja?«

»Hmm.«

»Ist das nicht dieser Ornithologe?«

»Sagen *Sie* es mir.«

Sawall machte eine vage Geste mit der Hand. »Er ist ein Rabenforscher, richtig.«

»Sind Sie ihm mal begegnet?«

»Nein.«

Carlotta musterte ihn. »Sie kennen ihn also nicht persönlich?«

Er verschränkte die Arme vor der Brust. »Was wollen Sie eigentlich von mir?«

»Antworten Sie nur auf meine Frage.«

»Ist das etwa ein Verhör?«

»Nichts weiter als ein Gespräch.«

»Hören Sie, ich muss zu meinem nächsten Unterricht.«

»Das muss leider warten.«

»Ich werde mich bei Ihrem Vorgesetzten beschweren.«

»Das können Sie gerne tun. Kommen Sie am besten gleich mit aufs Revier.«

»Ich habe Termine.«

Carlotta öffnete ihre Jackentasche und ließ diskret ihre Handschellen vor ihm aufblitzen. »Wäre es Ihnen lieber, wenn ich Sie vorläufig festnehme?«

Andreas Sawall stand der Mund offen. Einige Schüler blieben stehen und beobachteten sie.

Carlotta senkte die Stimme. »Ich denke, es ist besser für Sie, wenn wir kein Aufsehen erregen. Also folgen Sie mir.«

EINUNDVIERZIG

Nachdem ihm Carlotta von ihren Ermittlungen im Käthe-Kollwitz-Gymnasium berichtet hatte, stellten Trojan und sie einige Nachforschungen über Andreas Sawall an. Währenddessen ließen sie ihn im Vernehmungsraum des Kommissariats warten. Schließlich kamen sie überein, dass Trojan sich den Verdächtigen vorknöpfen würde, während Carlotta ihn aus dem Nebenzimmer durch den Einwegspiegel beobachten sollte.

Trojan schnappte sich eine Mappe mit Unterlagen, trat durch die Sicherheitstür und setzte sich Sawall gegenüber.

»Nils Trojan mein Name. Ich bin leitender Ermittler im Mordfall Lilly Steiner.«

Andreas Sawall straffte die Schultern und schob aggressiv das Kinn vor. »Hören Sie. Ich finde es völlig unangemessen, dass meine Schülerinnen und Schüler heute auf Unterricht verzichten müssen, nur weil ich von Ihrer dreisten Kollegin aufs Revier gezwungen wurde.«

»Gezwungen hat Sie niemand. Aber Ihre Aussage ist von immenser Wichtigkeit.«

»Wieso?«

»Es geht um diesen Mann.« Trojan legte ein Foto von Frieder Keim aus dem Melderegister auf den Tisch.

Sawall warf einen flüchtigen Blick darauf. »Wer sollte das sein?«

»Sie haben Lilly Steiner ein Buch von ihm geschenkt.«

»Nicht geschenkt. Geliehen. Wie oft soll ich das denn noch sagen?«

»Es ist eine wissenschaftliche Abhandlung über Raben.«

»Ja und?«

»Lilly war offenbar begeistert davon.«

»Ist es ein Verbrechen, meinen Schülern Literatur zu empfehlen?«

»Wir gehen davon aus, dass Lilly bald nach der Lektüre des Buchs den Verfasser aufgesucht hat. Es war dieser Frieder Keim. Der Mann auf dem Foto. Wir wissen jedenfalls, dass sie bei ihm war. Es besteht der Verdacht, dass er sie in seiner Hütte in der Schorfheide festgehalten hat.«

»Und was sollte ich damit zu tun haben?«

Trojan räusperte sich. »Gerade eben habe ich ein paar interessante Details über Sie in Erfahrung bringen können.«

»Ach ja?«

»Wir suchen nämlich nach einer Verbindung von Frieder Keim zu einer zweiten Person.«

»Noch einmal: Ich kenne diesen Mann nicht. Jedenfalls nicht persönlich. Mag sein, dass ich mal sein Buch gelesen habe, aber selbst daran erinnere ich mich kaum.«

Trojan ließ ein paar Sekunden verstreichen. Dann sagte er kühl: »Sie haben an derselben Universität wie er studiert.«

»Und was soll das beweisen?«

Nach einer weiteren Pause setzte er nach: »Sie haben sogar dieselbe Schule besucht.«

Sawall verzog den Mund.

Volltreffer, dachte Trojan.

Er nahm eine Zeitschrift aus seiner Ermittlungsmappe und legte sie auf den Tisch. »In der Wohnung von Frieder Keim in Templin fanden meine Kollegen dieses Heft hier. Es ist eine

Festschrift zum Abitur.« Er schlug eine bestimmte Seite auf. »Schauen Sie sich mal dieses Foto an.«

Es war eine Aufnahme von einem Ball nach der Abiturvergabe. Es zeigte Andreas Sawall neben Frieder Keim.

»Er war demnach ein Bekannter von Ihnen. Vielleicht sogar ein Freund?«

Der Verdächtige schwieg.

»Warum behaupten Sie dann, ihn nicht zu kennen?«

Nach einer Weile holte Sawall tief Luft. »Also schön. Ich wollte nicht, dass ich in Schwierigkeiten gerate.«

»Was denn für Schwierigkeiten?«

»Ich weiß, dass Frieder ermordet wurde.«

»Ach ja?«

»Das habe ich aus der Presse erfahren.«

»Sie sind also das Bindeglied zwischen Lilly Steiner und Frieder Keim.«

»Und genau das macht mir Sorge. Aber ich schwöre Ihnen, ich habe weder etwas mit dem Verschwinden von Lilly noch mit ihrem Tod zu tun. Und auch in Bezug auf Frieder bin ich völlig unschuldig.«

»Haben Sie Lilly und Frieder Keim miteinander in Kontakt gebracht?«

»Ja. Ich habe ihr erzählt, dass ich mit einem Rabenforscher bekannt bin. Deshalb gab ich ihr auch sein Buch. Nachdem sie es gelesen hatte, bin ich dann einmal mir ihr zu ihm gefahren.«

»Interessant.«

Sawall wich seinem Blick aus. »Es ist nicht so, wie Sie denken. Ich habe die beiden einander nur vorgestellt.«

»Sie machten also mit Ihrer Schülerin einen Ausflug zu Keims Hütte?«

Er schlug die Augen nieder. »Ja.«

»Und was geschah dort?«

»Lilly war begeistert von den jungen Raben, die sich Frieder in seiner Voliere hielt. Sie nahm sofort Kontakt mit ihnen auf. Die Vögel zeigten keinerlei Scheu vor ihr. Im Gegenteil. Es war, als mochten sie Lilly. Sie hatte … die seltene Gabe, mit ihnen zu kommunizieren. Aber bitte, Sie müssen mir glauben, es war nichts weiter als eine kleine Exkursion. Ich habe ihr damit als Lehrer einen Gefallen getan. Sie in ihrem Interesse unterstützt, mehr nicht.«

»Und warum erfahre ich das erst jetzt? Wieso haben Sie meine Kollegin und mich angelogen?«

»Nun, ich hatte Angst, in den Fokus der Ermittlungen zu geraten. Da ich unglücklicherweise derjenige bin, der beide Mordopfer gekannt hat.«

»Haben Sie sich denn irgendetwas vorzuwerfen?«

»Absolut nicht.«

»Ihr Verhältnis zu Lilly? Kann man das noch als normal bezeichnen?«

»Ich mochte sie, das ist alles.«

»Ganz sicher, dass Sie keine Grenze überschritten haben?«

»Wie meinen Sie das?«

»Sie schenken ihr ein Buch. Führen angeregte Gespräche mit ihr. Und dann fahren Sie auch noch privat mit ihr in die Schorfheide? Wussten denn Lillys Eltern davon?«

Sawall schüttelte den Kopf.

»Wozu diese Heimlichtuerei?«

Er gab keine Antwort.

»Machen Sie mir nichts vor. Ihnen war bewusst, dass Sie sich längst nicht mehr regelkonform verhielten. Hatten Sie Angst, Ihren Job zu verlieren?«

Erneutes Schweigen.

»Anna Voigt sagte aus, dass Lilly ein wenig in Sie verliebt war. Haben Sie das genossen?«

»Davon weiß ich nichts.«

»So etwas spürt man doch.«

»Möglicherweise war ich ein bisschen …« Er brach ab.

»Ein bisschen was?«

»… verwirrt … durcheinander. Ich hatte eine schmerzhafte Trennung hinter mir. Meine Ehe ist in die Brüche gegangen. Die Gespräche mit Lilly haben mir damals einfach gutgetan. Ich war verzweifelt und einsam. Mag sein, dass ich mich ein wenig von ihrem jugendlichen Enthusiasmus habe hinreißen lassen. Aber es ging immer nur um die Sache. Unsere Unterhaltungen drehten sich lediglich um Raben. Wir waren beide fasziniert von diesen hochintelligenten Vögeln.«

»Sie war zum damaligen Zeitpunkt 17.«

»Es war wohl ein Fehler, mit ihr diesen Ausflug zu unternehmen. Ich gebe zu, der Nachmittag in der Schorfheide war aus pädagogischer Sicht nicht ganz einwandfrei.«

»Hat Frieder Keim dafür gesorgt, dass Sie sich regelmäßig heimlich mit Lilly in seiner einsam gelegenen Hütte treffen konnten?«

Sawall schaute ihn entrüstet an. »Nein.«

»Aber die Gelegenheit war doch sehr günstig. Sie fühlten sich zu Lilly hingezogen. Brachten sie mit dem Forscher in Kontakt. Und ihr gefiel es in der Schorfheide. Wahrscheinlich hatte sie einige Probleme in ihrem Elternhaus. Darum sorgten Sie dafür, dass sie dort draußen in der Einsamkeit bleiben konnte.«

»So war es nicht.«

»Angeblich diente alles der Erforschung der Raben. Sie wurde eine Art Assistentin von Frieder Keim. Oder nennen wir es eine Praktikantin. In Wirklichkeit aber haben Sie und Keim ihre Arglosigkeit schamlos ausgenutzt.«

»Sie irren sich.«

»Haben Sie versucht, sich ihr sexuell anzunähern?«

»Um Himmels willen, nein.«

»Tat es Keim?«

»Davon weiß ich nichts. Mir war ja nicht einmal bekannt, dass …« Er machte eine fahrige Handbewegung. »Ich wäre niemals auf die Idee gekommen, dass ihr Verschwinden mit dem Ort in der Schorfheide zusammenhängt.«

»Tatsächlich nicht?«

»Es ist die Wahrheit.«

»Wo waren Sie in der Nacht von Montag auf Dienstag?«

»Zu Hause.«

»Kann das jemand beweisen?«

»Leider nicht.«

Trojan senkte die Stimme. »Sie haben die Nerven verloren, nicht wahr? Als Lilly wiederauftauchte, drohten Sie aufzufliegen. Sie und Keim steckten unter einer Decke. Keim hat Lilly in der Hütte festgehalten. Und Sie hatten mit dem Mädchen leichtes Spiel.«

Seine Stirn glänzte vor Schweiß. »Das ist nicht wahr.«

»Auch wenn Lilly zum Zeitpunkt ihrer Ermordung noch Jungfrau war, irgendetwas Abartiges hat sich dort draußen abgespielt. Was haben Sie mit ihr angestellt?«

»Nichts.«

»War Keim beteiligt? Oder wurden Sie von ihm erpresst? Ist das der Grund, warum Sie ihn getötet haben?«

»Hören Sie auf damit!«

Trojan erhob sich. »Andreas Sawall. Ich habe genug von Ihrem Geschwätz. Sie sind verhaftet.«

ZWEIUNDVIERZIG

Daniel lag auf seinem Bett und dachte an Lilly. Er konnte es noch immer nicht fassen, dass sie tot war. Ihm war, als müsste sie jeden Augenblick zur Tür hereinkommen und ihn fragen, ob sie sich einen Moment zu ihm legen dürfe. Wie sie es oft in ihrer Kindheit getan hatte. Es war schön gewesen, sich mit ihr unter einer Decke zusammenzukuscheln. So sicher und geborgen hatte er sich sonst niemals gefühlt.

Aber sie war nicht mehr da. Würde nie mehr zurückkehren. Das Gefühl der Trauer überfiel ihn jäh und heftig, als würde ihm jemand die Kehle zudrücken. Zugleich kochte in ihm eine dumpfe Wut auf die unbekannte Person, die auf seine Schwester eingestochen hatte. Lilly war in dem Krankenhaus wehrlos und betäubt gewesen, und dieses Monster hatte sich einfach an ihr Bett geschlichen und ihr ein Messer in den Hals gerammt, immer und immer wieder.

Daniel rang nach Luft. Seine Augen brannten, doch es wollten keine Tränen kommen.

Auf einmal hörte er von draußen ein Geräusch. Er setzte sich auf und lauschte.

Kroaah. Kroaah.

Schon vernahm er ein Flügelschlagen und das Kratzen von Krallen.

Er erhob sich. Auf dem Fensterbrett war ein Rabe gelandet und schaute ihn durch die Scheibe direkt an. Daniel betrachtete sein schwarz glänzendes Gefieder und die tiefblauen

Augen. Wie schön dieses Tier war. Er war von dem Anblick so gebannt, dass er sich nicht rühren konnte.

Plötzlich beschlich ihn das merkwürdige Gefühl, der prächtige dunkle Vogel sei ein Gesandter seiner Schwester aus dem Totenreich. Oder war sie es sogar selbst? Ihre Seele, beflügelt, verkörpert in diesem geheimnisvollen Wesen?

Da öffnete der Rabe seinen Schnabel und rief: *Kroaah. Kroaah.*

Es hatte beinahe den Anschein, als wollte er ihm etwas Dringendes mitteilen.

Noch einmal erschallte der Ruf. *Kroaah. Kroaah.*

Was hatte das zu bedeuten?

Es gab nicht viele Raben in der Stadt. Und nun setzte sich ausgerechnet einer zu ihm ans Fenster und schaute ihn an, als sei er nur seinetwegen aufgetaucht.

Wieder schrie der Vogel.

Plötzlich war es Daniel, als riefe er ihm zu: *Erinnere dich. Erinnere dich.*

Oder war das bloß eine Täuschung? Ein Hirngespinst? Waren seine Nerven so überreizt, dass er allmählich durchdrehte?

Lilly war der Meinung gewesen, die Sprache der Raben zu verstehen. Gelang ihm das nun etwa auch? Oder bildete er es sich nur ein?

Wie auch immer, offenbar hatte seine Schwester ihn mit ihrer Manie angesteckt.

Woher kam eigentlich ihre Faszination für diese Vögel? Warum hatte sie sich so intensiv mit ihnen beschäftigt? Und was waren das für rätselhafte Botschaften, die sie angeblich von ihnen aufgefangen hatte?

Nach einer Weile spreizte der Rabe die Flügel und flog krächzend davon.

Kroaah. Kroaah.

Und Daniel glaubte zu verstehen: *Mir nach. Mir nach.*

Er trat ans Fenster und sah dem Vogel hinterher, bis er in der Abenddämmerung verschwunden war.

Was für eine bedeutsame Begegnung. Das konnte doch kein Zufall sein. Der Rabe war wie ein Zeichen für ihn.

Kurz entschlossen begab er sich in Lillys Zimmer. Er setzte sich auf ihr Bett, nahm ihr Kissen und drückte es an sein Gesicht. Ganz schwach konnte er noch den Duft von seiner Schwester ausmachen.

Er ließ das Kissen sinken und sah sich um. Dieses Buch über Raben, von dem sie so begeistert gewesen war. Wo befand sich das jetzt überhaupt? Hatte sie es mitgenommen, als sie verschwunden war? Oder lag es vielleicht noch immer irgendwo in ihrem Zimmer?

Er stand auf und ließ den Blick über Lillys Bücherregal wandern. Dort war es nicht. Daraufhin durchsuchte er ihren Schrank, die Kommode, ihren Nachttisch, die Schubladen des Schreibtischs. Jedoch vergeblich.

Daniel dachte nach. Der Rabe am Fenster. Seine Rufe. *Erinnere dich. Erinnere dich.*

Sein Herz pochte.

Mir nach. Mir nach.

Er wurde immer nervöser. Als hätte ihn der Vogel tatsächlich aufgefordert, sich etwas ins Gedächtnis zu rufen und ihm dann nachzufolgen.

Was war wohl der Auslöser von Lillys Verschwinden gewesen? Gab es vielleicht ein Ereignis in der Vergangenheit, das mit diesem Buch zu tun hatte?

Nur was sollte das gewesen sein?

Er sah unter dem Bett nach, hob sogar die Matratze an. Aber auch hier war das Buch nicht.

Plötzlich hielt er inne. Er erinnerte sich an eine Nacht, wenige Wochen vor Lillys Verschwinden. Er war wach geworden, weil er Geräusche auf dem Dachboden gehört hatte. Sie klangen wie verhaltene Schritte. Da er nicht mehr einschlafen konnte und auf einmal eine große Unruhe verspürte, war er hinaus in den Flur gegangen. Und dort hatte er gesehen, dass die Luke zum Speicher geöffnet und die Klappleiter ausgefahren war.

Ohne länger zu zögern, stieg er hinauf. Spärliches Licht drang aus einer Ecke zu ihm, in der neben Kisten und Kartons voller altem Krempel ein zerschlissenes Sofa stand, das seine Eltern aussortiert, aber aus irgendwelchen Gründen nicht zum Sperrmüll gebracht hatten. Darauf saß Lilly im Schein einer Taschenlampe und starrte vor sich hin. Sie trug nichts weiter als ihr weißes Nachthemd und wirkte völlig geistesabwesend auf ihn.

»Lilly?«, fragte er leise.

Sie zuckte zusammen und sah auf. »Ach, du bist es.«

»Was ist los mit dir?«

»Ich kann nicht schlafen.«

»Und warum bist du dann hier oben?«

»Ich will allein sein und nachdenken.«

»Worüber?«

»Über dies und das.«

Er setzte sich zu ihr. »Möchtest du darüber reden?«

Ihr Blick war merkwürdig entrückt, als habe sich ein Schleier über ihre Augen gelegt. »Lieber nicht.«

»Aber warum denn nicht?«

»Bitte, Daniel, stell mir nicht so viele Fragen.«

Er griff nach ihrer Hand. Sie war eiskalt. »Du frierst. Soll ich dir eine Decke holen?«

»Nicht nötig. Geh wieder ins Bett, ja?«

Am nächsten Tag verloren sie beide kein Wort über den Vorfall. Damals war er sich nicht einmal sicher gewesen, ob er die seltsame Begegnung auf dem Dachboden womöglich nur geträumt hatte.

Jetzt aber war er überzeugt, dass sich Lilly in jener Nacht tatsächlich auf den Speicher geschlichen hatte. Irgendetwas schien sie bedrückt zu haben, und er fand es seltsam, dass sie nicht bereit gewesen war, es mit ihm zu teilen. Immerhin waren sie doch Zwillinge.

Es gab nur eine Erklärung dafür: Lilly war in so großer Sorge, dass sie ihn nicht beunruhigen wollte, bevor sie der Angelegenheit nicht auf den Grund gegangen war.

Nur worum handelte es sich? Welches Geheimnis hatte sie mit sich herumgetragen? Und welche Rolle spielten die Raben dabei?

Daniel ging hinaus in den Flur, öffnete mit einem Stab die Luke zum Dachboden und zog die Klappleiter herunter. Dann stieg er hinauf. Er schaltete das Licht seines Handys ein und blickte sich um.

Von den Balken hingen dichte Spinnweben. Das alte Sofa stand noch immer in der hinteren Ecke, halb verborgen hinter dem ausrangierten Kram seiner Eltern.

Er trat näher und ließ den Lichtstrahl umherwandern. Schließlich durchsuchte er die Kisten und Kartons. Jedoch ohne Ergebnis.

Er sah in einer wurmstichigen Wäschetruhe nach. Doch darin befand sich bloß abgenutztes Spielzeug von Lilly und ihm. Keine Ahnung, warum seine Mutter das alles aufgehoben hatte.

Jeden Winkel leuchtete er ab. Doch er fand nichts.

Nachdenklich schaute er auf das Sofa.

Hier hatte sie gesessen.

Bitte, Daniel, stell mir nicht so viele Fragen.

Er bückte sich und sah auf dem Boden nach.

Nichts als Staub.

Er wollte sich schon zum Gehen wenden, als er einer plötzlichen Eingebung folgend erst die Rücken- und dann die Sitzpolster anhob.

Überrascht atmete er aus.

Unter einem der Polster lag das Buch.

Daniel nahm es auf und betrachtete den Schutzumschlag.

Frieder Keim
Das Leben der Raben

Er schlug es auf und blätterte darin. Auf vielen Seiten hatte sich Lilly am Rand mit Bleistift Notizen gemacht. Er erkannte ihre zierliche, ordentliche Handschrift.

Eine Stelle hatte sie mit mehreren Strichen markiert. Neugierig überflog Daniel die Zeilen. Es war eine Passage, in der der Autor von einer bestimmten Defekt-Mutation bei Vögeln berichtete. Er habe einmal eine Amsel mit einer einzigen weißen Feder im ansonsten schwarzen Gefieder gesichtet. Dieses Phänomen werde Leuzismus genannt und komme auch bei Raben vor. Allerdings habe er es bei seinen eigenen Studien an Rabenvögeln noch nicht beobachten können.

Lilly hatte auf dem unteren Rand der Seite eine Notiz hinterlassen:

Von so einem Raben mit weißer Feder habe ich immer wieder geträumt. Ich glaube, es gibt ihn wirklich.

An einer anderen Stelle schrieb sie:

Ich muss diesen Raben finden.

Und weiter hinten:

Der Rabe mit der weißen Feder spricht zu mir: Erinnere dich. Erinnere dich.

Schließlich in Großbuchstaben:

SIE LÜGEN. SIE LÜGEN MICH AN.

Daniel blätterte die nächste Seite um und las eine weitere Randnotiz. Sein Herzschlag beschleunigte sich.

Schließlich nahm er das Buch, verließ eilig den Speicher, zog die Leiter ein und schloss die Luke. Daraufhin ging er zurück in sein Zimmer. Er suchte die Visitenkarte heraus, die ihm die Kriminalpsychologin gegeben hatte, nachdem sie und ihr Kollege mit ihm gesprochen hatten.

Er schnappte sich sein Handy und wählte die angegebene Nummer auf der Karte.

Das Freizeichen ertönte.

Daniels Herz pochte wie wild.

Geh ran, geh ran, dachte er aufgeregt.

Doch es meldete sich nur die Mailbox. »Hier spricht Carlotta Weiss. Ich bin momentan nicht zu erreichen. Bitte hinterlassen Sie mir eine Nachricht. Ich rufe zurück.«

Er holte tief Luft. »Guten Abend. Ich bin Daniel Steiner. Der Bruder von Lilly. Ich muss unbedingt mit Ihnen reden. Es geht um meine Schwester. Rufen Sie mich bitte an.«

Er legte auf.

Was sollte er jetzt tun? Er war so unruhig, dass sich seine Brust verkrampfte. Er atmete flach und stoßweise.

Ich muss hier raus, durchfuhr es ihn.

Er zog sich seine Jacke an, nahm das Buch von Lilly und verließ das Haus.

Draußen war es bereits dunkel. Hastig ging er die Roelckestraße entlang. Er dachte an seine Schwester, während er das Buch fest an sich drückte. Diese letzte Randnotiz von ihr. Sie war so unheimlich, dass er Panik in sich aufkeimen spürte. Lilly hatte einen erschreckenden Traum geschildert, in dem sie und er als kleine Kinder durch einen finsteren Wald irrten, umschwirrt von einer Schar Raben.

Lilly hatte diese Szenerie überaus deutlich geschildert. Und Daniel war sich beinahe sicher, dass es überhaupt kein Traum war. Die Situation – sie beide im Wald, zwei weinende Kinder, verzweifelt, verloren, krächzende Raben, die sie umkreisten, das Grollen eines Gewitters in der Ferne –, all das hatte sich in Wirklichkeit abgespielt.

Und plötzlich glaubte er zu wissen, warum Lilly verschwunden war und sich nach ihrer Rückkehr so eigenartig verhalten hatte. Es hatte mit diesem unheimlichen Gewitterabend vor vielen Jahren zu tun.

Er lief immer schneller. Kalter Schweiß bildete sich auf seiner Stirn. Er war voller Angst.

In diesem Moment näherte sich ein Auto auf der dunklen Straße. Die Scheinwerfer blendeten ihn. Der Wagen fuhr langsamer und hielt schließlich an, direkt vor ihm.

Daniel blieb stehen.

Wegrennen, dachte er, schnell.

Doch etwas lähmte ihn.

Ängstlich spähte er durch die Windschutzscheibe. Und dann erkannte er, wer am Steuer saß.

Die Person lächelte ihn an.

Nicht einsteigen, durchfuhr es ihn.

Einige Sekunden später öffnete sich die Wagentür.

»Hallo, Daniel«, sagte eine leise Stimme.

VIERTER TEIL

DREIUNDVIERZIG

Um kurz vor sechs wurde Trojan vom Läuten seines Handys aus dem Schlaf gerissen.

Er hob ab. »Hallo?«

»Nils. Hier ist Carlotta.«

»Was gibt es?«

»Lillys Mutter hat mich gerade angerufen. Daniel ist verschwunden.«

»Wie bitte?«

»Er ist in der Nacht nicht nach Hause gekommen. Und sein Handy funktioniert nicht. Es meldet sich nicht einmal mehr die Mailbox.«

»Merkwürdig.«

»Und noch etwas. Er hat gestern Abend versucht, mich anzurufen. Ich war gerade in einer Vernehmung. Als ich zurückrief, war er nicht mehr zu erreichen.«

»Hat er dir eine Nachricht hinterlassen?«

»Ja. Er sagte, es ginge um seine Schwester.«

»Nannte er Einzelheiten?«

»Leider nicht.«

»Verdammt.«

»Ich wollte es später noch einmal auf seinem Handy versuchen, aber du weißt ja, wir waren die ganze Zeit mit Andreas Sawall und seiner Festnahme beschäftigt. Und nun ist sein Anschluss tot.«

»Das hört sich nicht gut an.«

»Daniels Eltern sind in großer Sorge. Sie haben Angst, nach ihrer Tochter nun auch noch ihren Sohn zu verlieren.«

»Wo bist du gerade?«

»Im Auto. Auf dem Weg zu ihnen.«

»Gut. Wir treffen uns dort.«

»In Ordnung.«

Er unterbrach die Verbindung, sprang auf, zog sich an und putzte sich die Zähne. Emily schlief noch, also versuchte er, möglichst leise zu sein. Er nahm seine Jacke, schob die Waffe ins Holster und eilte aus der Wohnung.

Kurz darauf saß er in seinem Dienstwagen und fuhr los. Er raste die Wiener Straße entlang und bog am Görlitzer Bahnhof in die Manteuffelstraße ab. Über die Köpenicker Straße und den Bethaniendamm erreichte er die Schillingbrücke, wo er die Spree überquerte.

Trojan bemerkte, wie kurzatmig er war. Nur ruhig, dachte er, vielleicht klärt sich ja alles auf. Möglicherweise hatte Daniel bei einem Freund übernachtet und vergessen, seinen Eltern Bescheid zu sagen.

Warum aber schaltete sich auf seinem Mobiltelefon nicht die Mailbox ein? Und was sollte der Anruf bei Carlotta am Abend zuvor? Irgendetwas stimmte da nicht.

Über die Holzmarktstraße und die Alexanderstraße erreichte er die B2. Trojan beschleunigte und wechselte hektisch die Spuren, um sich durch den dichten Morgenverkehr zu arbeiten.

Wenn Daniel etwas über die Hintergründe von Lillys Verschwinden und ihrer Ermordung herausgefunden hatte, könnte er in großer Gefahr sein.

War Andreas Sawall etwa doch nicht ihr Täter? Der Biologielehrer befand sich zwar mittlerweile in Untersuchungshaft, beteuerte aber nach wie vor seine Unschuld.

Trojan bog links in die Ostseestraße ab. Dann setzte er den rechten Blinker und nahm die Hosemannstraße. Kurz darauf hatte er die Roelckestraße in Weißensee erreicht.

Als er vor dem Einfamilienhaus der Familie Steiner hielt, sah er Carlotta vor ihrem VW-Bus auf ihn warten.

Er stieg aus und ging zu ihr.

»Ich bin ziemlich beunruhigt«, murmelte sie.

»Ein Schritt nach dem anderen.«

»Okay.«

Sie durchquerten den Vorgarten des Hauses. Kaum hatte Trojan den Klingelknopf am Eingang gedrückt, öffnete ihnen Robert Steiner die Tür.

Er sah übernächtigt aus. »Gut, dass Sie so schnell kommen konnten.«

Er führte sie ins Wohnzimmer, wo sie von Miriam Steiner begrüßt wurden. Auch sie schien in der Nacht kein Auge zugemacht zu haben.

Trojan kam gleich zur Sache. »Wann haben Sie Ihren Sohn das letzte Mal gesehen?«

»Gestern Abend«, antwortete sie. »Gegen sieben. Ich bemerkte, wie Daniel das Haus verließ.«

»Hat er gesagt, wo er hinwollte?«

»Nein. Er ist einfach gegangen.«

Trojan wandte sich an Robert Steiner. »Und Sie? Wann hatten Sie zuletzt Kontakt mit ihm?«

»Ich sah ihn gestern Morgen, bevor ich zur Arbeit fuhr.«

»Danach nicht mehr?«

»Nein.«

Carlotta richtete sich an die Mutter. »Haben Sie sämtliche Freunde von ihm angerufen?«

»Natürlich. Aber niemand weiß etwas.«

»Haben Sie die Schule informiert, falls Daniel dort noch auftaucht?«

»Ich habe soeben mit dem Sekretariat telefoniert und Bescheid gegeben. Man würde sich sofort bei uns melden, sollte er zum Unterricht erscheinen.«

»Okay.«

»Können Sie vielleicht sein Handy orten?«, fragte Robert Steiner.

»Das habe ich bereits angewiesen«, erwiderte Carlotta. »Aber es ist nicht möglich. Offenbar wurde die SIM-Karte entfernt.«

Daniels Mutter machte eine ängstliche Geste. »Großer Gott, wer tut uns das nur an? Erst Lilly und nun er? Was haben wir denn bloß verbrochen?«

»Es ist wichtig, dass Sie jetzt die Ruhe bewahren.«

Ihre Stimme war zittrig. »Die Ruhe bewahren? Nach allem, was uns angetan wurde? Entschuldigen Sie, aber das übersteigt meine Kräfte.«

Carlotta atmete tief durch. »Ihr Sohn hinterließ mir gestern Abend eine Nachricht auf meinem Mobiltelefon. Das war kurz vor sieben. Also in dem Zeitraum, als Sie ihn zuletzt gesehen haben.«

Frau Steiner fuhr sich mit der Hand über den Mund. »Was war das für eine Nachricht?«

»Er wollte mir etwas in Bezug auf seine Schwester mitteilen. Hat er vielleicht mit Ihnen darüber gesprochen?«

Sie schüttelte den Kopf.

»Wissen Sie etwas davon, Herr Steiner?«

Der Vater runzelte die Stirn. »Ich habe keine Ahnung.« Es entstand eine Pause. »Könnte dieser Anruf möglicherweise im Zusammenhang mit seinem Verschwinden stehen?«

»Es wäre denkbar.«

Robert Steiner legte den Arm um seine Frau.

Auf einmal war es sehr still im Raum.

Schließlich räusperte sich Trojan. »Wir müssen uns im Zimmer Ihres Sohns umsehen. Und wir geben sofort eine polizeiliche Suchmeldung raus. Dafür brauchen wir ein aktuelles Foto von Daniel.«

In diesem Moment brach die Mutter in Tränen aus.

VIERUNDVIERZIG

Die Suche nach Daniel lief auf Hochtouren. Sein Foto war an sämtliche Polizeidienststellen weitergeleitet worden. Unterdessen hatte sich Trojan in sein Büro zurückgezogen, um in Ruhe nachdenken zu können.

Hoch konzentriert stand er vor seinem Whiteboard, auf dem er sich Namen notiert und Tatortaufnahmen angebracht hatte. Lillys Leichnam in der Charité, der ermordete Wachpolizist Roger Braun. Aufnahmen von Keims Hütte und seiner halb verwesten Leiche im Wald.

Auch eine Karte von der Schorfheide hatte er ans Board gepinnt. Darauf war der Ort markiert, wo sich die Holzhütte befand, und die Stelle, an der Lilly angefahren worden war.

Trojans Blick wanderte weiter und blieb an den Bildern hängen, die die unheimlichen Puppen im Wald und den Bunker zeigten. Auch dieser war auf dem Lageplan eingezeichnet.

Eine Zeit lang besah sich Trojan das Foto von Reinhold Holzhauser, von dem er in dem Bunker überwältigt worden war. Sollte er ihn noch einmal als Tatverdächtigen in Betracht ziehen? Aber nein, Lilly hatte ihn nicht wiedererkannt und mehrmals beteuert, nichts von dem Weltkriegsbunker zu wissen. Offensichtlich schien Holzhauser nichts mit dem Fall zu tun zu haben.

Schließlich war da noch die Abbildung von Andreas Sawall, Lillys Biologielehrer. Darunter eine Aufnahme der damals

17-Jährigen aus der Vermisstenakte, mit dem nach ihr gesucht worden war.

Neben das von Sawall schob Trojan ein Foto von Frieder Keim aus dem Melderegister. Waren die beiden wirklich Komplizen gewesen?

Trojan nahm das Bild von Daniel zur Hand und befestigte es neben dem seiner Schwester.

Wenn Daniel etwas Wichtiges herausgefunden hatte und deshalb nun zum Schweigen gebracht werden sollte, dann auf keinen Fall von Andreas Sawall, denn dieser saß seit gestern in Untersuchungshaft.

Nils stieß die Luft aus. War Sawall also doch nicht der Täter?

Sämtliche Theorien in dieser Mordermittlung schienen sich auf einmal in Luft aufzulösen.

Sollte er sich auf einem Irrweg befinden? Übersah er vielleicht etwas Wichtiges?

Was weiß ich eigentlich mit Sicherheit?, fragte er sich. Letztlich nur, dass sich Lilly in der Hütte von Frieder Keim aufgehalten hatte. Und was konnte ich bisher über den Forscher in Erfahrung bringen? Er hat ein Buch über Raben geschrieben. Lilly hat es gelesen. Sie bekam es von ihrem Lehrer Andreas Sawall. Keim hat noch einen Bruder, Dietmar, doch dieser konnte für die Tatzeit ein wasserdichtes Alibi aufweisen.

Trojan fuhr sich mit der Hand durchs Haar. Er hatte zu wenig Informationen über den Ornithologen. Musste dringend mehr über ihn herausfinden. Über ihn und sein Buch, das leider mittlerweile vergriffen war. Selbst antiquarisch konnte man es nicht mehr beziehen.

Wo war eigentlich das Exemplar aus Lillys Besitz? Heute Morgen hatten sie sowohl Daniels als auch ihr Zimmer nach

Hinweisen für das Verschwinden des Jungen durchsucht, dabei waren sie jedoch nicht auf das Buch gestoßen. Schon vor ein paar Tagen hatte ihnen Daniel gesagt, dass er nicht wisse, wo es sei. Und Trojan fand das überaus sonderbar.

Er nahm einen Edding und schrieb ans Board:

Wo ist das Rabenbuch? Und welche Bedeutung hat es?

Danach kreiste er das Foto von Frieder Keim ein und schließlich das von Lilly. In welcher Beziehung stand der Forscher eigentlich zu dem Mädchen? Bisher waren sie von einem Missbrauch ausgegangen. Und wenn es nun ganz anders war?

Er schrieb:

Verbindung Lilly zu Frieder Keim?

Nils legte die Stirn in Falten. Ein Vogelkundler und eine Jugendliche, die am Tag ihres Wiederauftauchens volljährig wurde. Beide einte ihr Interesse für Raben. Er hatte einen wissenschaftlichen Hintergrund dafür. Und sie? Das war letztlich noch im Unklaren.

Woher stammte eigentlich Lillys obsessive Beschäftigung mit den Raben? Gab es da womöglich etwas Bestimmtes, das sie von Keim erfahren wollte? Irgendein Detail in Bezug auf diese Vögel, bei dem er ihr weiterhelfen sollte?

Nur was sollte das gewesen sein?

Die Verbindung der beiden ist mir noch immer ein Rätsel, dachte Trojan. Wenn Lilly nicht von ihm entführt wurde, warum blieb sie dann freiwillig bei ihm? Nur wegen der Raben? Es musste doch mehr dahinterstecken.

Und warum wurde Frieder Keim ermordet? Hatte ihm

Lilly eventuell etwas anvertraut? Gab es ein Geheimnis zwischen diesen beiden Menschen? Zwischen einer Teenagerin und dem seltsamen Rabenmann?

Er notierte:

Geheimnis?

Ich muss den Fokus der Ermittlungen verstärkt auf Keim richten, durchfuhr es ihn. Gab es nicht irgendjemandem aus seinem Umkreis, der ihm mehr über ihn verraten konnte?

Er eilte hinaus auf den Flur und betrat das Büro seines Kollegen Max Kolpert, dem Computerexperten.

Max blickte von seiner Arbeit auf. »Was kann ich für dich tun, Nils?«

»Hast du die Handydaten und die Dateien auf dem Computer von Frieder Keim mittlerweile ausgewertet?«

»Du wirst es nicht glauben, aber dieser verschrobene Vogelexperte besaß überhaupt kein Handy.«

»Wie bitte?«

»Sein Bruder hat mir das bestätigt. Die Hütte befindet sich ja ohnehin in einem Funkloch. Und wenn Keim mal telefonieren wollte, ist er bis nach Kurtschlag gewandert, um dort in der Gaststätte Zum Mittelpunkt der Erde das Festnetz zu benutzen.«

»Das war ja mehr als umständlich für ihn.«

»Finde ich auch.«

»Aber er hatte doch ein Telefon in seiner Wohnung in Templin, richtig?«

»Genau. Ich habe die Verbindungen dort überprüft. Er hat nur gelegentlich mit seinem Bruder gesprochen. Ansonsten hat er den Apparat kaum benutzt.«

»Was ist mit seinem Computer?«

»Darauf habe ich neben vielen wissenschaftlichen Abhandlungen einige E-Mails gefunden. Vielleicht sind sie ja für dich von Belang. Ich habe sie hier ausgedruckt.« Kolpert reichte ihm einen Stapel Papiere.

»Danke. Und finde bitte heraus, wann Keim das letzte Mal in dieser Gaststätte in Kurtschlag gesehen wurde.«

»In Ordnung.«

Trojan ging zurück in sein Büro und überflog die E-Mails. Insbesondere die aus der Zeit kurz vor Keims Ermordung interessierten ihn.

Am häufigsten hatte der Forscher in diesem Zeitraum Kontakt mit einem gewissen Jan Gärtner gehabt, der ebenfalls Ornithologe war. Sie tauschten sich über Raben aus.

Nichts Ungewöhnliches, dachte Trojan, während er die Zeilen las. Das übliche Fachsimpeln unter Kollegen.

Dennoch griff er kurz darauf zum Telefon und wählte die Nummer von Jan Gärtner, die in der Signatur seiner E-Mails angegeben war.

Es ertönte das Freizeichen. Nach einer Weile wurde abgehoben. »Ja?«, meldete sich eine Stimme.

»Nils Trojan hier, ich bin vom Landeskriminalamt Berlin. Spreche ich mit Jan Gärtner?«

»Am Apparat.«

»Es geht um Ihren Schriftverkehr mit einem Rabenforscher namens Frieder Keim. Erinnern Sie sich an ihn?«

»Natürlich. Was ist denn los?«

»Keim wurde ermordet.«

»Was?«

Es entstand eine Pause. Trojan vernahm Atemgeräusche am anderen Ende.

Schließlich murmelte Gärtner: »Ich verstehe nicht ganz …«

Trojan räusperte sich. »Mir liegen einige E-Mails vor, die er Ihnen in letzter Zeit geschrieben hatte.«

»Frieder ist tot?«

»Ja.«

»Ermordet, sagen Sie?«

»So ist es.«

»Das ist ja furchtbar.«

»Ich versuche mehr aus seinem Umfeld zu erfahren. Wie würden Sie Ihr Verhältnis zu ihm beschreiben?«

»Freundschaftlich kollegial. Frieder hatte ein enormes Fachwissen über Raben. Auch ich interessiere mich für diese Vögel.«

»Wie haben Sie ihn kenngelernt?«

»Das lief über die Vermittlung eines Kollegen. Frieder war auf der Suche nach einem ganz besonderen Raben. Deshalb schrieb er verschiedene Vogelkundler an und befragte sie nach ihren Beobachtungen. So wurde er an mich verwiesen. Und ich konnte ihm tatsächlich helfen.«

»Sind Sie ihm persönlich begegnet?«

»Ja.«

»Wann war das?«

»Das ist noch gar nicht lange her. Er hat mich vor ungefähr vier Wochen besucht. Er war übrigens in Begleitung einer jungen Frau. Na ja, sie war mehr noch eine Jugendliche.«

Trojan traute seinen Ohren nicht. »Eine Jugendliche? Wie war ihr Name?«

»Ich muss nachdenken.«

Abermals entstand eine Pause.

Dann sagte Gärtner: »Sie hieß Lilly.«

Nils war wie vom Donner gerührt. »Und die beiden kamen zu Ihnen?«

»Ja. Sie haben bei mir drei Tage gewohnt. Hier in meinem Haus auf Rügen.«

Er konnte es kaum fassen. Sollte er endlich einen Volltreffer gelandet haben?

»Was war der Grund dieses Besuchs?«, fragte er aufgeregt.

»Wie gesagt, es ging um einen bestimmten Raben. Einen Raben mit einer einzigen weißen Feder. Das ist eine harmlose Defekt-Mutation. Man nennt sie Leuzismus. Und ich konnte den beiden bei ihrer Suche helfen. So einen mutierten Raben habe ich nämlich schon öfter beobachten können. Er ist hier auf Rügen beheimatet. Er lebt an den Kreidefelsen. Ich hatte einmal in einem Fachblatt über diesen Vogel einen Artikel geschrieben. Ein Kollege von mir, den Frieder kontaktiert hatte, erinnerte sich daran und gab ihm meine E-Mail-Adresse. So kamen wir ins Gespräch. Und da er an diesem Raben sehr interessiert war, schlug ich ihm vor, doch einmal hierherzukommen. Ich lud ihn in mein Haus ein, und er war sofort einverstanden. Er fragte mich noch, ob er eine Bekannte mitbringen könne, die ebenfalls sehr neugierig auf diesen Raben sei.«

»Und das war also die Jugendliche namens Lilly?«

»Ja.«

Trojans Herzschlag beschleunigte sich. »Herr Gärtner, ich muss sofort zu Ihnen kommen.«

»Jetzt gleich?«

»Ja. Mit dem Auto sind es ungefähr vier Stunden nach Rügen. Ich könnte also gegen Mittag bei Ihnen sein.«

»Ich wohne in Lohme. Das liegt im Nordosten der Insel. Sie brauchen also unter Umständen etwas länger.«

»Ich werde mich beeilen.«

»Ist es so dringend?«

»Auf jeden Fall.«

FÜNFUNDVIERZIG

Nachdem Trojan in seinem Dienstwagen den Stadtverkehr hinter sich gebracht und die A111 erreicht hatte, fädelte er sich sofort auf die linke Spur ein und gab Gas. Am Kreuz Oranienburg wechselte er auf die A10 und fuhr schließlich auf der A24 weiter. Zeitweilig beschleunigte er auf annähernd 200 Stundenkilometer. Am Dreieck Wittstock/Dosse erreichte er die A19. Auf einer langen, eintönigen Strecke durchquerte er die flache Landschaft von Mecklenburg-Vorpommern.

Wieder scherte er aus, um eine Kolonne von Lkws zu überholen. Er wurde immer ungeduldiger, je weiter er kam. Sollte er endlich einen Durchbruch bei den Ermittlungen erzielen? Er wusste es nicht. Zu viele Rückschläge hatte er bisher erlitten.

Er gelangte zum Autobahnkreuz Rostock, hielt sich rechts und folgte den Schildern auf der A20. Schließlich nahm er die Ausfahrt Stralsund und raste weiter auf der B96.

Nach insgesamt mehr als drei Stunden Fahrt hatte er die Rügenbrücke erreicht. Er warf einen Blick auf das schiefergraue Meer. Die Wolken hingen tief. Zuweilen nieselte es, und er musste die Scheibenwischer einschalten.

Er blieb auf der B96, passierte Bergen auf Rügen, und der Verkehr wurde dichter. Er erreichte Lietzow und schaute wieder aufs Meer. Nervös trommelte er mit den Fingern aufs Lenkrad. Es ging ihm nicht schnell genug.

Er bog links auf die L30 ab, passierte die Ortschaft Sagard und fuhr weiter in nördlicher Richtung. Er kontrollierte das Navi und nahm den Abzweig auf die L303.

Schließlich erreichte er den Küstenort Lohme, malerisch gelegen am Fuße der Steilküste. Ein Yachthafen, Blick auf die Weite der Ostsee.

Das Haus von Jan Gärtner lag ein wenig außerhalb, am Ende eines Schotterwegs. Es war klein und wirkte gedrungen. Rote Backsteine, grüne Fensterläden.

Trojan stieg aus und streckte seine Glieder nach der langen Fahrt.

Dann näherte er sich der Eingangstür und drückte auf den Klingelknopf.

Kurz darauf öffnete ihm ein schmächtiger Mann in den 40ern. Kleine Augen, spitzer Mund, krummer Rücken. Er hatte etwas Vogelähnliches. Trojan beschlich das gleiche merkwürdige Gefühl, das er schon beim Anblick von Frieder Keims Foto gehabt hatte.

Färbte die intensive Beschäftigung mit Raben auf diese Personen ab? Machten Vogelkundler seltsame Verwandlungen durch?

Trojan zückte seinen Dienstausweis und nannte seinen Namen. »Sind Sie Jan Gärtner?«

»Ja.«

»Ich habe heute Morgen angerufen.«

»Kommen Sie herein.«

Der Ornithologe führte ihn in sein Wohnzimmer. In diesem Moment zuckte Trojan zusammen. Etwas schoss auf ihn zu, dunkel und unheimlich. Er war so erschrocken, dass ihm kurzzeitig die Luft wegblieb.

Fauchende Flügelschläge, ein wildes Krächzen. Es war ein

Rabe, der durchs Zimmer flog. Erst nach einer Weile landete er auf einer altmodischen Kommode, legte den Kopf schief und beäugte Trojan misstrauisch.

Jan Gärtner grinste ihn an. »Ich hätte Sie vorwarnen sollen. Black ist manchmal recht eigen, wenn ich Besuch bekomme. Und das ist nun mal selten der Fall.«

Black, krächzte der Vogel. *Black*.

Trojan rang nach Atem. »Der Rabe kann sprechen?«

»Überrascht Sie das?«

»Ein wenig, ja.«

»Ich hab es ihm beigebracht. Er ist ein kluges Tier.«

Klug, gab der Rabe zur Antwort. Es schauderte Trojan.

Gärtner machte eine vage Geste. »Setzen Sie sich doch.« Seine Stimme war fistelig. Seine Finger spitz und lang. Es roch streng in seinem Haus. Ungelüftet. Und der Vogel hatte überall kleine Haufen hinterlassen. Verkrustet auf den alten Möbeln und dem ausgeblichenen Teppich.

Trojan nahm vorsichtig auf der Kante eines Sessels Platz, während sich der Ornithologe auf dem Sofa niederließ.

Nils schaute den Raben an. Er war ihm unheimlich.

»Es ist ein bisschen wie bei einem Hund«, sagte Gärtner, als habe er seine Gedanken gelesen. »Sie dürfen ihm nicht Ihre Angst zeigen.«

Trojan verzog das Gesicht. »Tatsächlich?«

Der Ornithologe lächelte ihn an. »Hatten Sie eine gute Fahrt?«

»Kommen wir lieber gleich zur Sache. Zuallererst muss ich Sie Folgendes fragen: Wo waren Sie in der Nacht von Montag auf Dienstag?«

»Wieso wollen Sie das wissen?«

»Ich sagte Ihnen ja bereits am Telefon, dass Frieder Keim

ermordet wurde. Aber nicht nur er. Auch das Mädchen ist tot.«

»Lilly?«

»Jetzt erinnern Sie sich wieder an ihren Namen?«

»Ja.«

Pause.

Jan Gärtner hob die Schultern. »Beide wurden umgebracht?«

Trojan nickte.

»Verdächtigen Sie mich etwa?«

»Antworten Sie nur auf meine Frage.«

»Ich war die ganze Zeit hier.«

»Kann das jemand bezeugen?«

Gärtner wies auf den großen schwarzen Vogel auf der Kommode. »*Er* kann es.«

Jan, krächzte der Rabe.

Abermals lief Trojan ein Schauer über den Rücken. Ein sprechender Rabe. Wo war er hier gelandet?

Der Vogel öffnete den Schnabel. *Jan, Black. Black, Jan*, brachte er hervor.

Dann flatterte er auf, und ehe sich Trojan versah, hockte das Tier auf seiner Schulter.

Er fuchtelte mit den Armen. »Weg, weg«, stieß er hervor.

Erneutes Flügelschlagen. Der Rabe flog durch das Zimmer und ließ sich auf einem Lampenschirm nieder.

»Können Sie ihn nicht irgendwo einsperren?«, fragte Trojan erzürnt.

»Ich will ihn nicht verunsichern. Black ist recht sensibel.«

Black, krächzte der Rabe.

Nils war um Fassung bemüht. »Na schön. Sie waren also zu der betreffenden Zeit hier. Aber niemand außer Ihrem Vogel kann Ihr Alibi bestätigen. Ist das richtig?«

Gärtner legte den Kopf schief. Er hatte tatsächlich große Ähnlichkeit mit seinem Raben. »Warum sollte ich den beiden etwas angetan haben?«

»Das weiß ich nicht. Aber ich bin gekommen, um mehr über den Besuch des Vogelforschers und seiner Begleiterin bei Ihnen zu erfahren. Lilly wurde seit fast einem Jahr vermisst. Sie war spurlos verschwunden und tauchte dann überraschend wieder auf. Sie litt an einer psychogenen Amnesie und konnte der Polizei nicht sagen, wo sie gewesen war. Doch dann stießen meine Kollegin und ich auf die Hütte von Frieder Keim in der Schorfheide und fanden dort ihren Rucksack. Offenbar hatte sie sich längere Zeit bei ihm aufgehalten. Und nun erzählen Sie mir, dass die beiden vor Kurzem auf Rügen waren, angeblich auf der Suche nach einem Raben mit einer weißen Feder. Was ist das für eine seltsame Geschichte?«

»Mir kam sie auch komisch vor. Und Lilly war recht speziell. Ein wenig verwahrlost. Übrigens war sie auf Anhieb vernarrt in meinen Raben. Sie unterhielt sich mit ihm. Na ja, so wie ich das ebenfalls oft tue.«

»Hatten Sie denn den Eindruck, dass Lilly freiwillig bei Frieder war? Oder wirkte sie eher wie das Opfer eines Kidnappers? Ihm hörig und in großer Angst vor ihm?«

»Nein, das nicht. So wie ich ihn kenngelernt habe, war Frieder ein anständiger Mensch. Er schien eher sehr besorgt um Lilly zu sein. Sein Verhältnis zu ihr war beinahe väterlich. Als sei er ein geduldiger Lehrer oder Mentor für sie. Er sagte, dass Lilly eine besondere Gabe habe, mit Raben umzugehen. Und auch Black war regelrecht verzückt von ihr.«

Lilly, krächzte der Rabe in diesem Moment, und Trojan zuckte zusammen.

»Habe ich mich eben verhört?«, fragte er. »Oder hat der Vogel tatsächlich ihren Namen ausgesprochen?«

Jan Gärtner grinste. »Das war keine Täuschung. Black ist sehr intelligent.« Er wandte sich an das Tier. »Nicht wahr, Black? Du kennst Lilly.«

Der Rabe schaute ihn aufmerksam an.

»Hast du verstanden, Black? Es ist traurig. Lilly und mein Kollege Frieder Keim sind tot. Sie können uns nicht mehr besuchen.«

Der Rabe legte den Kopf schief, als würde er über das Gesagte nachdenken.

Es entstand eine längere Pause.

Schließlich fragte Trojan: »Was hat es mit diesem Raben mit der weißen Feder auf sich?«

»Nun ja, an einem Abend, als Lilly schon schlief, erzählte mir Frieder, sie würde seit ihrer frühen Kindheit von diesem Raben träumen. Es sei ein Angsttraum. Sie und ihr Bruder allein im Wald. Beide verzweifelt und offenbar in großer Gefahr. Und dieser Rabe versucht, ihnen zu helfen. Sie war wohl der Meinung, dass der häufig wiederkehrende Traum einen wahren Ursprung habe. Sie glaubte, dem Raben tatsächlich einmal begegnet zu sein. Und nun wollten sie herausfinden, ob es möglicherweise auf Rügen gewesen sei, da ich doch hier so einen Raben mit einer einzigen weißen Feder gesehen hatte. Darum ging ich am nächsten Morgen mit den beiden los, um ihnen die Stelle an den Kreidefelsen zu zeigen. Und dabei geschah mit Lilly etwas Merkwürdiges.«

»Was?«

»Kommen Sie mit. Wir gehen am besten dorthin, wo es passiert ist.«

SECHSUNDVIERZIG

Sie verließen das Haus. Über einen Weg am Ortsrand gelangten sie in den dichten Buchenwald, der sich oberhalb der Steilküste entlangzog. Das Wetter hatte sich verschlechtert. Ein starker Wind kam auf, zerrte brausend am Geäst der Bäume.

Sie gingen gebückt und stemmten sich gegen die aufheulenden Sturmböen.

»Kennen Sie eigentlich den Schwanenstein?«, fragte Gärtner.

»Nein.«

»Der Schwanenstein ist ein Findling. Er liegt hier mitten im Meer, etwa 100 Meter östlich vom Hafen und ungefähr 20 Meter vom Strand entfernt. Das ist ein riesiger Stein. Er ist nach Schätzungen 162 Tonnen schwer und hat ein Volumen von 60 Kubikmetern. Sieben Meter lang und fünf Meter breit. Er wird auch in unserem Wappen dargestellt, ist ein Wahrzeichen von Lohme. Wenn wir nachher noch Zeit haben, können wir ihn uns ansehen.«

»Okay.«

»Es gibt eine Sage auf Rügen. Demnach werden die Babys im Sommer vom Storch gebracht und im Winter vom Schwan. Bis dahin sind die Kinder, so heißt es in der Sage, in dem großen Stein im Meer verborgen.«

»Interessant.«

»Leider gab es auch ein furchtbares Unglück, das mit ihm verbunden ist.«

»Erzählen Sie.«

»Es war in einem Winter in den 50er-Jahren. Einige Jungen aus dem Kinderheim in Lohme haben in Ufernähe auf der gerade zugefrorenen Ostsee gespielt. Das Wetter änderte sich plötzlich, Sturm kam auf und ließ das Eis brechen. Drei Jungen schafften es gerade noch, auf den Schwanenstein zu klettern. Es lief eine fieberhafte Rettungsaktion an. Doch aus dem Sturm wurde ein Orkan. Die Brandung war heftig. Verzweifelt versuchten die Rettungsleute etwas auszurichten, jedoch vergeblich. Erst am nächsten Morgen beruhigte sich das Wetter, und die Jungen konnten vom Schwanenstein geborgen werden. Aber sie waren alle drei tot.«

»Das ist furchtbar.«

»Ja. An der Steilküste verunglücken öfter Menschen. In jüngerer Vergangenheit ebenso. Darunter auch Kinder. Die Gegend hier ist zwar wunderschön, aber sie birgt ihre Gefahren.«

»Ich verstehe.«

Schweigend gingen sie weiter.

Plötzlich vernahmen sie das Krächzen von Raben.

Kroaah. Kroaah.

Der Ornithologe blieb stehen und deutete zum Himmel hinauf.

»Schauen Sie!«

Sie tauchten über den Wipfeln der Bäume auf. Groß, schwarz und majestätisch legten sie sich in den Wind, ließen sich treiben und schrien.

Kroaah. Kroaah.

»Es ist ein ganzer Schwarm«, sagte Gärtner begeistert.

Trojan sah staunend zu. Allmählich konnte er nachvollziehen, warum so viele Menschen von diesen Vögeln fasziniert waren. Sie umgab etwas Mythisches und Mystisches. Und nachdem er mit eigenen Ohren gehört hatte, dass ein Rabe wie Black sogar in der Lage war, Namen und einzelne Wörter nachzusprechen, war er ziemlich beeindruckt von der Klugheit dieser Tiere. Auch wenn sie ihm noch immer unheimlich waren.

Plötzlich erschienen sie ihm wie Boten aus einer anderen Welt, wie sie dort oben durch die Lüfte tobten und ihre krächzenden Rufe ausstießen.

Kroaah. Kroaah.

»Kommen Sie«, sagte Gärtner, und sie setzten ihren Weg fort. Der Wind brauste. Trojan schlug den Kragen seiner Jacke hoch.

Dunkel war der Wald. Mächtige Buchen mit weit ausgeschlagenen Wurzeln, knorrig und dick.

Die Raben schienen sie am Himmel zu begleiten. Ihre Rufe hallten weit.

Kroaah. Kroaah.

»Hier entlang.« Gärtner bog auf einen Pfad ein, der sie durchs Unterholz führte. Nach einer Weile erreichten sie eine Lichtung. Der Ornithologe wies auf ein altes Gemäuer, umsäumt von hohen Rotbuchen.

»Das wollte ich Ihnen zeigen«, sagte er.

Trojan blickte sich um. Das Haus war halb zerfallen. Das Dach eingestürzt, die Grundmauern mit Moos überwuchert. Aus der Mitte des Gebäudes ragte eine Birke.

»Dies war einmal ein Ferienhaus«, murmelte der Ornithologe. »Der Besitzer hat es vor einiger Zeit aufgegeben. Was eine Schande ist, denn die Lage ist einmalig. Ruhig und abgeschieden im Wald. Und bis zu den Kreidefelsen sind es nur ein paar Hundert Meter.«

Er schaute Trojan eine Weile schweigend an. Dann fuhr er mit gedämpfter Stimme fort: »Als ich hier mit Frieder Keim und Lilly vorbeikam, hielt das Mädchen plötzlich inne. Sie stand da wie vom Donner gerührt. Dann trat sie langsam auf das Haus zu.«

Gärtner nickte ihm zu, und sie näherten sich den Überresten. Der Vorgarten war von Unkraut überwuchert. Durch die leeren Fensteröffnungen fuhr klagend der Wind.

Wieder war das Geschrei der Raben zu vernehmen. Sie kreisten über ihnen. Trojan war, als wollten sie ihm etwas zurufen. Als seien sie herbeigeflogen, um dunkle Geheimnisse zu lüften. Dinge, die mit diesem verwunschenen Ort, den eingefallenen Mauern zu tun hatten, aus deren Fugen Wildgräser wucherten.

Der Vogelkundler sprach nun so leise, dass Trojan den Kopf zu ihm neigen musste. »Lilly wirkte auf einmal völlig verändert. Ihr Blick flackerte wie irr. Dann raunte sie uns zu, sie sei schon einmal an diesem Ort gewesen. In diesem Haus. ›Wann war das?‹, fragte Frieder. ›Ich weiß nicht genau‹, war ihre Antwort. ›Es muss sehr lange her sein, ich war noch ein kleines Kind. Daniel, mein Bruder, war auch hier. Und es ist etwas Schreckliches passiert.‹ ›Was denn?‹, fragte Frieder. Und dann begann sie plötzlich zu zittern und zu schreien. Frieder versuchte, sie zu beruhigen. Sie rang nach Luft, war leichenblass. Aber sie sagte kein Wort. War völlig aufgelöst.«

»Und dann?«

»Mehr weiß ich nicht. Am nächsten Morgen sind die beiden ziemlich überstürzt abgereist.«

»Sie hat also nicht gesagt, was in diesem Haus vorgefallen ist?«

»Nein. Ich glaube, es war zu entsetzlich, um darüber zu

reden. Sie war wie im Schock. Mir war beinahe, als würde sie ein frühkindliches Trauma durchleben. Als bräche plötzlich ihre Vergangenheit über sie ein und würde sie am Sprechen hindern.«

»Wissen Sie etwas über den Besitzer des Hauses?«

»Nur wenig. Er stammt nicht aus Lohme. Hat bloß an Feriengäste vermietet.«

Fröstelnd hob Trojan die Schultern und ließ seine Blicke über das alte Gemäuer wandern. »Lilly war also als Kind mit ihrem Bruder hier. Und sie sah damals den Raben mit der weißen Feder. Und dieser spukte fortan in ihren Träumen herum. Nur was geschah zu der Zeit?«

»Ich habe keine Ahnung.«

Er musterte ihn. »Sie erzählten vorhin von der Tragödie auf dem Schwanenstein. Und dass auch in jüngerer Vergangenheit in dieser Gegend öfter Menschen ums Leben kamen. Könnte es vielleicht damit zu tun haben? Wurde Lillys Trauma eventuell durch ein Unglück ausgelöst?«

Jan Gärtner schien nachzudenken. »Ja, das wäre möglich. Der Weg entlang der Steilküste ist sehr gefährlich. Es sind schon öfter Wanderer abgestürzt. Und vor einigen Jahren verunglückte in der Umgebung eine Mutter mit ihren Kindern.«

»Wo genau war das?«, fragte Trojan aufgeregt.

»Nicht weit von dem alten Ferienhaus entfernt.«

Nils packte ihn am Arm. »Zeigen Sie mir die Stelle.«

SIEBENUNDVIERZIG

Daniel keuchte. Sein Herz raste. Schweiß stand auf seiner Stirn. Fesseln schnitten sich in seine Handgelenke. Auch an den Füßen war er festgebunden. In seinem Mund steckte ein Knebel, und das Atmen fiel ihm schwer.

Es war dunkel um ihn herum. Er lag am Boden eines Kellerraums und wand sich hin und her. Er versuchte, die Stricke zu lockern, doch es gelang ihm nicht.

Er dachte an das Rabenbuch von Lilly. Die letzte Seite darin. Sie war unbedruckt, dafür mit der zierlichen Handschrift seiner Schwester vollgeschrieben. Ausführlich hatte Lilly darauf einen Albtraum notiert. Wie sie mit ihm, Daniel, als sie noch Kinder waren, durch einen finsteren Wald irrte. Raben kreisten über ihnen. Ein starker Wind blies, es donnerte in der Ferne, ein Unwetter zog heran. Ängstlich blickten sie zu den großen, schwarzen Vögeln auf, die sich von den Windböen treiben ließen. Unter ihnen war ein Rabe mit einer einzigen weißen Feder. Er rief ihnen etwas zu, als wollte er ihnen helfen.

Als Daniel diese Zeilen gelesen hatte, wusste er plötzlich, dass Lillys Albtraum einen wahren Hintergrund hatte. Vor vielen Jahren war er mit seiner Zwillingsschwester tatsächlich durch diesen Wald geirrt, und auch an den Raben mit der weißen Feder konnte er sich erinnern. Wie alt waren sie damals? Es musste sehr lange her sein. Die Umstände sah er nicht mehr deutlich vor sich, wusste weder, wo sich dieses Waldgebiet befand, noch was zuvor geschehen war. Aber er erinnerte sich daran, dass sich die Bäume plötzlich lichteten, und mit einem Mal standen sie an einer Klippe. Sie hielten sich bei den Händen, verängstigt und verzweifelt, und starrten in die Tiefe hinab. Dort unten tobte das Meer, die Brandung war gewaltig. Die Raben über ihnen schienen sie warnen zu wollen.

Kroaah, *kroaah*, riefen sie.

In diesem Moment erblickten sie jemanden am Abgrund. Umspült von den Wellen. Eine menschliche Gestalt. Leblos. Am Fuße der Klippen.

Kroaah, *kroaah*, gellten die Rufe der Raben.

Lilly weinte. Daniel schrie.

Und einer der Raben, der mit der weißen Feder, stieß zu ihnen herab.

ACHTUNDVIERZIG

Sie waren nun auf dem Hochuferweg am Stubbenhorn. Jan Gärtner hatte ihn dicht an die Kreidefelsen herangeführt. Die Klippen fielen vor ihnen ab, und Trojan wurde leicht schwindlig, als er in die Tiefe schaute.

Heftige Windböen zerrten an ihm, und er hatte Mühe, aufrecht zu stehen.

Der Vogelkundler schrie gegen den Sturm an: »Hier war es. An dieser Stelle ist vor einiger Zeit eine Mutter mit zwei kleinen Kindern verunglückt. Sie wurden von einem heftigen Unwetter überrascht. Der Leichnam der Frau konnte später aus dem Meer geborgen werden. Die Leichen der Kinder fand man jedoch nicht. Vermutlich wurden sie von der starken Strömung weit abgetrieben. Allerdings entdeckte man am Ufer Kleidungsstücke von ihnen. Und auch ihr Kinderwagen wurde angespült.«

»Wann genau war das?«, fragte Trojan.

»Das muss vor etwa 15 Jahren gewesen sein. Es war eine furchtbare Tragödie.«

Trojan trat instinktiv einen Schritt von der Felskante zurück. Krachend schlugen unten die Wellen auf. Die aufgewühlte Ostsee toste. Der Wind heulte in den Buchen, die bis an die Steilküste heranragten.

Auf einmal hörten sie Schreie aus der Luft.

»Da«, rief Jan Gärtner und wies nach oben.

Über ihnen kreiste ein einziger Rabe, das Gefieder vom

Wind zerzaust. Er legte sich in die Böen und ließ sich treiben. Auf einmal schoss er zu ihnen herab, und Trojan erkannte die eine weiße Feder an seinem Flügel.

»Das ist er«, brachte der Ornithologe begeistert hervor. »Dieser eine besondere Rabe, von dem ich Frieder und Lilly erzählt hatte. Raben sind sehr revierbewusst. Wo sie sich einmal niedergelassen haben, bleiben sie auch. Und sie können sehr alt werden. Wer weiß, vielleicht ist das tatsächlich der Rabe, den Lilly einmal als Kind gesehen und von dem sie immer wieder geträumt hat.«

Wie gebannt beobachtete Trojan den majestätischen Vogel, bis er krächzend über den Wipfeln der Bäume verschwand.

Auf einmal verspürte Nils ein Kribbeln in seinen Fingern. Er hatte das vage Gefühl, kurz vor der Auflösung des Falls zu stehen.

Es gab keinen Zweifel, die Spur führte nach Rügen. Aber würde sich das Rätsel um Lillys Vergangenheit letztendlich auch auflösen? Er hoffte es inständig.

Gärtner griff nach seinem Arm und riss ihn aus seinen Gedanken.

»Wir müssen zurück. Das Unwetter könnte gefährlich werden.«

Und so zog er Trojan vom Rand der Klippen. Sie stemmten sich gegen den Wind und traten den Heimweg an.

NEUNUNDVIERZIG

Der Sturm war heftiger geworden, und es regnete in Strömen. Sie waren bereits ziemlich durchnässt, als sie vor dem Haus des Vogelkundlers ankamen.

Auf einmal hatte es Trojan sehr eilig. Er reichte Gärtner die Hand. »Ich muss mich jetzt verabschieden.«

»So schnell? Wollen Sie sich denn nicht einen Moment bei mir aufwärmen?«

»Ich muss ein paar Recherchen anstellen.«

Jan Gärtner schaute ihn bedauernd an. »Schade. Ich hätte Ihnen nämlich gern einen guten Kräuterschnaps angeboten. Ist das einzig Sinnvolle bei diesem Wetter.«

»Tut mir leid. Ich muss weiter.«

»Also gut. Dann auf Wiedersehen.«

»Und vielen Dank. Sie haben mir sehr geholfen.«

»Keine Ursache.«

Trojan nickte ihm zu und ging zu seinem Wagen. Er setzte sich ans Steuer, startete den Motor und fuhr los.

Mittlerweile war es Abend geworden, und er schaltete die Scheinwerfer ein. Der Regen trommelte aufs Wagendach, die Scheibenwischer schrammten im höchsten Intervall über die Windschutzscheibe. Die Sicht war schlecht, und Trojan hatte Mühe, den Ortsausgang zu finden.

Schließlich erreichte er die schmale Straße, die ihn vorbei an Feldern und kleinen Gehöften zurück auf die L303 führte. Kurz darauf bog er auf die L30 ein. Hinter Sagard kam er zurück auf die B96, wo er etwas schneller fahren konnte.

In seinem Kopf überschlugen sich die Gedanken. Sollte er sich irren, oder hatte ihm der Ornithologe aus Lohme den entscheidenden Hinweis gegeben? Nur ruhig, dachte er, einen Schritt nach dem anderen.

Nach einer halben Stunde hatte er Bergen auf Rügen erreicht.

Das Polizeihauptrevier befand sich in der Wasserstraße, wie er auf seinem Smartphone herausgefunden hatte. Er folgte den Anweisungen auf seinem Navi und hielt schließlich vor dem betreffenden Gebäude.

Trojan ging hinein und zeigte seinen Dienstausweis bei einem uniformierten Beamten am Empfang vor. »Ich bin Hauptkommissar Nils Trojan vom LKA Berlin. Ich brauche dringend Ihre Mithilfe.«

»Worum geht es denn?«, fragte der Beamte, welliges Haar, pausbäckig, leicht übergewichtig.

»Ich ermittle in drei Mordfällen. Es gibt eine Spur, die nach Rügen führt. Und zwar handelt es sich um das Unglück, das sich vor etwa 15 Jahren am Stubbenhorn an der Steilküste ereignet hat. Eine Mutter ist mit ihren beiden Kindern von den Klippen gestürzt. Ihre Leiche konnte geborgen werden, die der Kinder nicht. Ich benötige die Namen der Opfer und weitere Hinweise.«

Der Uniformierte runzelte die Stirn. »Da müssten Sie mal mit Kommissar Leitner reden. Einen Moment bitte.«

Er erhob sich vom Empfangstresen und verschwand für eine Weile. Trojan wurde immer ungeduldiger.

Vielleicht stellte sich ja alles als völlig nichtig heraus. Möglich, dass Lilly von diesem Raben mit der weißen Feder nur fantasiert hatte und einem belanglosen Hirngespinst aufgesessen war. Bei den Ermittlungen hatte es schon so viele Rückschläge gegeben, dass es nicht weiter verwunderlich wäre, wenn sich auch die Reise nach Rügen als vergeblich erwiese.

Nils zwang sich, ruhiger zu atmen. Nervös federte er auf den Fußsohlen auf und ab. Durch seine Schuhe war Regenwasser gedrungen, wahrscheinlich würde er sich noch einen Schnupfen holen.

Endlich kam der Uniformierte zurück. »Kommissar Leitner kann Sie jetzt empfangen. Den Flur runter und dann links.«

Er öffnete eine Sicherheitstür und ließ Trojan passieren.

Nils eilte den Flur entlang. Er klopfte an die Tür, an der ein Schild mit dem Namen des Kommissars angebracht war. Dann trat er ein.

Leitner war ein drahtiger Typ in den 50ern. Straffer Seitenscheitel, wacher Blick.

»Guten Abend«, sagte er freundlich.

»Hallo. Nils Trojan mein Name.«

»Ein Kollege aus Berlin, ja?«

»Richtig.«

»Die Kripo auf Rügen ist eher bescheiden besetzt. Wir haben natürlich nicht ganz so viele Fälle wie Sie in der Hauptstadt.« Er wies auf einen Stuhl vor seinem Schreibtisch. »Nehmen Sie doch bitte Platz.«

Trojan setzte sich und kam gleich zur Sache. Er wiederholte sein Anliegen, und Leitner hörte aufmerksam zu.

»Ich erinnere mich vage an den Vorfall am Stubbenhorn«, sagte er schließlich. »Aber meines Wissens lag damals nichts Ungewöhnliches vor. Es war ein tragischer Unfall, mehr nicht.«

»Ich brauche dennoch ein paar Einzelheiten.«

Leitner klapperte auf der Tastatur seines Computers. »Na,

dann wollen wir doch mal sehen, was ich für Sie tun kann.« Schweigend betrachtete er den Bildschirm. »Die Akte liegt mir vor. Was genau wollen Sie denn wissen?«

»Zunächst einmal das Datum des Unglücks.«

Er nannte es ihm. Es lag tatsächlich 15 Jahre zurück.

»Außerdem benötige ich die Namen der ertrunkenen Personen.«

»Die Mutter war eine gewisse Katharina Kollbusch. Sie war Gast in einem Ferienhaus in der Nähe von Lohme.«

»Ist es das Haus, das mittlerweile zerfallen ist?«

»Soweit ich informiert bin, ja.«

»Wie hießen die Kinder?«, fragte Trojan.

»Das waren Miranda und Marvin Kollbusch. Sie wurden einige Zeit nach dem Unglück für tot erklärt. Kleidung von ihnen wurde im Meer gefunden. Und auch ein Kinderwagen wurde angespült. Ihre Leichen aber fand man nicht. Sie waren zum Zeitpunkt des Unglücks drei Jahre alt.« Leitner holte tief Luft, dann fügte er beiläufig hinzu: »Es waren übrigens Zwillinge.«

Trojan war auf einmal wie elektrisiert. »Zwillinge?«

Der Kommissar nickte.

Nils spürte, wie sich sein Herzschlag beschleunigte. »Was ist mit dem Vater von Miranda und Marvin?«

»Er war damals bereits von der Mutter der Kinder getrennt.«

»Also war er nicht dabei, als sich der Unfall ereignete?«

»Nein. Er musste herkommen, um den Leichnam seiner Exfrau zu identifizieren. Und Sie können sich ja vorstellen, wie furchtbar das ist. Eine Tote, die lange Zeit im Meer getrieben hat, aufgedunsen, von Raubfischen angefressen. So etwas wünscht man seinen ärgsten Feinden nicht.« Leitner blickte vom Monitor auf. »Ich erinnere mich jetzt, dass ich damals mit dem Mann gesprochen habe. Er war völlig fertig. Dazu auch noch die Nachricht, dass für seine Kinder keine Hoffnung mehr besteht. Er war mit den Nerven am Ende.«

»Wie ist sein Name?«

»Hans Kollbusch. Er lebt in Hamburg.«

Trojan erhob sich von seinem Stuhl. »Geben Sie mir bitte seine Kontaktdaten!«

Er eilte aus dem Polizeirevier und setzte sich in seinen Dienstwagen. Das Unwetter tobte noch immer. Die Scheiben beschlugen von seinem Atem, der Regen prasselte unaufhörlich auf den BMW herab.

Trojan nahm sein Handy hervor und tippte die Nummer ein, die ihm Leitner gegeben hatte.

Das Freizeichen ertönte. Mehrmals. Es dauerte quälend lange. Endlich wurde abgehoben.

»Hallo?«

»Nils Trojan, mein Name. Ich bin vom Landeskriminalamt Berlin. Spreche ich mit Hans Kollbusch?«

»Ja.«

»Lassen Sie es mich kurzfassen. Es geht um Ihre Kinder aus der Ehe mit Katharina Kollbusch.«

Stille am anderen Ende.

»Sind Sie noch dran?«

Die Stimme klang belegt. »Miranda und Marvin sind verstorben.«

»Sie wurden offiziell für tot erklärt, ich weiß.«

»Was wollen Sie dann von mir?«

»Ich würde Ihnen gerne zwei Fotos schicken. Es sind die Aufnahmen einer 18-Jährigen und ihres Zwillingsbruders.«

»Aber wozu?«

»Ihre Kinder wären zum jetzigen Zeitpunkt volljährig.«

»Ja, aber ich sagte doch … Sie sind nicht mehr am Leben. Das Unglück auf Rügen, diese furchtbare Tragödie …«

»Darüber bin ich informiert. Schauen Sie sich die Fotos dennoch an. Geben Sie mir bitte Ihre Mail-Adresse, damit ich sie Ihnen gleich schicken kann.«

»Ich verstehe das nicht.«

»Es handelt sich um eine polizeiliche Ermittlung.«

Erneute Stille.

Trojan atmete durch. »Hören Sie, auch wenn das überraschend für Sie kommt … Kann ich auf Ihre Mithilfe zählen?«

»Also wenn es unbedingt sein muss.«

»Es ist äußerst dringend.«

Hans Kollbusch nannte ihm seine E-Mail-Adresse.

Trojan gab sie in sein Mobiltelefon ein und schickte ihm die aktuellen Fotos von Lilly und Daniel.

Gespannt wartete er ab.

»Sind die Bilder eingetroffen?«, fragte er nach einer Weile.

Er vernahm Atemgeräusche.

»Herr Kollbusch?«

»Ja?«

»Haben Sie die Fotos?«

»Ich schaue sie gerade an.«

»Was meinen Sie dazu?«

Pause.

Trojan spürte, wie sein Puls anstieg. »Würden Sie die beiden wiedererkennen?«

»Ehrlich gesagt bin ich verwirrt.«

»Achten Sie nur auf die Augen. Und auf die Gesichtsform.«

»Ich kann eine Ähnlichkeit ausmachen. Eine große Ähnlichkeit sogar. Aber wie ist das denn möglich?«

Trojan schluckte. Was sollte er jetzt tun? Es galt, keine Zeit zu verlieren.

»Ich rufe Sie später wieder an.«

Seine Hand zitterte. Schließlich unterbrach er die Verbindung. Rasch wählte er die Nummer von Carlotta.

Erneutes Freizeichen. Einmal. Zweimal. Ein drittes Mal.

Doch niemand hob ab.

Komm schon, dachte er unruhig. Geh ran. Geh endlich ran.

FÜNFZIG

Eine Stunde zuvor

Carlotta saß vor ihrem Rechner und stützte erschöpft den Kopf in die Hände. Die Suche nach Daniel Steiner war bisher ergebnislos verlaufen. Der Chef war darüber erzürnt, hatte sie am Nachmittag in sein Büro bestellt und ihr Vorwürfe gemacht.

Nun versuchte sie verzweifelt, ihre Gedanken zu ordnen. Wer könnte nach der Ermordung von Lilly, Roger Braun und Frieder Keim ein Interesse haben, nun auch noch Daniel verschwinden zu lassen?

Der Junge muss etwas Wichtiges herausgefunden haben, dachte sie. Das war die einzige Möglichkeit. Sein Anruf gestern Abend. Er wollte mit ihr sprechen. Und das hatte entweder mit Lillys Verschwinden oder den Morden oder sogar beidem zu tun.

Es war ärgerlich, dass sie zu dem Zeitpunkt telefonisch nicht erreichbar gewesen war. Und ihren Rückruf hatte er nicht mehr entgegennehmen können. Hätte sie noch in der Nacht zu ihm fahren sollen?

Es war müßig, darüber nachzugrübeln. Wer weiß, vielleicht wäre sie ohnehin zu spät gekommen. Jemand hatte dafür gesorgt, dass sein Handy tot war. Und das verhieß nichts Gutes.

Für Daniel stand das Schlimmste zu befürchten. Mit jeder Minute sank die Wahrscheinlichkeit, dass er überhaupt noch am Leben war.

Auch die Durchsuchung in seinem und Lillys Zimmer hatte nichts ergeben. Was könnte er nur entdeckt haben? Woran hatte er sich möglicherweise erinnert? War er eventuell auf einen Hinweis gestoßen, der den Mörder entlarven konnte?

Seufzend spielte Carlotta erneut die Überwachungsvideos aus der Charité ab. Seit mehr als einer Stunde überprüfte sie nun jede einzelne Sequenz aus dem Eingangsbereich. Der Täter war wie ein Phantom. Völlig unbemerkt hatte er sich in das Krankenhaus geschlichen und war nach den Morden wieder verschwunden.

Es war bedauerlich, dass es keine Aufnahmen von der Station gab. Das war ja aus datenschutzrechtlichen Gründen untersagt. Dieses äußerst knappe Zeitfenster, dachte sie. Der Moment, da Miriam Steiner die Waschräume aufgesucht hatte. Es muss blitzschnell passiert sein. Wie kaltblütig der Mörder vorgegangen war. Er betritt den Flur. Vermutlich als Arzt oder Pfleger getarnt. Ersticht den Wachpolizisten, dann Lilly. Und danach löst er sich in Nichts auf.

Sie stoppte das Bild. So kam sie nicht weiter. Das Beste wäre wohl, noch einmal mit Lillys Mutter zu sprechen. Vielleicht konnte sie sich ja doch noch an irgendetwas Ungewöhnliches erinnern, dass sich kurz vor oder nach den Morden auf der Krankenstation abgespielt hatte.

Carlotta verließ das Kommissariat, überquerte den Hof und stieg in ihren Bulli.

Tief in Gedanken versunken fuhr sie nach Weißensee. Nach einer halbstündigen Fahrt hielt sie vor dem Haus der Familie Steiner. Gleich darauf läutete sie an der Eingangstür.

Es dauerte nicht lange, bis ihr Miriam Steiner öffnete. Sie sah blass aus. »Wissen Sie etwas Neues über Daniel?«, platzte es aus ihr heraus.

»Leider nicht. Aber ich hätte noch an ein paar Fragen an Sie.«

»Also gut. Kommen Sie herein.«

Sie gingen ins Wohnzimmer. Miriam Steiner nahm auf dem ausladenden Sofa vor dem Panoramafenster zum Garten Platz. Carlotta setzte sich in einen der beiden Sessel. Auf dem gläsernen Couchtisch stand ein bronzener Kerzenständer, der ihr schon bei ihrem letzten Besuch aufgefallen war. Er wirkte schwer und massig.

Sie blickte sich um. »Ist Ihr Mann nicht zu Hause?«

»Er ist ins Büro gefahren. Er meinte, es sei besser für ihn, sich in die Arbeit zu stürzen. Das würde ihn ablenken.«

»Finden Sie das nicht merkwürdig? Er sollte doch hier sein, falls Daniel wiederauftaucht.«

»Robert hat es zu Hause nicht mehr ausgehalten. Die Warterei macht ihn verrückt. Mich übrigens auch.«

»Glauben Sie mir, wir tun alles, um Ihren Sohn zu finden.«

Ihre Stimme war brüchig. »Gibt es überhaupt noch Hoffnung für ihn?«

»Natürlich.«

Es wurde bedrückend still im Raum.

Carlotta sammelte sich einen Moment. Dann sagte sie: »Bitte versuchen Sie, sich noch einmal genau an die Nacht zu erinnern, als Ihre Tochter ermordet wurde. Gibt es vielleicht etwas, dass Sie bisher nicht erwähnt haben? Der Täter muss in dem Augenblick auf die Krankenstation gekommen sein, als Sie die Tür zu den Waschräumen hinter sich zuzogen. Ihm blieb nicht viel Zeit. Er muss in Sekundenschnelle gehandelt haben.«

Miriam Steiner seufzte. »Es fällt mir schwer, darüber nachzudenken.«

»Tun Sie es dennoch. Es könnte wichtig sein.«

Sie schwieg.

Carlotta setzte nach. »Wie lange waren Sie auf der Toilette?«

»Das habe ich Ihnen doch längst alles erzählt.«

»Ich möchte es noch einmal gemeinsam mit Ihnen durchgehen.«

»Es waren vielleicht fünf Minuten.«

»Der Mörder muss hinter der Glastür gelauert haben, die zu den Aufzügen und dem Treppenhaus führt. Fiel Ihnen dort irgendetwas auf Ihrem Weg zu den Waschräumen auf?«

»Nein.«

»Ein Schatten? Ein Schemen? Irgendeine Bewegung?«

»Nichts.«

»Und als Sie zurückkamen?«

»Ich sah bloß den Wachpolizisten, zusammengesunken auf seinem Stuhl. Und dann das Blut überall.«

Es entstand eine Pause. Miriam Steiner rieb sich mit dem Handrücken über das Kinn.

Carlotta atmete durch. »Ich halte es für sinnvoll, den Mord an Ihrer Tochter und an Frieder Keim einmal aus einer ganz anderen Perspektive zu betrachten. Denn nun ist ja auch noch Ihr Sohn verschwunden.«

»Aus einer anderen Perspektive? Wie meinen Sie das?«

»Daniel steckt irgendwie in der Geschichte mit drin. Und das lässt den Fall in einem neuen Licht erscheinen.«

»Das sind doch nichts als Theorien. Was haben Sie eigentlich bisher unternommen? Gar nichts. Sie reden und reden. Und währenddessen geht meine Familie zugrunde.« In einer theatralischen Geste rang sie die Hände. »Wenn ich nur endlich meinen Frieden wiederhätte. Nimmt das Unglück denn kein Ende? Was habe ich nur verbrochen?«

»Ich verstehe ja, dass Sie aufgewühlt sind.«

»Quälen Sie mich nicht weiter mit Ihren Fragen.«

»Vielleicht haben wir etwas übersehen. Allmählich kommt mir der Verdacht, dass sich letztendlich alles komplett anders abgespielt haben könnte, als mein Kollege und ich es bisher vermuteten. Möglicherweise wurde Ihre Tochter überhaupt nicht von Keim in dieser Hütte festgehalten. Mal angenommen, sie war die ganze Zeit freiwillig bei ihm.«

»Aber das wäre doch völlig unvernünftig von ihr gewesen. Warum hätte Sie sich einem wildfremden Menschen anvertrauen sollen?«

»So fremd war er ihr nicht. Ihr Biologielehrer Andreas Sawall stellte die Verbindung zu dem Forscher her. Es ging um Lillys große Faszination für Raben. Frieder Keim hat ein Buch über diese Vögel geschrieben. Ihre Tochter hat es gelesen. Wussten Sie denn nicht davon?«

Die Antwort kam prompt. »Nein.«

»Sind Sie sicher?«

»Ich weiß nicht, worauf Sie hinauswollen.«

»Folgende Überlegung: Lilly sucht Keim in seiner Hütte auf und ist begeistert von seinen Forschungen. Also beschließt sie, bei ihm zu bleiben, um sich wie er der Beobachtung von Raben zu widmen. Wer hätte also ein knappes Jahr später ein Interesse daran, die beiden umzubringen? Und warum verschwindet Daniel kurz darauf? Welches Geheimnis verbirgt sich hinter Lillys übersteigertem Interesse für Raben und ihrer Verbindung zu diesem Vogelkundler? Und was hat Daniel damit zu tun?«

Miriam Steiner bewegte unwirsch den Kopf. »Woher soll ich das wissen? Sie sind die Ermittlerin, nicht ich.«

»Gibt es irgendetwas, das Lilly herausgefunden hat? Etwas,

das sie nicht erfahren sollte? Und hat vielleicht auch Daniel davon Wind bekommen?«

»Ich kann Ihnen diese Fragen nicht beantworten.«

Carlotta ließ nicht locker. »Lillys Leidenschaft für Raben. Woher kam die eigentlich? Sie war ja beinahe besessen von diesen Vögeln. Daniel sagte mir, sie habe sogar geglaubt, ihre Sprache zu verstehen.«

»Das ist doch Unsinn.«

»Sie als Mutter müssten doch eine Ahnung haben, wo diese obsessive Beschäftigung mit den Raben herrührte. Hat denn Lilly nie mit Ihnen darüber gesprochen?«

»Nein.«

Sie lügt, durchfuhr es Carlotta.

In diesem Moment klingelte ihr Handy. Sie zog es hervor und sah auf das Display.

»Entschuldigen Sie. Da muss ich rangehen.« Sie nahm den Anruf entgegen. »Hallo?«

Sie vernahm Trojans Stimme am anderen Ende. »Carlotta?«

»Ja?«

»Wo bist du gerade?«

»Bei Miriam Steiner.«

Sie hörte, wie er tief Luft holte. »Ich bin auf einen wichtigen Hinweis gestoßen.«

»Worum geht es?«

»Bitte hör mir genau zu«, raunte er. »Ich weiß jetzt, warum wir den Mörder nicht auf den Überwachungsvideos in der Charité entdecken konnten.«

Carlotta war verblüfft. »Wieso nicht?«

Und dann erzählte ihr Trojan etwas, das sie wie ein Fallbeil traf.

EINUNDFÜNFZIG

Nachdem ihr Nils in knappen Worten berichtet hatte, was er in Lohme und Bergen herausgefunden hatte, beendete Carlotta das Gespräch und steckte das Handy ein.

»Sind Sie jemals auf Rügen gewesen?«, fragte sie möglichst beiläufig.

Miriam Steiner schaute sie stirnrunzelnd an. »Wieso wollen Sie das wissen?«

»Mein Kollege ist gerade dort.«

»Ja und?«

»Es geht um Ihre Kinder.«

»Ich verstehe nicht.«

»Lilly wurde tatsächlich nicht entführt. Erst kürzlich war sie mit Frieder Keim auf Rügen, um mit seiner Hilfe Nachforschungen anzustellen. Sie versuchte herauszubekommen, was sich dort vor vielen Jahren abgespielt hat.«

Stille.

Die Mimik von Miriam Steiner schien zu gefrieren.

Carlotta erhob sich aus dem Sessel. »Sagen Sie mir die Wahrheit. Was ist mit Ihren Kindern geschehen?«

Sie rührte sich nicht.

»Antworten Sie!«

Keine Reaktion.

Carlotta straffte die Schultern.

Doch Miriam Steiner schwieg.

»Erzählen Sie mir von Ihren Kindern.«

Nichts.

»Es ist zwecklos, es zu leugnen. Hauptkommissar Nils Trojan hat mir soeben berichtet, was sich am Stubbenhorn zugetragen hat.«

Irgendwo im Zimmer tickte eine Uhr. Carlottas Nerven waren aufs Äußerste gespannt.

Die Miene von Miriam Steiner jedoch blieb reglos wie eine Maske.

Carlotta versuchte es erneut. »Was ist mit Lilly und Daniel passiert?«

Plötzlich veränderte sich ihr Gesichtsausdruck. Es war, als würde etwas in ihr nachgeben. Ihre Fassade schien zu bröckeln.

Abrupt stand sie auf. »Eines müssen Sie wissen. Ich habe meine Kinder immer geliebt. Sie waren mein Ein und Alles. Als ich die Zwillinge zur Welt brachte, war ich der glücklichste Mensch auf Erden.«

»Das glaube ich Ihnen gern. Aber es muss noch etwas vorgefallen sein. Und darüber möchte ich mehr erfahren.«

Miriam Steiner ballte die Hände zu Fäusten.

»Ich bin für Sie da«, murmelte Carlotta. »Und ich denke, es wird Ihnen helfen, Ihr Schweigen endlich zu brechen.«

In ihr schien es zu arbeiten. An ihrer Schläfe pulsierte eine Ader. Doch sie presste die Lippen aufeinander. Ihr Atem ging stoßweise.

»Hören Sie, es ist das Beste, was Sie tun können. Einfach nur reden.«

»Wozu sollte das gut sein?«

»Es wird eine Last von Ihnen abfallen.«

»Ach ja?«

»Es wird Sie erleichtern.«

Unwillig schüttelte sie den Kopf.

Ruhig, dachte Carlotta, nur ruhig. Sie nicht unnötig unter Druck setzen.

Und plötzlich begann Miriam Steiner, von ihrer Vergangenheit zu sprechen. Anfangs zögernd. Nach einer Weile aber brach es regelrecht aus ihr heraus. Ihre Stimme hatte einen merkwürdigen Klang, wehmütig, voller Melancholie.

ZWEIUNDFÜNFZIG

Reden, dachte sie. Ja, sich alles von der Seele reden. Es war wie eine Befreiung. In letzter Zeit hatte sie geahnt, dass es irgendwann so weit sein könnte. Eines Tages würde doch noch ans Licht kommen, was, wie sie sich geschworen hatte, für immer im Verborgenen bleiben sollte.

Also, warum nicht nachgeben und die Wahrheit sagen? All die Jahre zu lügen und sich zu verstellen hatte sie unendlich viel Kraft gekostet.

Miriam Steiner atmete durch, und die Worte kamen ihr wie von selbst über die Lippen.

Sie hatte doch nur aus Liebe gehandelt. Aus reiner Liebe zu ihren Kindern.

Ihre entzückenden Zwillinge. Was für eine Freude es damals gewesen war, sie heranwachsen zu sehen. Wie hübsch Lilly und Daniel waren. Sie kleidete sie stets im Partnerlook. Trug Lilly einen blauen Pulli, zog sie auch Daniel so einen an. Suchte sie für ihre Tochter einen roten Rock aus, schmückte sie ihren Sohn mit einer Hose im gleichen Farbton. Jeden Morgen kämmte sie zunächst Lilly das Haar, dann ihrem Bruder.

Sie gab den beiden einen Kuss und trat mit ihnen hinaus in den Garten. Es war schön, ihnen beim Spielen zuzuschauen. Oftmals hielten sich ihre Kinder bei den Händen und lächelten sie an. Sie hätte weinen können vor Glück. Die ersten drei Jahre mit den Zwillingen waren die besten ihres Lebens.

Bis sich die schreckliche Tragödie ereignete. Alles, was sie danach unternahm, war nur der hilflose Versuch, die Fassade aufrechtzuerhalten. Die Fassade einer glücklichen Familie.

Robert war damals auf einer Geschäftsreise. Es war ein heißer Sommer, jeden Tag kletterte das Thermometer auf über 30 Grad. Zu dem Haus, in dem sie zu der Zeit lebten, gehörte ein Pool. Der sorgte für angenehme Erfrischung. Miriam war eines Nachmittags ein paar Bahnen geschwommen, danach machte sie es sich auf der Gartenliege gemütlich. Sie trank einen Eistee und blätterte in einer Illustrierten, während die Zwillinge im Sandkasten spielten, den Robert für sie gebaut hatte. Ermattet von der Hitze nickte Miriam irgendwann ein.

Es war still im Garten, als sie erwachte. Totenstill. Es brauchte eine Weile, bis sie wieder ganz bei sich war. Doch dann schreckte sie hoch.

Wo waren die Kinder?

Sie sprang auf und ging nachsehen. Im Buddelkasten lagen nur noch die Förmchen, Eimer und Schaufeln.

Die Wiese vor den Obstbäumen. Leer.

Auf der Terrasse. Niemand.

Waren sie zurück ins Haus gegangen?

Sie rief nach ihnen.

»Lilly? Daniel?«

Kein Laut war zu vernehmen. Selbst der Gesang der Vögel war verstummt.

Dann fiel ihr Blick auf den Pool. Und sie sah etwas, das einfach nicht sein durfte. Miriam wollte schreien, aber kein Laut drang aus ihrer Kehle.

Sie war wie gelähmt.

Die Zwillinge trieben kopfunter auf dem Wasser.

Endlich konnte sie sich aus ihrer Erstarrung lösen und

sprang vom Beckenrand hinein, zog erst die kleine Lilly heraus, dann Daniel.

Doch jede Hilfe kam zu spät. Die beiden Dreijährigen waren tot. In diesem Moment zerbrach etwas in ihr. Sie wollte nicht wahrhaben, was geschehen war. Das Glück ihres Lebens durfte nicht zerstört werden.

Sie verharrte ein paar Minuten. Plötzlich aber setzte sie sich in Bewegung, ruckartig, wie ferngesteuert, als habe ein bisher unbekannter Bereich in ihrem Gehirn das Kommando übernommen. Sie ging in die Garage und suchte die Plane heraus, mit der Robert im Herbst den Pool abdeckte. Sie nahm ein Teppichmesser zur Hand. Völlig apathisch, abgetrennt von ihren Emotionen, ließ sie die Klinge aus dem Schaft herausspringen. Als sie wieder bei ihren toten Kindern war, kniete sie nieder.

Sie schnitt die Plane mit dem Messer in zwei Hälften. Sie wickelte Lilly in die eine, Daniel in die andere. Mit Tape verklebte sie die beiden Bündel. Dann hob sie ihre Kinder an. Sie staunte, wie leicht sie waren. Beinahe mühelos konnte sie sie zu ihrem Wagen tragen und in den Kofferraum legen. Danach holte sie einen Spaten aus der Garage und verstaute ihn ebenfalls im Auto.

Sie stieg ein und fuhr los. Ziellos irrte sie durch die Gegend. Kilometer um Kilometer legte sie zurück. Schließlich hatte sie Berlin weit hinter sich gelassen. Die Sonne war bereits untergegangen, als sie in einen Forstweg einbog und tief in den Wald vordrang.

Nach einer Weile hielt sie an, öffnete den Kofferraum und trug ihre Last ins Unterholz. Mit dem Spaten hob sie ein Grab für ihre Kinder aus. Sie arbeitete zielstrebig und kühl, jegliche Gefühle waren aus ihr gewichen. Sie tat nur, was getan werden musste.

Zurück auf der Landstraße deaktivierte sie den Flugmodus auf ihrem Handy. Robert hatte ihr eine Nachricht hinterlassen. Sie unterbrach kurz ihre Fahrt, um ihn zurückzurufen. Höflich erkundigte sie sich nach seinen Terminen, den zahlreichen Geschäftsessen und der anschließenden Tagung. Sie wusste, er würde noch eine Zeit lang unterwegs sein. Er klang zufrieden, die Stimmung in seiner Firma war gut.

»Wie sieht es bei dir aus?«, fragte er. »Alles in Ordnung?«

Sie bejahte.

»Sind die Kinder schon im Bett?«

Die Antwort kam ihr problemlos von den Lippen. »Lilly und Daniel schlafen tief und fest.«

»Gib ihnen einen Kuss von mir.«

»Mach ich.«

»Du fehlst mir.«

»Du mir auch.«

Sie legte auf und fuhr weiter durch die Nacht. Sie verspürte keine Müdigkeit. Hatte kein Ziel. Ihr Herz war wie versteinert. Keine Gefühlsaufwallung, weder Trauer noch Verzweiflung, nichts regte sich in ihr. Wenn sie auf Dauer so tat, als sei nichts Ungewöhnliches passiert, ließe sich das Unheil auslöschen, davon war sie überzeugt.

Am Straßenrand machte sie Pause, ließ die Lehne des Fahrersitzes herunter und schlief für ein paar Stunden, dumpf, traumlos, bis der Morgen herandämmerte. Danach setzte sie ihre Reise fort.

Bald darauf hatte sie Rügen erreicht. Es war eigentlich nicht ihre Absicht gewesen, auf die Insel zu fahren. Doch irgendein Bereich in ihrem Unterbewusstsein hatte sie wohl hierhergeführt. Freunde von Robert und ihr besaßen in der Nähe von

Lohme ein Ferienhaus. Miriam wusste, unter welchem Stein im Garten sie einen Zweitschlüssel aufbewahrten.

Also steuerte sie den Nordosten der Insel an und quartierte sich heimlich in dem Haus ein. So verbrachte sie einige Tage an der Ostsee. Sie wanderte durch den dichten Buchenwald, nahm den Weg an der Steilküste entlang.

Einmal war sie kurz davor, sich von den Klippen zu stürzen. Aber wäre das nicht ein Schuldeingeständnis? Sie hatte doch beschlossen, den Anschein ihres Glücks zu bewahren. In ihrer Familie gab es keinen Schicksalsschlag. Die Tragödie hatte nicht stattgefunden. Der tödliche Unfall, ihr Versagen waren ausgemerzt.

Sie sollte lieber lächeln. Es war ihre Pflicht, eine heitere Miene aufzusetzen. Negative Stimmungen hatten keinen Platz in ihrem Leben. Sie war eine begünstigte Person, von einer strahlenden Aura umgeben. Glanz sollte in ihren Augen sein, Kraft in ihrer Mitte.

Energisch schritt sie voran. Sie hob das Kinn, straffte den Rücken.

In einiger Entfernung sah sie eine junge Mutter mit ihren Kindern am Wegrand sitzen. Sie schienen ein Picknick zu machen. Miriam näherte sich ihnen. Im Schutze eines Baumes blieb sie stehen, um die Kleinen zu beobachten. Es waren ein Mädchen und ein Junge, offenbar im selben Alter wie Lilly und Daniel.

Da geschah etwas mit ihr. Der Anblick versetzte ihr einen Stich. Wie hübsch die beiden waren. Kurzzeitig flackerte die Szene am Pool vor ihr auf. Mit einem Ratschen zerschnitt das Teppichmesser die Plane aus Plastik. Und dann sah sie wieder vor sich, wie sie mit dem Spaten das Grab ausgehoben hatte.

Wie flüchtig das Glück war. Zwei junge Menschenseelen, so schnell ausgelöscht. Es darf nicht sein, durchfuhr es sie. Abermals zwang sie sich zu einem Lächeln.

Sie trat näher und sprach die Mutter an. »Herrliches Wetter, nicht wahr?«, sagte sie.

Die Frau mit den Kindern blickte zu ihr auf. »Ja, es ist wunderschön.«

Miriam wies hinaus aufs Meer. »Und diese Aussicht.«

»Großartig.«

»Passen Sie auf Ihre Kinder auf. Die Steilküste ist ja nicht gesichert.«

»Ich habe immer ein Auge auf sie.«

»Das ist auch gut so. Man kann in dieser Gegend nicht vorsichtig genug sein.« Sie reichte ihr die Hand. »Ich bin übrigens Miriam Steiner.«

Die Frau, zierlich, brünett, in einem hellen Sommerkleid, erhob sich. »Katharina Kollbusch.«

»Sehr angenehm.« Nach der Begrüßung wandte sich Miriam den beiden Kindern auf der Picknickdecke zu. »Ihre Kleinen sind entzückend.«

»Danke.«

»Wie heißen sie?«

»Miranda und Marvin. Es sind Zwillinge. Drei Jahre alt.«

Was für ein Zufall, dachte Miriam. »Guten Tag, ihr beiden«, sagte sie zu ihnen.

Die Kleinen schauten sie aus freundlichen Augen an. Die Ähnlichkeit mit Lilly und Daniel war frappierend. Es war wie ein Zeichen für Miriam. Als seien ihre Kinder von den Toten zurückgekehrt.

»Sie machen also Urlaub hier?«, sagte sie zu Katharina Kollbusch.

»Ja. Ich habe in der Nähe ein hübsches Ferienhaus gemietet.«

Freimütig erzählte ihr die junge Frau, dass sie sich erst kürzlich von dem Vater der Zwillinge getrennt habe. Sie brauche dringend Abstand. Es sei eine anstrengende Zeit für sie gewesen.

»Das tut mir sehr leid. Sie haben sich das Familienleben sicher anders vorgestellt.«

»Durchaus. Es ist ein Jammer, dass nun alles in die Brüche geht.«

»Ihre reizenden Kinder sollen nicht darunter leiden.«

»Das werden sie auch nicht.«

Miriam sprach noch eine Weile mit ihr, schäkerte mit den Dreijährigen, dann ging sie weiter.

Fortan sah sie Katharina Kollbusch öfter. Sie beobachtete, wie sie Miranda und Marvin in einem Buggy für Zwillinge über den Weg entlang der Steilküste schob. Miriam war jedes Mal aufs Neue verblüfft, wie ähnlich die beiden ihren eigenen Kindern sahen.

Abends telefonierte sie mit Robert und tat weiterhin so, als sei alles in bester Ordnung. Sie erzählte ihm, was Lilly und Daniel angeblich tagsüber gemacht hätten, lachte und war zu Scherzen aufgelegt. Es erstaunte sie selbst, wie gut sie sich verstellen konnte. Weiterhin verschwieg sie ihrem Mann, dass sie auf Rügen war. Und je länger sie den verheerenden Vorfall im Pool verleugnete, desto überzeugender trat sie auf.

Miriam Steiner lernte, sich ihre eigene Wirklichkeit zu erschaffen. Zuweilen erschrak sie vor ihrem Spiegelbild. Und vor dem Wahnsinn, der hinter ihren Augen aufblitzte. Doch dann fing sie sich wieder, lächelte sich selber zu und versteckte sich hinter der Fassade einer glücklichen Ehefrau und Mutter.

Schließlich fand sie heraus, wo das Ferienhaus war, in dem Katharina Kollbusch ihren Urlaub verbrachte. Es war recht einsam gelegen, mitten im Wald.

In Miriam reifte ein teuflischer Plan heran. Bald würde Robert nach Berlin heimkehren, und ihr blieb nicht mehr viel Zeit. Also musste sie dafür sorgen, dass er alles so vorfand, wie er es zurückgelassen hatte. Sein schönes Haus, seine attraktive Frau und seine liebreizenden Kinder. Es sollte perfekt sein, das große Familienglück.

Also besorgte sie sich in einer Apotheke eine Flasche mit Chloroform.

Sie wartete bis zum Abend, dann stieg sie in ihren Wagen und fuhr zum Waldrand. Sie näherte sich dem Ferienhaus der jungen Mutter und versteckte sich hinter einer Buche. Von ihren Beobachtungen her wusste sie, dass Katharina Kollbusch für gewöhnlich früh zu Bett ging. Auch in welchem Teil des Hauses die Kinder schliefen, war ihr mittlerweile bekannt. Das Fenster zu deren Zimmer war wegen der Sommerhitze stets nur angelehnt.

Sie ließ eine Stunde verstreichen, dann nahm sie sich ein Herz und schritt zur Tat.

Durch das geöffnete Fenster stieg sie ins Haus ein. Sie trat ans Bett der Kinder. Ein letztes Zögern, dann nahm sie ein Taschentuch hervor und tränkte es mit dem Chloroform. Sie drückte es zunächst Miranda auf Mund und Nase, dann Marvin.

»Von nun an gehört ihr mir«, flüsterte sie.

Sie hob die beiden auf und schlich sich mit ihnen durch die Vordertür davon.

Schwer atmend schleppte sie die betäubten Kinder durch den Wald.

Alles lief so weit nach Plan. Bis zu ihrem Auto würde sie es in 20 Minuten geschafft haben.

Doch plötzlich frischte der Wind auf, und sie hörte aus der Ferne ein Donnergrollen. Blitze zuckten am Himmel, ein Gewitter zog auf.

Sie rannte schneller. Der nächste Donner krachte, und da erwachten die Kinder. Offenbar war das Chloroform nicht stark genug. Die Dreijährigen zappelten, weinten und schrien in ihren Armen. Miriam packte sie fester und eilte weiter. Sie nahm den Weg an den Kreidefelsen entlang, unten brauste das Meer. Sie hörte, wie die Wellen gegen die Klippen schlugen.

Und auf einmal vernahm sie noch etwas.

Kroaah. Kroaah.

Die Rufe von Raben.

Sie sah zum Himmel hinauf.

Ein ganzer Schwarm kreiste über ihr.

Kroaah. Kroaah.

Ihr war, als seien die Vögel erzürnt über das, was sie tat. Ein paar von ihnen stürzten sich zu ihr herab. Darunter auch ein Rabe mit einer einzigen weißen Feder.

Wild schlug er mit den Flügeln dicht über ihr.

Miriam keuchte und hastete weiter.

Die Zwillinge jammerten. Sie bewegten sich heftig, gerieten in Panik.

Und dann glitten sie ihr aus den Armen.

Miriam fluchte, versuchte, wieder nach ihnen zu greifen, doch sie stolperte und fiel hin.

Als sie sich aufgerappelt hatte, sah sie sich um. Die Kinder waren fort. Irgendwie schienen sie sich ins Dickicht gerettet zu haben.

Da hörte sie, wie jemand in ihrem Rücken aufschrie. Sie

wandte sich um. Katharina Kollbusch war wie aus dem Nichts auf dem Weg an der Steilküste aufgetaucht.

»Miranda!«, rief sie. »Marvin!«

Sie stürmte auf Miriam zu.

»Meine Kinder! Wo sind sie?«

Miriams Atem stockte.

Die Raben flatterten über ihr. Abermals krachte ein Donner in der Ferne. Das Meer tobte.

Was sollte sie nur tun? Die junge Mutter kam ihr wie eine Furie entgegen.

»Was haben Sie mit meinen Kindern gemacht?«

Als sie sich ihr bis auf etwa einen Meter genähert hatte, ergriff Miriam einen schweren Stein vom Rand der Klippen und schleuderte ihn ihr an den Kopf.

Katharina Kollbusch taumelte und ging zu Boden.

Die Raben schrien.

Verzweifelt versuchte die blutende Frau, wieder auf die Beine zu kommen.

Doch Miriam versetzte ihr einen Stoß.

Und Katharina Kollbusch stürzte von den Klippen.

Eine Zeit lang stand Miriam reglos da und starrte in die Tiefe. Die junge Mutter war unten auf einen Felsen geprallt, und von dort aus glitt sie hinab ins Meer.

Miriam rang nach Luft. Wo waren die Kinder? Gehetzt blickte sie sich um.

Schließlich eilte sie in den Wald. Wie von Sinnen jagte sie den Dreijährigen hinterher, begleitet von den aufgebrachten Rufen der Raben.

Schließlich hatte sie die Kleinen eingeholt. Sie packte sie, drückte ihnen erneut das Taschentuch mit dem Chloroform in die Gesichter. Dann schleppte sie sie bis zur Landstraße, wo sie ihren Wagen geparkt hatte, und sperrte sie in den Kofferraum.

Geistesgegenwärtig kehrte sie noch einmal zu dem einsamen Ferienhaus im Wald zurück. Sie schnappte sich ein paar Anziehsachen der Kinder und ihren Buggy.

Zurück an der Stelle, wo sie Katharina Kollbusch von den Klippen gestoßen hatte, warf sie den Kinderwagen und die Kleidungsstücke hinunter ins Meer.

Danach fuhr sie mit den Zwillingen zurück nach Berlin.

DREIUNDFÜNFZIG

Carlotta trat einen Schritt auf Miriam Steiner zu. Sie holte tief Luft.

»Lilly und Daniel sind gar nicht Ihre Kinder«, brachte sie entsetzt hervor. »Lilly heißt eigentlich Miranda. Und der richtige Name von Daniel ist Marvin. Sie haben sie geraubt.«

Miriam Steiner reckte das Kinn. »Mit der Zeit wurden sie zu meinen eigenen Kindern. Sie ersetzten mir meine geliebten Zwillinge. Und ich habe alles für sie getan.«

»Ihr ganzes Leben basiert auf einer Lüge.«

»Immer war ich für die beiden da. Sie bekamen Liebe und Zuneigung von mir.«

»Sie leugnen die Realität.«

»Es gab einen einzigen Fehltritt. Eine kleine Unachtsamkeit damals am Pool. Mehr habe ich mir nicht vorzuwerfen.«

»Sie sind verblendet.«

»Von Anfang an habe ich mich um die Dreijährigen bemüht. Mit Daniel gab es nur in den ersten Wochen Schwierigkeiten. Danach hat er sich gefügt. Mit Lilly war es schwerer. Sie verlangte danach, ihre Mutter zu sehen. Ich habe ihr gesagt, ich sei ihre Mutter. Darüber war sie empört. Und dann musste ich ihr weismachen, dass sie sich bei einem Sturz am Kopf verletzt habe.«

»Eine weitere Lüge.«

»Ich lieferte ihr lediglich eine Erklärung dafür, warum sie

seltsame Erscheinungen habe und mich zuweilen nicht wiedererkenne.«

»Sie haben eine fatale Gehirnwäsche bei ihr vorgenommen.«

»Kinder sind formbar. Und Erinnerungen können täuschen.«

»Und was waren die Folgen? Sind Sie sich der Konsequenzen Ihrer Handlungen überhaupt bewusst?«

»Lilly hatte eine glückliche Kindheit.«

»Das reden Sie sich doch nur ein.«

»Es gab ein paar Überreste aus ihrer Vergangenheit, die sie manchmal in Verwirrung stürzten. Und dann musste ich helfend eingreifen. Als sie älter wurde, hat sie öfter von diesen Raben gesprochen. Das wurde beinahe zur Manie. Es ging wohl um Raben, die sie an dem verhängnisvollen Abend auf Rügen gesehen hatte. Zum Glück konnte sie sich nicht mehr an den Ort und die genauen Umstände erinnern, denn sie war ja damals noch sehr klein gewesen. Darum sagte ich ihr, sie würde sich das alles nur einbilden. Sie aber beharrte darauf, immerzu von einem Raben mit einer einzigen weißen Feder zu träumen. Angeblich wollte der Rabe sie in einer Gefahrensituation in Sicherheit bringen. Ich habe stets versucht, ihr diese verdammten Traumbilder auszutreiben.«

»Die Bilder entsprachen der Wirklichkeit.«

»Man muss die Vergangenheit ruhen lassen.«

»Sie haben Lilly jahrelang manipuliert.«

»Ich habe mich leidenschaftlich für sie eingesetzt. Wollte nur ihr Bestes. Doch als sie in die Pubertät kam, wurde sie immer misstrauischer und widerspenstiger, und manchmal musste ich sie zur Strafe in ihrem Zimmer einsperren, damit sie endlich aufhörte, von diesen Vögeln zu fantasieren.«

»Das war unverantwortlich. Sie haben ihre Seele zerstört.«

»Lilly hatte es doch gut bei mir. Jeden Wunsch habe ich ihr von den Lippen abgelesen. Ich habe sie verwöhnt. Sie war meine kleine Prinzessin.«

Carlotta war so empört, dass ihr das Atmen schwerfiel. »Was … was haben Sie nur angerichtet!«

»Wagen Sie es ja nicht, über mich zu urteilen.«

»Ich habe öfter mit Ihrer Tochter gesprochen. Dass ihrem Verhalten ein schweres Trauma zugrunde lag, war mir klar. Aber nun erfasse ich erst das wahre Ausmaß ihrer seelischen Verletzungen.«

Verächtlich verzog Miriam Steiner das Gesicht. »Haben Sie selbst Kinder?«

»Das nicht, aber …«

»Na also. Dann begreifen Sie auch nicht, was es bedeutet, eine liebende Mutter zu sein. Mich aufopferungsvoll um meine Zwillinge zu kümmern, war mein Lebensinhalt.«

»Sie sind wahnsinnig.«

»Ich habe nur aus Liebe gehandelt.«

»Hören Sie, ich muss …«

Doch weiter kam Carlotta nicht.

Eine blitzschnelle Bewegung, und Miriam Steiner hatte sich den bronzenen Kerzenständer vom Couchtisch geschnappt und schlug damit zu.

Carlotta war am Kopf getroffen. Der Schmerz war heftig. Sie verlor das Gleichgewicht. Es dröhnte in ihrem Schädel.

Dann gingen die Lichter aus.

VIERUNDFÜNFZIG

Als sie wieder zu sich kam, blickte sie sich verstört um. Offenbar befand sie sich am Boden eines Kellerraums. Sie versuchte aufzustehen. Jedoch vergeblich. Ein jäher Schwindel. Ihre Beine sackten weg. Sie krümmte sich zusammen.

Nach einer Weile vernahm sie ein leises Stöhnen. Sie schaute auf. In einer Ecke des Kellers lag Daniel, gefesselt und geknebelt. Seine Augen waren vor Angst weit aufgerissen.

Unter einigen Mühen gelang es Carlotta, sich auf den Händen aufzustützen. Kaum aber war sie auf den Knien, machte sie die Umrisse von Miriam Steiner aus.

Abermals wurde ihr schwindlig. Sie spürte, wie ihr Blut aus einer Platzwunde am Kopf ins Gesicht lief.

Schließlich erkannte sie die Kindesräuberin deutlicher.

Und noch etwas sah sie.

Es war der Lauf einer Pistole.

Meine Dienstwaffe, durchfuhr es sie, und sie tastete nach ihrem Holster. Doch es war leer.

Während ihrer Ohnmacht war sie wohl von dieser Psychopathin entwaffnet worden.

Mit einem irren Gesichtsausdruck richtete Miriam Steiner die Sig Sauer auf sie.

»Ich werde Sie töten. Erst Sie. Und dann meinen geliebten Sohn. Denn niemand darf das Geheimnis verraten.«

Daniel stieß panische Laute aus und zerrte an seinen Fesseln.

Carlotta versuchte, möglichst gefasst zu reagieren. Zeit gewinnen, dachte sie. Ruhe ausstrahlen.

»War Ihr Mann eigentlich in die Angelegenheit eingeweiht?«, fragte sie mit dünner Stimme.

Miriam Steiner nickte. »Ja. Mir blieb nichts anderes übrig, als es ihm zu gestehen. Als er von seiner langen Dienstreise zurückkehrte, war er der Meinung, Lilly und Daniel hätten sich verändert. Er erkannte sie nicht wieder.«

»Es waren ja auch Miranda und Marvin.«

»Er gewöhnte sich daran und hat es mitgetragen. Auch was in jüngster Zeit geschah, musste er hinnehmen. Er hatte keine andere Wahl. Niemals würde sich Robert gegen mich stellen. Dafür ist er viel zu schwach. Darum konnte ich ihn damals auch leicht dazu überreden, für längere Zeit ins Ausland zu ziehen.«

»Damit niemand die geraubten Kinder erkennt.«

»Es war notwendig. Aber nach einigen Jahren konnten wir nach Berlin zurückkehren.«

»Er hat Sie also gedeckt. Und das über all die Jahre.«

»Stillschweigend hat er es akzeptiert. Robert geht Konflikten stets aus dem Weg. Er wollte nichts weiter als eine glückliche Familie, und das war auch mein Anliegen.«

Carlotta war noch immer erstaunt über die überraschende Auflösung des Falls. Nun wurden ihr sämtliche Zusammenhänge klar.

Sie verstand, warum Lilly von zu Hause abgehauen war und Frieder Keim aufgesucht hatte, um längere Zeit bei ihm in seiner Hütte in der Schorfheide zu leben. Die Jugendliche kam einfach nicht mehr mit ihrer Mutter zurecht. Sie fragte sich, weshalb sie fortwährend Visionen von Raben hatte, sich zu diesen Vögeln auf geheimnisvolle Weise hingezogen fühlte.

Doch für ihre Mutter war das Thema tabu. Alles, was Erinnerungen an Lillys frühe Kindheit heraufbeschwören könnte, galt als verboten und gefährlich.

Der Forscher aus Templin schien der Einzige zu sein, der ihre Faszination für die Welt der Raben teilte. Keim war es schließlich auch, der ihr bei ihrer Suche nach einem bestimmten Raben mit einer weißen Feder half. Er stellte den Kontakt zu Jan Gärtner her. Das war der Ornithologe, von dem Trojan Carlotta am Telefon erzählt hatte.

Keim fuhr mit Lilly zu Jan Gärtner nach Rügen, und dort entdeckte sie das Haus, in dem sich ihr Kindheitstrauma abgespielt hatte.

An diesem Ort war sie zusammen mit ihrem Bruder ihrer leiblichen Mutter entrissen worden, welche dann von Miriam Steiner von den Klippen gestoßen wurde.

Carlotta rang nach Luft. Von ihrer Kopfverletzung beeinträchtigt, spürte sie, dass sie einer neuerlichen Ohnmacht nahe war. Aber das durfte sie nicht zulassen.

Sie mobilisierte ihre letzten Kräfte.

Schließlich fragte sie mit entkräfteter Stimme: »Wie sind Sie eigentlich auf Frieder Keim gestoßen?«

»Er hat mich kontaktiert. Eines Abends rief er mich an, verriet mir seinen Namen und sagte mir, dass Lilly bei ihm sei. ›Wo sind Sie?‹, fragte ich empört. ›Im Moment halte ich mich in einer Gaststätte in Kurtschlag auf‹, antwortete er, ›denn es gibt hier keinen Handyempfang.‹ ›Kurtschlag?‹, rief ich. ›Ich habe keine Ahnung, wo das ist.‹ Er sagte: ›In der Schorfheide. Ich besitze hier eine Hütte, tief im Wald. Und ich muss dringend mit Ihnen über Ihre Tochter reden.‹ Er schilderte mir den Weg zu seiner Hütte, und ich fuhr sofort los. Als ich bei ihm angekommen war, erklärte er mir, dass er mit Lilly eine

Reise nach Rügen unternommen habe. Von den Erlebnissen auf der Insel sei sie völlig aufgelöst und verzweifelt. Und dann sagte er mir, Lilly sei der Meinung, ich wäre nicht ihre leibliche Mutter. Und das sei der Grund, weshalb er mich zur Rede stellen wolle. ›Wo ist meine Tochter?‹, schrie ich ihn an. ›Draußen im Wald‹, erwiderte er. ›Sie irrt dort herum. Ist durcheinander. Verwirrt. Und voller Angst.‹ Ich brüllte: ›Was haben Sie mit ihr angestellt?‹ Ich war unfassbar wütend auf diesen Mann. Dieser verschrobene Kauz hatte meine Tochter fast ein Jahr lang bei sich versteckt gehalten. Er hätte sich niemals in unsere Angelegenheiten einmischen dürfen.«

»Sie haben ihn umgebracht.«

»Der Streit mit ihm eskalierte. Ja, ich habe mit einem Messer aus seiner Küche auf ihn eingestochen. Ich musste meine arme Lilly vor ihm retten.«

»Dabei wollte er ihr nur helfen, ihre wahre Identität herauszufinden.«

»Er hat sie mir genommen.«

»Sie haben ihn getötet, weil er zu viel wusste.«

»Er war ein Dreckskerl. Und er hatte es verdient, zu sterben.«

»Aber Sie fanden Lilly nicht.«

»Ich habe nach ihr gesucht. Im finsteren Wald. Meine Lilly. Mein Kind. Was war mit ihr geschehen? Wo war sie? All das war nur seine Schuld. Dieser Keim und seine furchtbaren Raben. Er hat sie mir verdorben. Sie mir mit seinen Hirngespinsten entfremdet. Ich rief nach ihr. Mitten in der Nacht. Dort draußen in der Schorfheide. Jedoch vergeblich. Schließlich machte ich mich auf den Rückweg nach Berlin. Am nächsten Morgen erfuhr ich von der Polizei, dass Lilly wiederaufgetaucht sei.«

»Sie erlitt einen Schock, als sie die Leiche von Frieder Keim entdeckte, welche Sie in der Nähe der Hütte unter einem Haufen Laub verscharrt hatten. Zusammen mit dem Flashback ihres Kindheitstraumas war dies der Auslöser für Lillys Amnesie. Wie von Sinnen geisterte sie die ganze Nacht lang durch den Wald. Gelangte im Morgengrauen entkräftet zu dieser Landstraße, wo sie von einem Auto angefahren wurde. Als sie im Krankenhaus aufwachte, konnte sie sich an nichts mehr erinnern. Und alle gingen davon aus, dass sie entführt worden war.«

Miriam Steiner umklammerte die Waffe mit beiden Händen. Ein Zittern durchlief ihren Körper. Sie schien gegen eine starke Gefühlsaufwallung anzukämpfen. »Mein armes Kind. Meine kleine Lilly. Wäre sie doch für immer bei mir geblieben.«

»Nach ihrer Rückkehr war Lilly eine große Gefahr für Sie. Und Sie ahnten, dass der Gedächtnisverlust Ihrer angeblichen Tochter nicht von Dauer sein würde. Als sich dann die Amnesie allmählich aufzulösen begann, sahen Sie keine andere Möglichkeit mehr. Sie verbrachten die Nacht bei Lilly in der Klinik. Sie haben sie erstochen. Und auch den Wachpolizisten haben Sie auf dem Gewissen.«

Miriam Steiner rührte sich nicht.

»Kein Wunder, dass mein Kollege und ich den Täter nicht auf den Überwachungsvideos finden konnten. Denn der Täter war eine Frau, welche die ganze Zeit bei ihrem künftigen Opfer am Bett saß. *Sie* waren das. Was für ein abscheulicher Mord. Unfassbar, eine gerade mal 18-Jährige im Schlaf zu töten, der Sie ein Leben lang weismachten, sie sei Ihre leibliche Tochter.«

»Ich tat es nur, um Lilly zu erlösen. Denn sie gehörte mir,

nur mir allein. Wäre sie nicht von zu Hause abgehauen, könnte sie noch am Leben sein.«

»Sie hat gespürt, dass sie aus einer anderen Familie stammte. Instinktiv hat sie es gefühlt.«

Carlotta sah zu dem gefesselten und geknebelten Daniel hin, der Miriam in Todesangst anstarrte. »Auch du musst zuweilen etwas geahnt haben, nicht wahr?«

Er gab einen verzweifelten Laut von sich.

»Doch wahrscheinlich hast du diese Anwandlungen stärker unterdrückt als deine Zwillingsschwester. Das Erinnerungsvermögen setzt bei einem Kind erst allmählich mit drei Jahren ein. Darum waren die Erinnerungen an das Trauma sehr unsicher. Es blieb lediglich ein vages Gefühl zurück, ein diffuses Unbehagen, eine Angst. Aber die Ursachen dafür blieben im Verborgenen.«

Sie wandte sich wieder Miriam Steiner zu. »Deshalb hatten Sie leichtes Spiel mit Daniel und Lilly. Sie konnten ihnen die blassen Erinnerungsbilder von der schrecklichen Nacht auf Rügen ausreden. Sie gingen äußerst geschickt und manipulativ vor. Nur Lilly gab niemals auf. Ich nehme an, sie sah in den Raben ihre Verbündeten. Und der Kontakt zu diesen mystischen und faszinierenden Vögeln brachte sie auf die richtige Spur. So löste sie das Rätsel um ihre wahre Herkunft. Doch das wurde ihr zum Verhängnis.«

Mit eiskalter Miene richtete Miriam Steiner die Waffe auf sie. »Schluss jetzt. Wir haben genug geredet.«

Entsetzt blickte Carlotta auf den Finger am Abzug.

FÜNFUNDFÜNFZIG

Trojan war mittlerweile im rasanten Tempo auf der Rügenbrücke angelangt. Von den drei Spuren war die mittlere eigentlich dem Gegenverkehr vorbehalten, er aber scherte aus und überholte einige Fahrzeuge.

Plötzlich schoss ihm ein SUV entgegen. Lautes Hupen, Lichtsignal. Verdammt, er hatte sich verschätzt. Wasserfontänen spritzten auf. Der Regen war noch immer heftig, die Sicht schlecht. In letzter Sekunde zog Nils nach rechts rüber und wich dem Wagen aus.

Das war knapp. Er atmete durch. Schweiß stand ihm auf der Stirn.

Ruhig, nur ruhig, dachte er. Egal wie halsbrecherisch er fuhr, nach Berlin würde er es ohnehin nicht mehr rechtzeitig schaffen. Und dennoch trieb ihn die Ungewissheit voran.

Er beschleunigte. Das nächste Überholmanöver. Der Motor jaulte auf. Trojan wurde in den Sitz gedrückt. Wieder blendete ihn eine Lichthupe. Hektisch wechselte er zurück in die rechte Spur.

Nicht mehr weit bis zur Autobahn, dachte er. Dann könnte er Vollgas geben.

Er hatte Landsberg per Handy informiert und ihm gesagt, dass sich Carlotta derzeit allein im Haus der Familie Steiner aufhalte, was nach den jüngsten Erkenntnissen extrem gefährlich sei. Hatte sie überhaupt ihre Dienstwaffe dabei? Er wusste es nicht.

Der BMW schlingerte. Die Tachonadel zitterte. Stralsund. B96. Schneller, dachte er, keine Zeit verlieren.

Hilmar hatte ihm versichert, dass er sich um alles kümmern würde. Doch es kam kein Rückruf von ihm. Warum dauerte das so lange?

Nervös wählte er die Kurzwahl des Chefs über die eingebaute Telefonanlage im Auto.

Es meldete sich bloß die Mailbox.

Kopfschüttelnd jagte Nils die Bundesstraße entlang. Was war da nur los? Warum erhielt er keine Nachricht? Sie durften Carlotta keinesfalls im Stich lassen.

Er fluchte leise. Umklammerte das Lenkrad. Sein Herz hämmerte. Vielleicht war ja alles zu spät. Carlotta war zum denkbar schlechtesten Zeitpunkt bei Miriam Steiner aufgetaucht.

Nichts ahnend. Ohne Hilfe.

Er trat aufs Gaspedal. Wäre er doch auf die entscheidenden Hinweise nur etwas früher gekommen.

Er lehnte sich vor. Konnte die Straße kaum überblicken. Die Scheibenwischer schurrten über die Windschutzscheibe.

Das Schlimmste war, dass er im Augenblick nichts für seine Kollegin tun konnte.

Nichts außer abwarten.

Und hoffen.

Er registrierte, dass er immer kurzatmiger wurde. Verspürte eine Beklemmung in der Brust. Sein Nacken verkrampfte sich. Aquaplaning auf dem Asphalt. Kurzzeitig verlor er die Kontrolle über das Fahrzeug.

Zeitweilig blieb ihm die Luft weg. Endlich hatte er sich wieder im Griff. Er fuhr etwas langsamer und versuchte, sich lediglich auf seinen Atem zu konzentrieren.

Nach Berlin waren es noch 260 Kilometer.

SECHSUNDFÜNFZIG

Carlotta wurde für einen Moment schwarz vor Augen. Dann spürte sie, wie ihr der Lauf der Waffe an die Stirn gedrückt wurde.

Übelkeit kroch ihre Kehle herauf, ihre Glieder waren weich wie Pudding.

Schließlich gab sie sich einen Ruck. »Tun Sie das nicht«, raunte sie Miriam Steiner zu. »Nicht vor den Augen des Jungen.«

»Halten Sie den Mund.«

»Wie hartherzig können Sie denn sein? Hat er nicht schon genug durchlitten? Er hat gerade erst seine Schwester verloren.«

Miriam Steiner schien zu zögern.

Zeit gewinnen, durchfuhr es Carlotta.

»Wenn Sie mich schon erschießen, dann bitte nicht hier. Nicht im Beisein von Daniel.«

Die Waffe glitt von ihrer Stirn. »Also gut. Stehen Sie auf.«

Carlotta versuchte es. Anfangs wollten ihr die Beine nicht gehorchen. Aber nach einer Weile kam sie hoch. Stand schwankend da.

Die Sig Sauer in der Hand öffnete Miriam Steiner die Kellertür.

Carlotta wurde hinausgestoßen.

Ein halbdunkler Gang.

»Vorwärts.«

Sie taumelte voran, spürte die Mörderin in ihrem Rücken.

Der Gang endete.

»Hinknien.«

»Hören Sie, lassen Sie uns doch …«

»Auf den Boden!«

Carlotta gehorchte. Kurz darauf wurde ihr die Pistole gegen den Hinterkopf gestoßen.

Nun ist alles aus, dachte sie.

Ihr war furchtbar schwindlig. Das schien von einer Gehirnerschütterung zu kommen.

Kaum hörbar sagte sie: »Mein Kollege … Er hat bestimmt das Kommissariat informiert.«

»Das interessiert mich nicht.«

»Ich habe vorhin mit ihm telefoniert. Er weiß alles. Ich bin mir sicher, dass er Verstärkung angefordert hat.«

Stille.

Nicht nachlassen, dachte Carlotta.

»Wollen Sie denn noch einen Mord auf sich nehmen? Wenn Sie jetzt aufgeben, werde ich beim Staatsanwalt ein gutes Wort für Sie einlegen.«

»Nein. Es ist vorbei.«

Es klickte. Die Mechanik der Waffe.

»Bitte nicht.«

Carlotta hörte das Blut in ihren Ohren pulsen. Dumpf schlug das Herz in ihrer Brust.

Um sich ein wenig zu beruhigen, begann sie zu zählen.

Eins, zwei, drei, vier, fünf.

Verzweifelt überlegte sie. Es musste irgendeinen Ausweg geben. Irgendwie musste sie es schaffen, den Dialog mit ihrer Peinigerin aufrechtzuerhalten.

»Lassen Sie wenigstens Daniel am Leben, ja?«

»Maul halten.«

»Sie lieben ihn doch. Wie Ihr eigenes Kind.«

»Seien Sie endlich still.«

Wie ließ sich diese Wahnsinnige noch stoppen? Mit vernünftigen Argumenten war ihr einfach nicht beizukommen.

Entsetzt zählte Carlotta weiter.

Sechs, sieben, acht, neun, zehn.

»Ich verstehe Ihre Motive. Sie haben aus Liebe gehandelt. Das haben Sie mir ja selbst gesagt. Die Kinder waren Ihr Ein und Alles. Und nichts sollte Ihr Glück zerstören.«

»Ich lasse mich nicht erbarmen.«

»Daniel wird es gut bei Ihnen haben. Auch wenn er nun alles weiß. Erleichtert Sie das nicht?«

»Nein.«

»Sie haben die Last Ihres Geheimnisses lang genug mit sich herumgetragen. Und glauben Sie mir, Daniel wird Sie nicht verraten.«

»Dafür ist es zu spät.«

»Töten Sie ihn nicht. Er ist noch so jung.«

»Er hat bei Ihnen angerufen, nachdem er Lillys Buch über die Raben entdeckt hat.«

»Ich weiß.«

»Lilly hat darin ein paar fatale Einzelheiten notiert. Seitdem ist er nicht mehr auf meiner Seite. Er wollte mich der Polizei ausliefern.«

»Er wird zu Ihnen halten, wenn Sie ihm nichts tun. Geben Sie ihm noch eine Chance.«

»Nein!«

Es war zwecklos.

Schwer atmend zählte sie weiter.

Elf.

Zwölf.

Dreizehn.

In ihrem Kopf überschlugen sich die Gedanken.

Carlotta glaubte an keinen Gott. Und doch begann sie, auf einmal zu beten. Lass mich hier raus. Hilf mir. Und hilf auch dem Jungen. Mach, dass diese Verrückte ein Einsehen hat. Sie ist verblendet. Wollte den Tod ihrer Kinder nicht wahrhaben. Sie hat die Realität geleugnet. Über all die Jahre.

»Noch gibt es ein Zurück. Wenn Sie jetzt aufhören, haben Sie die Möglichkeit, dass vor Gericht ...«

Da krachte der Schuss.

Carlotta sackte nach vorn.

Es war das Ende.

Sie schlug auf dem Boden auf.

So also fühlte sich Sterben an.

Wie in einer letzten Vision sah sie Trojan vor sich. Der Morgen in der Schorfheide, als sie mit ihm in ihrem VW-Bus beim Frühstück saß.

Wehmütig erinnerte sie sich an die Nacht davor, als er ihre Hand gehalten hatte.

Wieso mussten diese Augenblicke so schnell vorübergehen? Warum war das Leben so erschreckend kurz? Wofür hatte es sich gelohnt, immerzu zu kämpfen?

Ihr schwanden die Sinne, und sie ließ einfach los.

SIEBENUNDFÜNFZIG

Trojan war mittlerweile auf der A20. Mit 200 Stundenkilometern fuhr er auf der linken Spur.

Das Navi zeigte ihm an, zu welcher Uhrzeit er voraussichtlich sein Ziel erreichen würde.

Es kam ihm vor wie eine Ewigkeit.

Ein weiteres Mal versuchte er, Hilmar zu erreichen. Der Name des Chefs tauchte auf dem Display des Bordcomputers auf.

Kurz darauf erklang seine Stimme: »Hier spricht Hilmar Landsberg. Ich kann Ihren Anruf gerade nicht entgegennehmen. Bitte hinterlassen Sie mir eine Nachricht. Ich rufe zurück.«

Das Signal zum Sprechen ertönte.

»Chef? Hier ist Nils. Ich kann nur hoffen, dass alles gut läuft. Ich nehme an, du hast das SEK alarmiert. Gib mir Bescheid, sobald du wieder reden kannst, ja?« Seine Stimme brach. »Diese Frau scheint brandgefährlich zu sein. Eine Psychopathin. Wir sind auf sie reingefallen.«

Er schwieg. Was gab es noch zu sagen? Er musste sich eingestehen, dass er die Dinge derzeit nicht kontrollieren konnte. Der Fall war gelöst, aber das Ende offen.

Dennoch sprach er weiter: »Es ist nur, weil ich … Es ist wegen Carlotta. Sie ist allein da drin. Ich mache mir Sorgen. Hätte sie früher warnen sollen, aber … Die Ermittlungen auf Rügen brauchten ihre Zeit.«

Vor ihm auf der Überholspur war ein Mercedes. Trojan fuhr dicht auf.

Mach schon, dachte er, lass mich durch.

Nun war er es, der die Lichthupe betätigte.

Schließlich scherte der Fahrer vor ihm nach rechts aus, und Trojan schoss an ihm vorbei.

»Chef? Ruf mich auf jeden Fall an, ja? Egal, was passiert ist.«

Er unterbrach die Verbindung.

Es war noch erschreckend weit nach Berlin.

Plötzlich stockte ihm der Atem. Ihm war, als würde sich genau in diesem Augenblick etwas Furchtbares ereignen.

Carlotta war allein mit der Mörderin.

Das SEK stürmte das Haus.

Doch die Kollegen kamen zu spät.

Zwei Leichen. Daniel tot. Carlotta auch.

Er schluckte.

Dann wählte er Carlottas Nummer, obwohl er wusste, dass es zwecklos war.

Nils blinzelte eine Träne weg, als die automatische Ansage erschallte: »Der gewünschte Gesprächsteilnehmer ist nicht erreichbar.«

Bleib ruhig, ermahnte er sich selbst. Die Hoffnung stirbt zuletzt.

ACHTUNDFÜNFZIG

Etwas blendete sie plötzlich. Grelles Licht.
Noch ein Schuss knallte. Und noch einer.

Sie aber spürte nichts. War innerlich wie taub.

Für ein paar Sekunden war sie völlig orientierungslos. Sie wusste überhaupt nicht, was um sie herum geschah.

Dann wälzte sie sich auf die Seite. Sie sah dunkle Schemen. Bewegungen.

Wieder knallte es.

Rauch. Blendgranaten.

Schwer bewaffnete Männer. Beamte vom SEK, behelmt.

Sie vernahm gellende Schreie.

»Der Junge«, rief jemand.

Carlotta riss die Augen weit auf.

Die Schüsse. War sie verletzt?

Die Sig Sauer. Wo war die Dienstwaffe? Was war passiert?

Kein Schmerz. Sie war am Leben. Aber wie war das möglich?

Der Schwindel kam plötzlich. Sie sank wieder hin.

Jemand sprach auf sie ein.

Ruhig, dachte sie, nur ruhig. Einatmen. Ausatmen. Aber sie zitterte. Konnte ihre Hände nicht stillhalten.

Es durchzuckte sie. Ich bin nicht getroffen.

»Nicht getroffen«, murmelte sie, wie um sich selbst zu beruhigen.

Es gab einen Zeitsprung. Sie lehnte sitzend an der Wand. Jemand beugte sich zu ihr herab.

»Carlotta?«

Sie antwortete nicht, schaute sich um.

Miriam Steiner wälzte sich etwa einen Meter von ihr entfernt am Boden. Sie blutete, war angeschossen.

Die Männer vom SEK umringten sie. Einer drehte sie auf den Rücken.

Handschellen klickten.

Und da war Landsberg, er stürmte auf Carlotta zu.

»Wo ist Daniel?«, fragte sie atemlos.

»Ihm geht es gut. Er ist in Sicherheit.«

Ihr wurde schummrig. Hilflos streckte sie die Hand nach dem Chef aus.

»Wir brauchen einen Arzt«, rief er.

Blut lief ihr in die Augen. Doch mit letzter Kraft rappelte sie sich auf und kam schwankend zum Stehen.

»Es geht schon wieder«, sagte sie.

Verschwommen beobachtete sie, wie Miriam Steiner von den Beamten aus dem Keller gezerrt wurde.

Sie taumelte. Landsberg griff nach ihrem Arm.

Das Zittern war so stark, dass sie sich am liebsten wieder hingesetzt hätte. Doch sie wollte durchhalten.

Wieder gab es einen Sprung in ihrer Wahrnehmung.

Plötzlich waren Sanitäter bei ihr. Sie brachten eine Trage, doch sie schüttelte den Kopf.

Sie hatte die Kraft, alleine zu gehen. Hilmar wich nicht von ihrer Seite, er begleitete sie aus dem Keller, durch das Haus und schließlich hinaus ins Freie.

Kühle Nachtluft schlug ihr entgegen.

Die Straße war abgesperrt. Die Blaulichter der Einsatzfahrzeuge zuckten.

Endlich konnte sie tiefer atmen.

Einer der Sanitäter sprach sie an. »Wir müssen Sie untersuchen.«

»Nicht jetzt.«

»Kommen Sie bitte zu unserem Wagen.«

»Ich kann nicht.«

Der Chef sprach auf sie ein, aber sie schüttelte nur den Kopf.

»Gebt mir ein paar Minuten.«

»In Ordnung.«

Hilmar ließ sie nicht aus dem Blick.

»Nils«, murmelte sie. »Er hat mich gewarnt.«

»Ich weiß.«

»Allerdings war es zu spät. Miriam Steiner … Sie hat … Sie war …«

Abermals griff er nach ihrem Arm. »Schon gut. Du musst jetzt nicht reden. Wahrscheinlich stehst du unter Schock.«

Sie tastete nach ihrem Handy. Es war weg. Die Täterin hatte es ihr wohl zusammen mit ihrer Waffe abgenommen.

Carlotta hob die Stimme. »Ruf ihn an.«

»Wen?«

»Ruf Trojan an!«

»Komm erst mal zu dir. Ganz ruhig.«

»Gib mir dein Handy.«

Endlich reagierte er. Schaltete sein Mobiltelefon ein, das er für die Dauer des Einsatzes deaktiviert hatte, damit Funkstille herrschte, und reichte es ihr.

Sie kannte die Nummer von Nils auswendig und gab sie auf dem Display ein.

Trojan hob sofort ab. »Hilmar?«

»Nein, ich bin es.«

Sie hörte Motorengeräusche im Hintergrund. Seinen Atem. »Carlotta?«

»Ja.«

»Um Himmels willen. Bist du okay?«

»Es ist alles gut. Auch der Junge hat es überstanden. Sie hat ihn im Keller gefesselt. Aber nun ist sie geschnappt.«

»Gott sei Dank.«

Es entstand eine längere Pause.

Schließlich fragte er: »Ist wirklich alles in Ordnung bei dir?«

»Ja. Wo bist du gerade?«

»Auf der Autobahn.«

»Brauchst du noch lange?«

»Ich beeile mich.«

»Gut.«

»Du hast es also durchgestanden?«

»Hmm.«

»Bist du auch nicht verletzt?«

»Bloß eine Platzwunde. Vielleicht eine Gehirnerschütterung. Aber das spielt keine Rolle.«

»Ich hätte bei dir sein sollen.«

»Nils. Du kannst nicht an zwei Orten gleichzeitig sein.«

»Ich weiß ja, aber …«

»Wir haben es geschafft. Miriam Steiner wird niemanden mehr töten. Sie wurde bei dem Einsatz von einer Kugel getroffen, wird aber wohl durchkommen.«

»Das war äußerst knapp, nicht wahr?«

»Ja. Um ein Haar wäre ich draufgegangen.«

»Verdammt, ich hatte solche Angst um dich.«

»Nun ist es vorbei.«

»Ich war außer mir vor Sorge.«

»Ist schon gut.«

»Bald bin ich bei dir.«

»Fahr vorsichtig.«

»Mach ich.«

Sie wollte noch etwas sagen. Doch plötzlich fehlten ihr die Worte.

Rasch legte sie auf und gab Landsberg das Handy zurück. Vermutlich stand sie wirklich unter Schock.

Hilmar sah sie ernst an. »Das war hervorragende Arbeit von euch beiden. Ich muss euch gratulieren.«

»Danke.« Sie zitterte am ganzen Körper. »Tut mir leid, dass ich … Sind wohl die Nerven.«

»Das liegt am Adrenalin«, sagte er.

»Lass mich ein paar Schritte gehen. Ich will allein sein.«

»Bist du dir sicher?«

»Ja.«

Carlotta löste sich von ihm und dem Pulk der Kollegen. Sie lief die Straße entlang. Allmählich ließ das Zittern nach, und sie hatte wieder mehr Kontrolle über sich.

Langsam, dachte sie, Schritt für Schritt. Einatmen und ausatmen.

Je weiter sie ging, desto ruhiger wurde sie.

Plötzlich blieb sie stehen.

War das nur Einbildung? Oder saß dort im Geäst einer Linde ein großer schwarzer Vogel?

Erstaunt blickte Carlotta zu dem Raben auf.

In diesem Moment breitete er die Flügel aus und entschwand in die Nacht.

EPILOG

EINS

Er nahm den ICE um 9:38 Uhr. Die ganze Fahrt über saß er reglos am Fenster. Starrte auf die vorbeifliegende Landschaft, ohne etwas davon mitzubekommen. Als der Schaffner sein Ticket verlangte, blickte er kurz auf, zog sein Handy hervor und ließ den QR-Code in der App scannen.

Nach knapp zwei Stunden traf der Zug am Hamburger Hauptbahnhof ein. Während die meisten Fahrgäste ausstiegen, blieb Daniel noch sitzen. Erst im letzten Moment gab er sich einen Ruck, wuchtete seine Tasche aus der Gepäckablage und trat hinaus auf den Bahnsteig.

Er schob sich durch das Gedränge der Menschen. Fuhr mit der Rolltreppe hinauf ins Obergeschoss, wandte sich nach rechts und folgte den Schildern zur U-Bahn.

Mit der Linie U3 fuhr er bis zur Station Kellinghusenstraße. Im Stadtteil Eppendorf brauchte er noch etwa fünf Minuten zu Fuß, bis er den Woldsenweg erreicht hatte.

Er kramte den Zettel aus der Hosentasche hervor, auf dem er sich die genaue Adresse notiert hatte. Dabei kannte er die Hausnummer längst auswendig.

Ratlos sah er an der Fassade hinauf. Es war ein hell getünchter Altbau mit Stuckverzierungen. Zögernd trat er auf den Eingang zu. Er suchte den Namen auf den Klingelschildern und fand ihn sofort.

Ihn verließ der Mut. Einfach umkehren, dachte er, mit dem nächsten Zug zurück nach Berlin.

Er verharrte. Ließ ungefähr eine Minute verstreichen, dann läutete er endlich. Der Türöffner schnarrte prompt.

Daniel ging hinein und stieg langsam die Treppe hinauf. An der Wohnungstür im vierten Stockwerk wartete ein Mann auf ihn. Ende 40, graue Schläfen, freundlicher Blick.

»Marvin?«, fragte er. »Bist du das?«

Daniel wusste nicht, ob er sich jemals an diesen Vornamen gewöhnen würde. Er nickte schwach.

Hans Kollbusch wollte ihn umarmen, doch Daniel wich instinktiv einen halben Schritt vor ihm zurück.

»Komm doch rein.«

Er stellte seine Tasche im Flur ab. Hans Kollbusch führte ihn herum. Es war eine große Wohnung mit Parkett, Stuck und eleganten Möbeln.

Daniel schwieg beklommen, als ihm das Zimmer gezeigt wurde, in dem er von nun an leben sollte.

Hans Kollbusch lächelte ihn zaghaft an. »Wir können es nach deinen Wünschen einrichten. Bisher war es … nun ja … für Gäste gedacht. Das Bett ist sehr bequem, aber … Vielleicht ist es besser, wenn wir ein neues für dich kaufen. Du sollst dich hier wohlfühlen.«

Der Raum kam Daniel fremd und abweisend vor.

Als Hans ihm die Hand auf die Schulter legte, zuckte er leicht zusammen.

Schließlich saßen sie einander im Wohnzimmer gegenüber. Daniel merkte, wie flach er atmete. Verstört betrachtete er das Gesicht des Mannes, der angeblich sein leiblicher Vater war. Sie hatten erst einmal miteinander telefoniert.

Er suchte in seinen Augen, musterte seine Gesichtszüge, aber er konnte nichts Vertrautes an ihm entdecken. Er hatte nicht die geringste Erinnerung an ihn.

Hans Kollbusch machte eine verlegene Geste.

»Ich kann nur ahnen, wie verwirrend das alles im Moment für dich ist«, sagte er. »Und glaub mir, auch mir fällt es nicht leicht. Es ist wie ein Wunder, dich plötzlich wieder vor mir zu haben. Du bist mein Junge, mein Kind. So viele Jahre war ich im Ungewissen. Weißt du, von Katharina, deiner leiblichen Mutter, konnte ich ja Abschied nehmen. Ihr Leichnam wurde hierher überführt. Sie wurde in Hamburg beigesetzt. Aber das Schicksal von dir und Miranda war letztlich ungeklärt, auch wenn die Polizei etwas anderes behauptet hat.«

»Miranda? Du meinst Lilly.«

»Lilly?«

»Meine Schwester.«

Hans Kollbusch wiegte den Kopf. »Entschuldige. Diese Namen. Das muss sehr schwierig für dich sein.«

»Sie ist tot.«

»Ich weiß, mein Junge. Es ist ein entsetzliches Verbrechen.«

Sie schwiegen eine Zeit lang.

Plötzlich traten Hans Kollbusch Tränen in die Augen. »Es ist schrecklich, was man euch beiden angetan hat. Wenn ich nur eine Ahnung gehabt hätte, dass ihr …« Er brach ab. Nach einer Weile sagte er leise: »Die Polizei ist damals fest davon ausgegangen, dass Miranda und du in der Ostsee ertrunken seid. Und ich musste mich schließlich damit abfinden.«

Daniel horchte in sich hinein. Gab es irgendeine Regung, ein Gefühl, das dieser Mann in ihm auslöste? Seine Stimme, seine Art zu gestikulieren, wie er ihn ansah? Erschien ihm irgendetwas davon vertraut?

Nein. Da war nichts. Es war zwecklos. Er war noch zu klein gewesen, um eine Erinnerung an ihn abspeichern zu können.

»Wann hast du mich das letzte Mal gesehen?«, fragte er.

»Das war kurz bevor deine Mutter mit dir und deiner Schwester diese verhängnisvolle Reise an die Ostsee unternommen hat.«

»Wie alt war ich damals?«

»Drei.«

»Ich bin jetzt volljährig.«

»Es ist unglaublich. Uns fehlen 15 Jahre.«

»Ja.«

»Kannst du dich denn noch an deine Mutter erinnern?«

Daniel schüttelte den Kopf.

Hans Kollbusch nickte ihm aufmunternd zu. »Mach dir keine Sorgen. Das braucht seine Zeit. Ich kann ja selbst noch nicht fassen, was alles passiert ist.«

Daniel schwieg.

Dann fragte er: »Hast du ein Foto von meiner …?« Er brachte das Wort nicht über die Lippen. Noch erschien es ihm unmöglich, von einer anderen Frau zu behaupten, sie sei seine Mutter.

Und es gelang ihm nicht, zu Hans »Vater« zu sagen.

Ob sich das eines Tages geben würde?

Wenn er nur an die Schwindlerin dachte, die Person, die man wegen mehrfachen Mordes festgenommen hatte, packte ihn eine heftige Wut.

15 Jahre seines Lebens hatte sie ihn belogen. Und er hatte ihr vertraut. Sie war immerhin der Mensch gewesen, der ihn großgezogen hatte.

Und auch seinem angeblichen Vater hatte er geglaubt. Dabei war dieser nur zu schwach gewesen, um sich gegen seine wahnsinnige Ehefrau aufzulehnen.

Hans Kollbusch hob die Augenbrauen. »Meinst du ein Foto von Katharina?«

»Hmm.«

»Natürlich.«

Er stand auf und durchsuchte eine Schublade. Dann reichte er ihm eine Abbildung, auf der eine hübsche brünette Frau zu sehen war, die lächelnd zwei Kleinkinder umarmte, einen Jungen und ein Mädchen.

»Sind das Lilly und ich?«

Ein irritierter Blick.

Daniel verbesserte sich. »Miranda und ich?«

»Ja. Zusammen mit eurer Mutter.«

Schmerzlich wurde ihm bewusst, dass es in seinem anderen Elternhaus keine Fotos von Lilly und ihm gegeben hatte, auf denen sie jünger als drei Jahre alt waren. Die Schwindlerin, die Person, die seine Schwester ermordet hatte, war seinen Fragen danach stets ausgewichen.

Er starrte die lächelnde Frau auf dem Bild an. Sie wirkte sympathisch auf ihn. Vielleicht war da sogar eine Ähnlichkeit zu erkennen.

Das also war seine wahre Mutter.

Sie schien Lilly und ihn sehr geliebt zu haben. Es versetzte ihm einen Stich. Wie nur sollte er mit dieser Situation umgehen?

Er versuchte, sich das Haus auf Rügen vorzustellen. Die Steilküste. Aber es gelang ihm kaum. Da war nichts weiter als der lose Fetzen einer Erinnerung. Und ein vages Gefühl der Angst.

Wäre Lilly nicht dorthin gereist, die Wahrheit wäre niemals ans Licht gekommen.

»Ich vermisse meine Schwester«, murmelte er.

»Das verstehe ich gut. Mir fehlt Miranda auch. Es zerreißt mir das Herz, dass meine Kleine …«, er verkniff den Mund, »… dass sie kaltblütig umgebracht wurde.«

Daniel gab ihm das Foto zurück. »Warum hast du dich von …«, er entschied sich, zunächst nur mit dem Vornamen von ihr zu sprechen, »… von Katharina getrennt? Warum waren wir allein auf Rügen?«

Hans Kollbusch antwortete nicht gleich.

»Du hättest auf uns aufpassen müssen.«

»Ich weiß.« Er schien nach Worten zu suchen. »Katharina hatte von der Zukunft ganz andere Vorstellungen als ich.«

»Wie meinst du das?«

»Sie wollte viel reisen. Im Ausland leben.«

»Du nicht?«

»Ich hatte damals gerade die Firma meines Vaters übernommen. Er war überraschend verstorben. Nun sah ich mich mit der schwierigen Aufgabe konfrontiert, ein großes Technologieunternehmen zu führen. Darum war ich beruflich sehr eingespannt. Und natürlich konnte ich nicht so ohne Weiteres aus Hamburg weg. Das Reisen. Die vielen Auslandsaufenthalte. So wie sich das Katharina vorgestellt hatte. Das funktionierte mit einem Mal nicht.«

»Wolltest du überhaupt Kinder haben?«

»Selbstverständlich.« Er schluckte. »Ich bin mir sogar halbwegs sicher, dass Katharina und ich uns unter Umständen wieder vertragen hätten. Die Zeit auf Rügen in diesem Ferienhaus war eigentlich nur dafür gedacht, dass deine Mutter etwas Abstand gewinnen konnte. So habe ich das jedenfalls verstanden. Vielleicht täusche ich mich auch. Aber … du musst mir glauben, ich habe mir nichts sehnlicher gewünscht, als wieder mit deiner Mutter zusammenzukommen.«

Es entstand eine Pause.

Schließlich sagte Hans Kollbusch leise: »Ich freue mich, dass du hier bist. Plötzlich ist mein Sohn zurück. Nach all den Jahren. Wenigstens du hast überlebt. Und dafür bin ich unendlich dankbar.«

Daniel wusste nicht, was er darauf erwidern sollte.

Sein leiblicher Vater lächelte verständnisvoll. »Ich kann nachvollziehen, dass die Situation für dich letztlich viel schwieriger ist, weil dir die Erinnerungen fehlen. Bei mir ist es anders. Als mir der Kommissar aus Berlin die Fotos von dir und Miranda geschickt hat, habe ich euch beide sofort wiedererkannt.«

Daniel blickte ihn lange Zeit wortlos an. Dann fragte er: »Kannst du mir Zeit lassen?«

»Aber ja. So viel du nur willst. Wir gehen es langsam an, okay?«

Daniel nickte ihm zu.

Allmählich löste sich seine Anspannung.

Wegen der Mordermittlungen hatte die Polizei den Leichnam von Lilly erst sehr spät freigegeben. Nun war er nach Hamburg transportiert worden. Lilly sollte unter ihrem richtigen Namen Miranda neben dem Grab ihrer leiblichen Mutter Katharina beigesetzt werden. So hatte es sich Hans gewünscht, und Daniel war einverstanden.

Am Morgen der Beerdigung saßen sie zusammen beim Frühstück. Hans hatte Daniel einen dunklen Anzug gekauft. Doch er fühlte sich nicht besonders wohl darin, und sein Vater schien es zu bemerken.

»Würdest du lieber in Jeans und Pulli zu der Zeremonie gehen?«

Daniel zuckte mit den Schultern.

»Wirklich, du musst den Anzug nicht tragen.«

»Ist schon gut.«

»Konntest du wenigstens ein bisschen schlafen?«

»Nein. Und du?«

»Ich lag die ganze Nacht wach.« Er holte tief Luft. »Erzähl mir ein bisschen von ihr. Ich kannte sie ja nur als kleines Kind.«

»Sie liebte Raben.«

Er wirkte erstaunt. »Raben?«

»Ja. Ohne ihre Leidenschaft für diese Vögel wäre sie dem Kindesraub wohl niemals auf die Spur gekommen.«

»Das verstehe ich nicht.«

»Ich glaube, dass die Raben Lilly unbedingt auf sich aufmerksam machen wollten. Und sie lernte, nach und nach mit ihnen zu kommunizieren.«

»Bist du dir sicher?«

»Ja. Sie hat auf ihre Laute geachtet. Ihre Rufe. Und die Raben ließen nicht locker, bis Lilly endlich herausfand, wer wirklich unsere Mutter ist. Und was mit ihr geschah.«

Hans schaute ihn nachdenklich an. »Das ist eine recht eigenwillige Interpretation der Vorfälle, findest du nicht?«

»Glaubst du mir denn nicht?«

»Ich versuche es. Sie scheint zumindest eine besondere Gabe gehabt zu haben.«

»Das hatte sie.«

»Du meinst also, sie ist letztlich den Vögeln bis nach Rügen gefolgt, um dort das Verbrechen aufzuklären?«

»Ja.«

»Sollten wir vielleicht einmal gemeinsam dorthin fahren? An die Steilküste, wo es passiert ist?«

»Ich denke, das wäre gut.«

»Könnte es nicht zu schmerzhaft für dich sein?«

»Das muss ich aushalten. Immerhin war Katharina meine Mutter. Und an den Klippen ist sie gestorben. Ich habe zwar keine genauen Erinnerungen mehr daran, aber anscheinend sind Lilly und ich damals völlig allein durch den Wald geirrt. Verzweifelt und in großer Angst. Nur die Raben waren bei uns. Meine Schwester hat fest daran geglaubt, dass sie unsere Beschützer waren.«

»Für dich wird sie wohl auf immer Lilly heißen, nicht wahr?«

Daniel nickte.

Mit einem tiefen Seufzer schaute Hans zur Uhr. »Ich fürchte, wir müssen los.«

Es war ein eisiger Dezembertag. Auch in der Friedhofskapelle war es recht kühl. Während der Ansprache des Pfarrers zog Daniel fröstelnd die Schultern hoch.

Schließlich wurde der Sarg hinausgetragen. Daniel folgte ihm mit gesenktem Kopf. Er fühlte sich fremd unter den Trauergästen. Die Verwandten seines Vaters musste er erst kennenlernen. Es war wie ein neues Leben für ihn.

Auf dem Kiesweg zwischen den Gräbern blieb er plötzlich stehen. Da lag etwas Helles, das seine Aufmerksamkeit fesselte. Nach kurzem Zögern hob er es auf und steckte es in seine Manteltasche.

Hans legte den Arm um ihn, als sie vor dem offenen Grab standen.

»Aus der Erde sind wir genommen«, sprach der Pfarrer, »zur Erde sollen wir wieder werden, Erde zu Erde, Asche zu Asche, Staub zu Staub.«

Der Sarg wurde hinabgelassen.

Als die Zeremonie beendet war, griff Daniel in seinen Mantel.

Es war eine große weiße Feder, die er gefunden hatte.

Ob sie wohl zu einem Raben gehörte, der ansonsten ganz schwarz war?

Er legte sie seiner Schwester auf den Grabstein.

Als er sich noch einmal nach der Feder umdrehte, trug sie der Wind davon.

ZWEI

Vor ihm in der Abenddämmerung lag der Berg. Keuchend zog er einen schweren Rollkoffer hinter sich her. Er musste es bis nach oben schaffen, doch der Aufstieg war beschwerlich.

Er hielt inne. Wie weit war es noch? In der Ferne machte er ein paar schwache Lichter aus. Weiter, dachte er, nicht aufgeben. Unter Mühen setzte er seinen Weg fort. Der Boden war aufgeweicht, oft sank er mit den Füßen im Morast ein. Zuweilen steckte der Koffer fest, dann zerrte er an dem Griff, bis er ihn befreit hatte.

Der Wind frischte auf, und er begann zu zittern.

»Nicht nachlassen«, murmelte er leise vor sich hin.

Seine Schritte waren schleppend. Der Pfad schlängelte sich höher und höher. Hinter der nächsten Biegung wurde der Untergrund steinig und glitschig. Einmal rutschte er aus und verstauchte sich den Knöchel. Ein anderes Mal blieb der Koffer zwischen zwei Felssteinen hängen. Er drehte sich um, packte den Griff mit beiden Händen und ruckelte daran. Seine Kleidung war durchgeschwitzt, die kalten Windböen ließen ihn frösteln.

Als er den Koffer endlich zwischen den Steinen hervorgewuchtet hatte, brachen die Rollen ab.

Entmutigt schaute er zum Berg hinauf. Dort oben hingen Lampions in den Bäumen, und er konnte die Umrisse eines Hauses ausmachen.

Entkräftet ging er weiter. Polternd schrammte der rollenlose Koffer über den Boden. Plötzlich sprang der Deckel auf. Ein Haufen Papiere flog heraus. Im Nu hatte sie der Wind in alle Richtungen zerstreut.

Er versuchte, sie aufzufangen, rannte hin und her und haschte nach einzelnen Blättern. Schließlich stopfte er mehrere davon zurück in den Koffer.

Es waren ausgedruckte Vernehmungsprotokolle und Ermittlungsberichte, hektisch bemühte er sich, die Abschnitte zu sortieren. Verschiedene Wörter sprangen ihn in Großbuchstaben an. TOT. ERMORDET. MESSERSTICHE. LÜGEN. ERTRUNKEN. KLIPPEN. STURM. KRÄCHZENDE RABEN.

Er entzifferte Namen. LILLY UND DANIEL. MIRANDA UND MARVIN. STEINER. KOLLBUSCH. KEIM. GÄRTNER.

Rasch drückte er den Deckel des Koffers zu, doch als er weitergehen wollte, klappte er erneut auf, und weitere Papiere stoben davon. Abermals musste er sie aufsammeln, atemlos griff er nach den Papierfetzen. Der Wind trieb sie vor sich her, und er eilte ihnen nach. Schließlich hob er den Koffer an, umklammerte ihn mit beiden Armen, presste ihn an sich und trug ihn so den Berg hinauf.

Völlig erschöpft näherte er sich den Lichtern. Festlich erstrahlten die Lampions in den Bäumen. Das Haus auf dem Gipfel war prächtig, die Fenster hell erleuchtet. Eine eigentümliche Musik drang aus dem Innern, lockendes Flötenspiel, schmeichelnde Geigen, jauchzende Trompeten. Er hörte Stimmen und Gelächter.

Vorm Eingang stand ein Mann in einer schmucken Uniform mit silbern funkelnden Knöpfen.

»Da sind Sie ja endlich«, sprach der Mann zu ihm.

Verwundert sah er ihn an.

»Geben Sie mir den Koffer«, sagte der Mann.

Er schüttelte den Kopf. »Unmöglich. Es sind wichtige Papiere darin.«

»Aber Sie dürfen damit nicht ins Haus.«

»Nein.«

»Tut mir leid, mein Herr, mit dem Gepäck kann ich Sie nicht durchlassen.«

Er zögerte. War müde und durchgefroren. Ratlos sah er zu den Lichtern hinter den Fenstern. Die Musik wurde lauter, und das Gelächter schwoll an. Offenbar feierte man ein Fest.

Lächelnd breitete der Mann in der Uniform die Arme aus. »Lassen Sie los.«

Er aber hielt den Koffer fest an seine Brust gedrückt. »Es befinden sich vertrauliche Akten darin. Ich darf sie nicht hergeben.«

»Es ist ganz einfach. Sie brauchen nur loszulassen.«

Schließlich nahm ihm der Mann den Koffer ab, der Deckel sprang auf, und die Papiere flogen davon.

Der Mann nickte zum Haus hin. »Beeilen Sie sich. Man erwartet Sie bereits.«

Er rührte sich nicht. Plötzlich schlug ihm das Herz bis zum Hals.

»Na los.«

»Ich weiß nicht recht …«

»Es ist aber an der Zeit.«

Widerstrebend setzte er sich in Bewegung. Langsam ging er auf den Eingang zu. Ein paar halbrunde Treppenstufen, gerahmt von einem Geländer, führten zu ihm hinauf.

Oben öffnete sich eine herrschaftliche Flügeltür. Wohltuende Wärme schlug ihm entgegen.

Auf einmal hörte er eine weibliche Stimme.

»Komm. Es wird dir gefallen.«

Er blieb stehen.

»Lass los. Lass alles los.«

Die Musik dröhnte in seinen Ohren.

»Komm schon.«

Wie gegen seinen Willen machte er einen weiteren Schritt. Dann noch einen. Und noch einen.

Da erschien die Frau, die zu ihm gesprochen hatte. Alles um sie herum war hell, strahlend hell. Blinzelnd erkannte er, wer es war.

»Bist du das?«, fragte er verblüfft.

»Ja. Ich bin es.«

Ihre Hand streckte sich ihm entgegen.

Er trat noch näher.

Das Licht wurde immer stärker. Es blendete ihn.

Sengend heiß schossen die Lichtstrahlen auf ihn zu. Sie brannten auf seiner Haut, wie Flammen züngelten sie an ihm.

Entsetzt ging er in die Knie. Verzweifelt klammerte er sich an dem Geländer fest.

Die Hitze nahm ihm den Atem. Das Licht bohrte sich in seinen Kopf.

»Komm zu mir«, rief die Frau.

Gellend schrie er auf.

»Paps?«

Jemand stand an seinem Bett.

Er fuhr hoch. »Was ist los?«

Emily knipste seine Nachttischlampe an. »Du hast im Schlaf geschrien.«

Trojan atmete schwer. Sein T-Shirt war schweißnass.

»Tut mir leid«, murmelte er. »Ich wollte dich nicht aufwecken.«

»Hattest du einen Albtraum?«

Er nickte.

»War es sehr schlimm?«

Er antwortete nicht.

»Sag schon, Paps.«

Er wollte seine Tochter nicht beunruhigen. »Geh wieder schlafen. Du musst doch morgen früh raus.«

»Ich hol dir etwas Wasser.« Sie verschwand für einen Moment in der Küche, dann kam sie mit einem gefüllten Glas zurück und reichte es ihm.

»Danke.« Er trank in hastigen Schlucken und stellte es ab.

Emily setzte sich zu ihm und griff nach seiner Hand.

Er lächelte sie verlegen an.

»Hatte der Traum mit den Ermittlungen zu tun?«, fragte sie.

Er machte eine abwiegelnde Geste. »Schon möglich. Aber man sollte das nicht überbewerten.«

Sie musterte ihn zweifelnd. »Sag Bescheid, wenn ich irgendetwas für dich tun kann.«

»Mir fehlt nichts.«

»Ganz sicher?«

»Ja. Leg dich wieder hin, okay?«

»Also schön.« Sie wandte sich zur Tür. »Gute Nacht.«

»Gute Nacht.«

Als er allein war, rieb er sich den Schweiß von der Stirn. Er ahnte, dass er nicht mehr einschlafen würde. Er blickte auf das Display seines Handys. 1:28 Uhr.

Da entdeckte er, dass er eine Textnachricht bekommen hatte. Sie war von Carlotta. Gesendet vor einer halben Stunde.

Bist du noch wach?

Er schrieb zurück:

Wollen wir telefonieren?

Sekunden später rief sie an, und er hob sofort ab.

»Hallo«, sagte er.

»Hab ich dich geweckt?«

»Nein.«

»Wie geht es dir?«

»Ich komme klar. Und du?«

»Kann nur besser werden.«

»Was ist denn los?«

»Seit der Sache mit Miriam Steiner finde ich einfach keine Ruhe. Hab seit ein paar Nächten kaum geschlafen.«

»Du hast etwas Schreckliches durchlitten. Ich werfe mir vor, dass ich dich nicht beschützen konnte.«

»Nein, Nils, tu das nicht. Ohne deine Ermittlungen auf Rügen wären wir dieser Wahnsinnigen überhaupt nicht auf die Schliche gekommen.«

Es entstand eine Pause. Er hörte sie am anderen Ende atmen.

Nach einer Weile murmelte er: »Wir waren beide dem Tod sehr nahe. Du in diesem Keller. Ich in dem Bunker.«

»Der Tod gehört zu unserem Job.«

»Denkst du viel darüber nach?«

»Ich versuche, es möglichst zu vermeiden. Was ist mit dir?«

»Na ja. Vorhin hatte ich einen sonderbaren Traum.«

»Du hast also doch schon geschlafen.«

»Ich bin hochgeschreckt.«

»Willst du mir davon erzählen?«

»Meinst du, das hilft?«

»Natürlich.«

Er lächelte schwach. »Stimmt ja, du bist Psychologin.«

»Zu reden ist immer eine Erleichterung.«

»Also, es war so: Ich musste einen Berg hinauf. Mit einem Koffer. Der war schwer. Gefüllt mit Papieren. Das waren Ermittlungsakten. Als ich oben angelangt war, sah ich ein Haus, hell erleuchtet. Von innen hörte ich Musik. Ein Mann in einer Uniform hieß mich willkommen, nahm mir den Koffer ab. Er sagte, man würde bereits auf mich warten. Ich ging auf den Eingang zu. Die Tür sprang auf. Helles Licht. Wärme. Und da warst du.«

»Ich?«

»Ja. Du warst in dem Haus.«

»Ganz sicher, dass ich es war?«

»Hmm.«

»Und dann?«

»Ich bekam Angst. Aber du hast mich gerufen. Hast die Hand nach mir ausgestreckt.«

»Wovor hattest du Angst?«

»Vor diesem Licht. Es wurde immer greller. Und es brannte auf meiner Haut. Es wollte mich verschlingen.«

Schweigen.

»Wie ist das zu deuten?«, fragte er nach einer Weile.

»Sag du es mir.«

»Ich habe vom Tod geträumt.«

»Ja, das denke ich auch.«

»Das Haus war das Totenreich.«

»Klingt plausibel.«

»Du riefst mir zu: ›Komm. Komm zu mir.‹«

»Ich war also längst tot.«

»Ich fürchte, ja.«

»Und auch du solltest sterben.«

»Du wolltest nicht allein sein.«

»Ich habe dich aus dem Jenseits gerufen.«

»Verdammt.«

Wieder schwiegen sie.

»Es war nur ein Traum, Nils.«

»Ich weiß. Aber er war so deutlich. Und ich … ich war hin und her gerissen … Wollte dich nicht im Stich lassen … Du warst drüben … auf der anderen Seite … an diesem Ort. Und ich verstand, dass …«

»… dass ich von dir gegangen war. Zu den Toten.«

»Hmm.«

»Aber ich habe überlebt.«

»Ja.«

»Dein Gehirn ist dabei, die Aufregungen der letzten Wochen zu verarbeiten.«

»Mag sein.«

»Letztlich ist es gut, dass du davon träumst.«

»Wirklich?«

»Es ist eine Art der Bewältigung.«

»Was passiert da in meinem Kopf?«

»Das Hirn versucht, die Informationen einzuordnen. Stellt neue Verknüpfungen her. Bilder. Wortfetzen. Eindrücke. Die Flut der Ereignisse, die dich tagsüber beschäftigt hat. All die Reize. Die müssen sortiert werden.«

»Ein übervoller Koffer mit Ermittlungsakten.«

»Ja. Den schleppst du buchstäblich mit dir herum.«

»Und unausweichlich treiben wir dem Ende entgegen.«

»Das Haus oben auf dem Berg kann noch warten.«

»Aber du warst weit weg. In diesem grellen Licht.«

»Ich bin noch hier.«

»Und darüber bin ich froh.«

»Es ehrt mich, dass du dich auch in deinen Träumen um mich sorgst.«

Er schwieg.

»Danke, Nils.«

»Wofür?«

»Für deine Offenheit. Du bist sehr aufrichtig.«

»Wovon hast du in letzter Zeit geträumt?«

Sie holte Luft. »Wenn ich kurz einnicke, sehe ich den Lauf der Waffe vor mir. Und ich höre das Wimmern von Daniel. Unten in diesem Keller.«

»Sie nannte es Mutterliebe.«

»Sie ist eine Psychopathin.«

»Wie es Daniel wohl geht?«

»Er ist zu seinem leiblichen Vater nach Hamburg gefahren. Ich hoffe, die beiden kommen gut miteinander klar.«

»Das hoffe ich auch.«

»Es war eine verdammt harte Ermittlung.«

»Ja. Manchmal frage ich mich, wie dieser Stress auf Dauer überhaupt durchzustehen ist.«

»Du wirkst auf mich sehr belastbar.«

»Im Ernst?«

»Mach dir keine Sorgen. Wir schaffen das auch beim nächsten Fall.«

»Und wenn mal was schiefgeht? Es ist oft nur eine Frage von Sekunden. Hätte das SEK nicht rechtzeitig eingegriffen, dann …« Er brach ab.

Nach einer Weile fuhr er gedämpft fort: »Weißt du, Carlotta, als ich auf der Rückfahrt von Rügen war, im halsbrecherischen Tempo auf der Autobahn, dachte ich, es sei alles aus.«

»Und ich hab angefangen zu beten.«

»Ehrlich?«

»Ich bin nicht gerade religiös. Aber es hat geholfen.«

»Ich will nicht, dass dir jemals was zustößt.«

»Das ist sehr lieb von dir, Nils. Und ich möchte nicht, dass es dich erwischt. Also pass immer gut auf dich, ja?«

»Mach ich.«

»Wir geben gegenseitig auf uns acht, okay?«

»Gut.«

»Jeder Tag ist ein Geschenk, Nils. Das sollten wir nicht vergessen. Gerade in unserem Job, da wir mit so viel Elend und Gewalt zu tun haben.«

»Ja.«

Wieder hörte er sie atmen. Sanft drang ihre Stimme an sein Ohr. »Ich finde es schön, mit dir darüber zu sprechen.«

»Und ich bin froh, dass ich dir begegnet bin«, sagte er.

»Wollen wir jetzt schlafen?«

»Versuchen wir es.«

Sie wünschten sich eine gute Nacht. Dann legten sie auf.

Das Gespräch hallte noch lange in ihm nach. Er dachte an seinen Traum und das hell erleuchtete Haus auf dem Berg.

Er war unendlich erleichtert, dass Carlotta und er noch einmal davongekommen waren. Das Leben war kostbar, und er nahm sich fest vor, von nun an dankbar zu sein.

Dankbar für jeden Augenblick.

Max Bentow

wurde in Berlin geboren. Nach seinem Schauspielstudium war er an verschiedenen Bühnen tätig. Für seine Arbeit als Dramatiker wurde er mit zahlreichen renommierten Preisen ausgezeichnet. Seit seinem Debütroman »Der Federmann« hat sich Max Bentow als einer der erfolgreichsten deutschen Thrillerautoren etabliert, alle seine Bücher waren große SPIEGEL-Bestseller-Erfolge. Mehr zum Autor unter www.max-bentow.de.

Von Max Bentow außerdem lieferbar:

Der Federmann
Die Puppenmacherin
Die Totentänzerin
Das Hexenmädchen
Das Dornenkind
Der Traummacher
Der Schmetterlingsjunge
Der Mondscheinmann
Der Eisjunge
Das Bernsteinkind
Engelsmädchen
Eulenschrei
Das Porzellanmädchen
Rotkäppchens Traum

(Alle Romane sind auch als E-Book erhältlich.)